FOLIO JUNIOR

Certains termes de marine
sont expliqués dans un glossaire
placé à la fin de ce livre

Titre original : *The Buccaneers*
Publié avec l'autorisation de Random House Children's Books,
un département de Random House, Inc., New York, New York, USA,

Iain Lawrence

Les flibustiers

Illustrations de François Place

Traduit de l'anglais
par Henri Robillot

Gallimard Jeunesse

Pour Bruce et Lonnie qui, venus naviguer chaque jour,
ont survécu à un échouage et à un chavirage

LE CANOT DE SAUVETAGE

Je tenais la barre du *Dragon* quand le canot de sauvetage apparut sur l'avant. Il portait une voile en lambeaux qu'illuminaient les rayons du soleil couchant. La coque décolorée et frangée d'algues, il semblait aussi vieux que Mathusalem, mais il taillait sa route, porté par l'alizé vers une terre si lointaine qu'elle aurait aussi bien pu n'être qu'un mirage.

Un frisson me parcourut en voyant une embarcation aussi minuscule sur cette étendue sans fin où la mer se fondait dans le ciel. Nous avions quitté l'Angleterre depuis trois semaines et nous nous trouvions à mille milles au moins du rivage le plus proche. Mais même notre goélette – un monde en miniature pour ses huit occupants – semblait presque dérisoire dans l'immense océan.

– Voile ! m'écriai-je. Voile sur l'avant !

Le *Dragon* s'inclina sous la pression d'une risée dans la toile. Avec un choc sourd et un frémissement de ses membrures, il chevaucha une vague dont la crête s'engouffra dans la large gueule ouverte de sa figure de proue. Les hommes s'agitèrent sur le pont, prêts à larguer les voiles et le bruit des piétinements précipités provoqua l'apparition du capitaine Butterfield hors de la cabine.

Comme il gravissait les degrés de l'échelle, le soleil fit briller sa chevelure grisonnante et la tonsure cuivrée de son crâne dégarni.

– Qu'est-ce qui se passe, John ? demanda-t-il.

– Un bateau, capitaine, dis-je en étendant la main vers l'avant.

Il s'était muni de sa longue-vue et la braqua sur le canot.

– Combien de passagers ? demandai-je.

Il répondit après quelques instants :

– Personne.

– Ce n'est pas possible !

Il abaissa son instrument, s'essuya l'œil et scruta de nouveau la mer. La longue lunette vissée sous l'arcade sourcilière restait parfaitement immobile tandis que ses bras et ses genoux se pliaient aux oscillations du bateau. À nouveau, il abaissa la longue-vue et secoua la tête.

– Regarde toi-même, dit-il.

Il échangea la lunette contre la barre et je braquai à mon tour l'instrument sur le canot, mais je dus vite reconnaître que, selon toute apparence, il n'y avait personne à bord.

– Peut-on tirer le canon ? demandai-je.

Bonne idée, John.

Il cria au canonnier :

– M. Abbey, un coup de signalisation, s'il vous plaît.

Pour la première fois depuis le début de la traversée, je me félicitai de la présence à bord de nos quatre petits canons et du vieux bonhomme qui en avait la charge, si bizarre qu'il pût paraître. Il décapela le prélart qui coiffait le canon le plus proche et se trouva si vite en position de tir que je compris alors seulement que l'arme était chargée depuis le départ de Londres.

Le canon aboya en crachant un nuage de fumée. Le

Dragon en vibra de la proue à la poupe et le canot disparut de mon champ de vision dans la lentille de la lunette. Puis je le retrouvai et découvris à bord un homme tourné vers nous à côté du mât. Il était assis sous le vent et s'était mis à l'abri du soleil et des embruns derrière la voile déchirée.

– Ça y est ! Il nous a vus ! m'écriai-je.

– Mais... regardez-moi ça ! s'exclama le capitaine Butterfield. Grands dieux ! Il vire de bord !

C'était exact. L'homme avait poussé à fond la barre de son petit canot pour prendre la direction du Sud. Sous nos yeux, il lâcha l'écoute et baissa la tête tandis que le vent gonflait ce qui lui restait de voile. Et il se mit à filer vent arrière comme pour fuir à tout prix le seul secours qu'il pouvait attendre des hommes.

– Le diable m'emporte ! cria Butterfield. Ce gaillard est fou, ma parole !

J'étais bien du même avis, puis je remarquai que l'homme tournait vers nous une tête plantée sur des épaules de colosse. Tout aussi rapidement, il vira une fois de plus de bord et vint droit vers le *Dragon.*

– Empannez ! cria Butterfield. On va le laisser venir à nous.

Nous mîmes la goélette bout au vent et saisîmes la barre. Presque immobile, le bateau se mit à se balancer, roulant doucement sur la houle. Le capitaine et moi, ainsi que tous les autres hommes à bord, regardâmes le canot remonter péniblement au vent.

La coque décolorée, les bordés frangés de lambeaux de voile, il évoquait un futur festin de vers et de tarets. Des chevelures d'algues traînaient dans son sillage, l'eau clapotait sur les varangues du fond, mais l'homme qui le barrait était robuste et bronzé, comme s'il venait tout juste de mettre à la voile la veille pour traverser un océan. Un énorme coffre de marin en bois luisant était placé entre les bancs de nage.

Il amena son canot contre le *Dragon*, abattit sa voile et lâcha la barre du gouvernail. Puis il empoigna le vaste coffre qu'il cala sur ses épaules et se hissa à la force des bras sur le pont du bateau. Son canot cahoté par les vagues partit à la dérive, mais il ne lui accorda pas le moindre regard.

– Aide-le à descendre, dit Butterfield. Qu'on lui donne à manger et un hamac.

– Bien, capitaine, répondis-je.

Comme je me dirigeai vers l'avant, les hommes d'équipage se dispersèrent pour assurer la manœuvre des voiles et Abbey rejoignit son canon. L'étranger resta seul, assis de biais sur son coffre, l'air parfaitement à l'aise. Ses cheveux étaient noués sur sa nuque en queue de cheval et dans son visage tanné, ses yeux étaient d'un bleu pâle extraordinaire.

– D'où venez-vous ? lui demandai-je.

De la mer, répondit-il, et ce fut tout.

Il se leva, me dominant de toute sa hauteur, jeta un coup d'œil à la voile de flèche, puis il examina le bateau de bout en bout, sans le moindre regard pour son canot qui s'éloignait, ballotté par les vagues.

Je me penchai pour prendre le coffre de l'inconnu; jamais je n'en avais vu d'aussi beau. Les garcettes des poignées étaient si savamment tressées qu'on avait dû mettre des mois à les fabriquer. Sous sa couche vernissée, le bois luisait. Mais son poids me fit pousser un grognement. J'avais beau être plus fort que la moitié des garçons de mon âge, dix-sept ans, je me sentais incapable de le soulever.

L'inconnu se mit à rire et reposa le coffre sur ses épaules. Les bruits qui s'élevaient de l'intérieur, un cliquetis mêlé de tintements, me donna à penser qu'il était plein de pièces de monnaie et de bijoux. Là-dessus, il me suivit jusqu'au gaillard d'avant où je lui accrochai un hamac dans lequel il s'étendit aussitôt, sans un mot de remerciement.

– Vous voulez manger quelque chose ? lui demandai-je. Boire un peu d'eau ?

Il secoua la tête, les yeux déjà fermés. L'instant d'après, il était profondément endormi et se balançait dans le sac de toile comme au fond du cocon de quelque insecte géant.

J'allai chercher une couverture, l'étendis sur lui et montai pour aider M. Abbey à remettre le canon à poste. Nous le recoiffâmes de son prélart et le saisîmes.

– Et voilà, ma vieille, dit Abbey en passant la main sur la toile qui recouvrait le tube du canon. Tu vas pouvoir te reposer un peu. – Il avait l'habitude de parler à ses canons, ce qui m'exaspérait. – Comme ça, tu vas rester bien au sec, mon petit crache-le-feu, conclut-il.

Il aimait ses canons, mais je les détestais et les méprisais. Leur poids accentuait parfois le roulis du *Dragon* et, sans leur charge, au lieu de cogner dans les vagues, il aurait volé par-dessus. Mais mon père avait insisté pour que le bateau soit armé et c'était le seul point sur lequel il ne m'avait pas demandé mon avis.

Tu vas vers les Antilles, avait-il déclaré, et dans les Antilles, il y a des pirates.

En y repensant, je ne pouvais m'empêcher de sourire. Sous quel aspect terrifiant apparaissaient les Antilles, telles que les décrivait mon père ! À l'en croire, les requins y pullulaient, ainsi que les tarets dévoreurs de bois. Le ciel était toute l'année parcouru d'ouragans et les îles étaient infestées de cannibales.

– Oui, des cannibales, avait-il affirmé, qui te mettent à cuire tout vivant, à ce qu'on m'a dit. Et puis ils te réduisent la tête à la taille d'une noix.

Mais sa crainte des pirates dominait toutes les autres et il avait payé une fortune pour les petites pièces de quatre installées sur le pont, deux de chaque côté, avec leurs canons pointés au-dessus de la lisse. Sur quoi il s'était bien entendu débrouillé pour dénicher un canonnier au meilleur compte.

La même paie qu'un simple matelot, s'était-il vanté. Et pourtant, cet homme-là servait dans la marine avant même ta naissance.

Mon père avait une telle passion pour les occasions avantageuses qu'il avait négligé à la fois l'âge de M. Abbey, ses bizarreries, la bille de verre qui lui tenait lieu d'œil gauche dans sa tête ronde comme un boulet de canon.

Cette bille, tandis qu'Abbey se redressait après avoir achevé son rabantage, luisait d'un éclat rougeâtre. Le soleil se teintait d'une couleur sanglante et empourprait les toiles. Incendiant l'horizon, il diaprait de rayons ambrés la surface de la mer.

– Il ne me dit rien qui vaille, déclara-t-il.

– Qui ça ? demandai-je.

– Le lascar du canot. D'où qu'il venait donc et où qu'il allait ?

– Ça, je n'en sais vraiment rien.

– Et pourquoi qu'il naviguait au vent ? continua Abbey en penchant la tête. Moi, si j'étais vous, je lui demanderais, M. Spencer. Je lui demanderais pourquoi il faisait route à l'Est quand il aurait dû aller vers l'Ouest, vers la terre la plus proche.

– Et si vous le lui demandiez vous-même ? dis-je.

Sur quoi, je lui tournai le dos pour aller m'accouder au bastingage.

– Vous pouvez y compter, M. Spencer.

Ce canonnier ne m'inspirait guère de sympathie. Il arborait toujours les haillons de son vieil uniforme de la royale et semblait croire que le reste d'un galon à l'or fané et de ses petits boutons de cuivre faisaient de lui un amiral.

– Et comment, que je vais lui demander, reprit-il en venant se planter à côté de moi. Et je lui demanderai aussi ce qu'il transporte dans cette espèce d'armoire qu'il trimballe.

Je me mis à rire. Le coffre de l'inconnu était volumineux, mais tout de même pas de la taille d'une armoire.

– C'est peut-être bien un Jonas[1], dit Abbey.

– Voyons, c'est absurde, répliquai-je.

– Vous croyez ça ? Est-ce que ce paroissien a l'air d'avoir dérivé depuis des semaines dans sa coque de noix ?

– Ce n'est peut-être pas son cas

– Ouais, mais son canot, sûrement, rétorqua Abbey avec un grognement.

Je n'aurais pas voulu en convenir devant Abbey, mais j'étais à peu près du même avis que lui. Le canot était en triste état, mais son occupant semblait au mieux de sa condition physique.

– Faites donc l'essai, reprit Abbey. Prenez un youyou et laissez-vous dériver avec. Au bout de quelques jours, le soleil vous aura rôti comme une volaille. Après une quinzaine, il vous aura transformé en morue, sèche comme du vieux cuir. – Il cracha dans la mer. – Un homme qui tient mieux le coup que son bateau ? Ça n'existe pas.

Son œil unique était fermé et pourtant j'avais l'impression qu'il me regardait fixement avec les derniers rayons du soleil réfléchis sur sa bille de verre. Et je me sentais gagné par l'anxiété à l'idée qu'il était en proie à une sorte de vision maléfique.

– Faudrait regarder dans son coffre, dit Abbey. Si c'est un Jonas, il doit y enfermer ses diableries !

– En voilà assez ! coupai-je.

Abbey émit un bref ricanement et détourna la tête pour regarder la mer. Le *Dragon* voguait vers l'Ouest, taillant péniblement sa route dans la houle qui se formait. Le soleil émit un dernier rayon et disparut. Et M. Abbey poussa un cri étouffé. Il m'agrippa le bras.

---

1. Jonas : porte-malheur

– Vous avez vu ça ? cria-t-il.

– Quoi ? demandai-je.

Là ! Là ! s'exclama-t-il. Vous l'avez sûrement vu !

Il se pencha par-dessus la rambarde et considéra fixement un point sur la mer, puis laissa errer son regard le long de la coque. Me serrant le bras à me faire crier, il souffla :

– Allons, dites que vous l'avez vu !

– Vu quoi ? demandai-je.

Un cercueil ! cria-t-il. Un cercueil bordé de clous avec le couvercle ouvert !

Il braqua sur moi un œil dilaté par l'épouvante.

– Dites, dites que vous l'avez vu ! répéta-t-il.

Je tentai de me dégager, mais ses doigts m'étreignaient comme des serres d'oiseau de proie.

– Je n'ai rien vu de pareil, répliquai-je.

– Alors, je suis maudit ! s'exclama-t-il en s'effondrant contre le bastingage. Je suis fichu. Sans doute le sommes-nous tous !

– Personne n'est maudit, rétorquai-je.

Son œil de verre étincelait.

– Oh mais si, nous le sommes, M. Spencer. Nous avons un Jonas à bord !

LE RÉCIT DE L'ÉTRANGER

Mon quart était près de s'achever quand le capitaine monta sur le pont, encore en tenue de nuit. Il portait une sorte de robe de chambre grenat dont les pans battaient ses mollets, découvrant des jambes aussi noueuses et blanches que les pieds d'une table mal équarrie.

J'étais au gouvernail. Il s'approcha de moi.

– Faut-il prendre des ris, demanda-t-il, ou ferler le hunier ? Est-ce qu'on ne le mène pas trop dur ?

– Oh, il porte bien sa toile, répondis-je.

Il se mit à rire, ravi, et me donna une tape sur l'épaule. Tu te rends compte, dit-il, aurais-tu jamais cru qu'on prendrait la mer ensemble à bord de cette goélette ?

– Non, capitaine.

Le vent souleva sa robe de chambre et retroussa sa chemise de nuit et il s'empressa de resserrer la cordelière qui ceignait sa taille.

– Quand tu auras fini ton quart, amène-moi l'étranger au carré, dit-il. J'aimerais bien entendre son histoire.

– Bien, capitaine, répondis-je avec un signe de tête affirmatif. Moi aussi, j'aimerais l'entendre, sans compter M. Abbey.

– Abbey ?

– Oui, repris-je. Il m'a dit que cet homme était un Jonas. Il a vu un cercueil sur la mer et maintenant il se figure que nous sommes maudits.

– Maudits d'écouter ses âneries, grommela Butterfield, méprisant.

– Il était vraiment sens dessus dessous.

– Ça ne m'étonne pas. Les canonniers sont fous, tu sais. Tous sans exception. (Butterfield rabattit un pan de sa robe qui se relevait.) À mon avis, tout ce vacarme, l'explosion de la poudre et le départ des boulets, doit leur déglinguer quelque chose dans le crâne.

– Sûrement, capitaine.

J'actionnai la barre du gouvernail, souriant à l'évocation des souvenirs de mon enfance que ma conversation avec le capitaine avait réveillés, aux heures que nous avions passées accroupis par terre tandis que je poussais mes petits bateaux de bois sur un tapis où les plis figuraient des vagues monstrueuses. Il était l'ami le plus intime de mon père, « oncle Stanley » pour moi, bien qu'aucun lien de parenté n'existât entre nous. En ce temps-là il arrivait chez nous sitôt débarqué, encore imprégné d'odeurs de sel et de vent. « Faut-il prendre des ris ? demandais-je alors. Est-ce qu'on le mène trop dur ? » Et l'Oncle Stanley répondait : « Oh, il porte bien sa toile. » Pour moi, c'était un héros qui ignorait la peur. Jamais l'idée ne me serait venue qu'il avait peut-être envie de rabattre le tapis le plus tôt possible afin de mettre un terme à nos jeux.

Je tournai la roue pour lofer légèrement. Le *Dragon* réagit en filant droit vers les étoiles qui pâlissaient, tandis que le soleil surgissait sur l'arrière. Puis le pauvre Dana Mudge émergea du gaillard d'avant et effectua, comme chaque jour à l'aube, un tour complet du pont. Ici ou là, entre les canons, contre l'écoutille du gaillard d'avant, il se penchait, se redressait et allait vers le bastingage. C'était un rite pour lui de ramasser les poissons volants tombés à bord pendant la nuit et de les rejeter à la mer.

Comme toujours, alors qu'il se préparait à prendre la barre, il annonça :

Dix de ces volatiles ce matin.

– Bravo, lui répondis-je.

Il me fit un clin d'œil et saisit la barre. C'était le fils d'un fermier, avec toute la poigne d'un laboureur, mais Mudge se tenait toujours à la barre comme un guerrier prêt à affronter les vagues – comme s'il s'attendait à voir le *Dragon* se disloquer à la première occasion.

Je gagnai l'avant pour réveiller l'étranger, mais le trouvai debout au pied du mât de misaine. Son couteau à la main, il taillait un bout de bois.

– Le capitaine aimerait vous voir, lui dis-je.

Nous descendîmes et gagnâmes une cabine éclairée par une simple claire-voie. Les grandes fenêtres de la poupe étaient masquées de lourdes tentures que Butterfield avait fait poser le jour de notre départ et qui étaient restées fermées depuis. Il était assis à sa table devant une carte de l'Atlantique Nord, sous une lampe qui se balançait fortement à son crochet. Renversant la tête en arrière, il inspecta l'inconnu de haut en bas

– Comment t'appelles-tu ? demanda-t-il.

– Horn, répondit l'homme en avançant d'un pas sous la claire-voie, le seul endroit où il pouvait se tenir debout. Là, avec ses épaules au-dessus des barrots du pont, la lampe oscillant au niveau de ses coudes, il donnait l'impression d'être un géant.

En dépit d'une mer peu agitée, le *Dragon* tanguait durement. Un coffre de bois sur lequel étaient posés la pipe de Butterfield et son tabac glissa tout le long de la table. Il le suivit des yeux, puis me regarda.

– Mudge ? s'enquit-il.

J'acquiesçai.

– Le diable l'emporte !

Il secoua la tête puis sourit au géant.

– Eh bien, c'est une vraie chance qu'on t'ait trouvé !

– Pourquoi ? demanda Horn.

– Mais enfin, mon gars, reprit Butterfield, désorienté, je ne te demande pas de me remercier, mais tu étais perdu, à mille milles de la terre.

– Et même un peu plus, je crois, dit Horn, mais je n'étais pas du tout perdu. Je faisais route vers la Côte d'Ivoire.

– Tu as un sextant ?

– Non.

– Un loch, une boussole ?

Horn secoua la tête.

– Tu as des cartes ?

– Non, répondit Horn. Mais je sais où j'allais. Je sais d'où je suis parti.

– Et tu es parti d'où ?

Horn cita une position en degrés et minutes. Le capitaine posa la main sur sa carte ; son index erra en direction de l'Ouest, vers les Antilles.

– Tu aurais pu rejoindre les Antilles en une semaine, dit-il.

– Oui, plus ou moins, approuva Horn.

Je plissai le front.

– Alors, pourquoi naviguer vers l'Est ?

Horn tourna brusquement la tête vers moi avec la vivacité d'un oiseau de proie.

– Je voulais aller en Afrique, dit-il.

– Mais pourquoi ?

Il ne cillait pas et j'avais peine à soutenir son regard.

– Comme ça, dit-il. J'avais envie de voir la Côte d'Ivoire.

Butterfield se frotta le front. La boîte de tabac glissa sur la table et vint heurter son coude. Je faillis perdre l'équilibre et Butterfield se cramponna à son fauteuil.

Seul Horn resta planté, immobile, comme s'il avait été cloué au sol.

– Fichu Mudge, grommela Butterfield, puis, s'adressant à Horn : Tu viens de quel bateau ?

– C'est important ?

– Pour moi, oui, répliqua le capitaine. Écoute, je ne fais pas une enquête sur toi, mon gars. On se demande seulement comment tu as débarqué ici.

– D'accord. (Horn regardait dans le vague.) Il y avait un paquebot en route pour l'Angleterre. Le *Passage du Méridien.*

– Et qu'est-ce qui lui est arrivé ?

– Je crois qu'il a coulé.

Butterfield haussa les sourcils.

– *Tu crois* qu'il a coulé ?

– On peut affirmer qu'il a coulé, dit Horn.

– Et c'est arrivé quand ? demanda le capitaine.

– Il y a vingt-six jours.

Je restai bouche bée. Vingt-six jours plus tôt, nous étions encore amarrés le long du quai, à Londres. Dans tous les coups de vent que nous avions subis, pendant tous ces couchers de soleil et ces aubes que nous avions vécus, Horn avait navigué dans son canot. C'était un exploit dont j'aurais été incapable, que je n'aurais même jamais songé à réaliser.

– Comment vous êtes vous nourri ? demandai-je.

– La mer est pleine de poissons, jeta Horn. Et les poissons sont pleins d'eau, alors ne me demandez pas ce que j'ai bu. Je les pressais comme des citrons.

– Extraordinaire, dit le capitaine Butterfield en secouant la tête. En tout cas, c'est une vraie chance. Pour moi, sinon pour toi.

– Comment ça ?

– Je vais te signer un engagement à bord, naturellement.

La proue du *Dragon* plongea. La boîte de tabac revint

frapper le poignet du capitaine. Celui-ci la saisit et la lança sur sa couchette.

– Tu vas pouvoir guider le bateau au milieu des îles et nous ramener jusqu'à Londres.

Horna secoua la tête.

– Comme vous voudrez. Entre nous, je n'ai guère le choix, ajouta-t-il.

Le capitaine prit son journal de bord et une plume d'oie qu'il trempa dans un encrier. Il les présenta à Horn qui se plia presque en deux pour atteindre la table. Le registre se mit à glisser. Butterfield le repoussa. Horn prit la plume et traça en trois traits rapides sa marque, un élégant petit albatros.

Puis le capitaine, en le congédiant, lui dit :

– Je pense que tu pourrais bien passer trois jours à dormir.

– Oh, non, répondit Horn. J'ai fait mon quart en bas, je peux encore tenir sur mes jambes un bout de temps.

– Alors, tu peux peut-être prendre la barre !

Horn se toucha le front en guise de bref salut. Puis il sortit de la cabine.

Une fois le panneau refermé derrière lui, le capitaine Butterfield me dit :

– Plutôt bizarre, son histoire, hein, John ?

– Oui, capitaine, répondis-je, mais je crois que c'est vrai.

– Alors, pourquoi fait-il le mystérieux ?

Je restai sans réponse. Dans un coup de roulis, le fauteuil du capitaine bascula de côté. La lampe ballottait au bout de sa chaîne et un caisson s'ouvrit, déversant tout son contenu. Je bandai mes muscles, attendant l'impact de la vague. Mais rien ne se produisit. Mudge était capable de barrer par calme plat en donnant l'impression qu'on traversait une tempête.

Butterfield leva la tête en roulant des yeux vers la claire-voie. Il jeta un coup d'œil au contenu du caisson éparpillé dans un coin, puis reporta son attention sur sa carte. Du bout du doigt, il traça l'itinéraire de Horn à travers l'océan.

– Contre le vent ? remarqua-t-il. Pourquoi ?

« Pour le plaisir, pensai-je. Une simple lubie de sa part. » Mais je gardai ma réflexion pour moi, car je me rendis compte soudain que la lampe ne se balançait plus et que les rideaux pendaient, immobiles. Puis je levai le nez et vis, à travers la claire-voie, que Horn avait pris la barre.

Jambes écartées, les mains aux poignées, il maniait la roue avec une telle aisance qu'on eût dit que c'était le bateau qui le manœuvrait, que les mouvements du gouvernail transmis par la roue à ses bras en faisaient des rouages précis. Beau comme un dieu, irréprochable à tous égards, il semblait né pour mener un navire.

Butterfield se leva et entreprit de remettre en ordre tout ce qui avait été dispersé par la faute de Mudge. Je songeai avec amusement au nombre de fois où il avait dû répéter les mêmes gestes durant ces années où ils avaient navigué ensemble sur les bateaux dont mon père était propriétaire. Il raccrocha son pistolet à silex à double canon à son crochet et remit sa Bible en place. Il rangea ses chaussettes sur le rayon inférieur du caisson. Lorsqu'il s'écria : « Oh, mon pauvre sextant ! », je me mis à rire franchement.

– Tu trouves ça drôle ! dit-il en pivotant vers moi. John, ça m'étonne de toi !

– Excusez-moi, hoquetai-je.

– Le bras est faussé, j'en ai bien l'impression. En tout cas, il a pris un sacré gnon.

Butterfield s'était mis à bercer le sextant comme un enfant blessé.

– Tu sais ce que ça signifie pour nous ?

– Oui, capitaine, répondis-je, désolé.

Je ne comprenais pas grand-chose à sa façon de manipuler l'instrument et de le braquer sur le soleil et les étoiles pour ensuite annoncer quelle était notre position sur le globe terrestre. Je me rendais tout de même compte qu'un instrument endommagé ne devait plus servir à grand-chose. Si nous ne pouvions plus nous fier à lui, nous étions bel et bien perdus.

– Si je ne savais pas depuis longtemps à quoi m'en tenir, dit Butterfield, je croirais en effet qu'il y a un Jonas à bord.

UN TRAVAIL DE JONAS

Horn prit sa place dans l'équipage, comme un chien abandonné qui a trouvé un toit. Il accomplissait sa tâche consciencieusement, avec la force de trois hommes. Et il était toujours à la barre au coucher du soleil car il aimait mener le bateau quand apparaissaient les premières étoiles. L'espace au pied du grand mât était devenu son lieu de prédilection. Il s'y tenait le jour et la nuit, s'occupant à tailler des bouts de bois avec son couteau comme s'il accomplissait un travail solitaire de la plus extrême importance. Mais chaque fois qu'il y avait un coup de collier à donner, Horn était le premier debout.

Aucun des membres de l'équipage n'était son ami, mais seul M. Abbey le haïssait. Le canonnier se répandait dans tout le bateau en insinuations malveillantes, suggérant que Horn, au pied de son mât, se livrait à des machinations de Jonas. Il inventait des histoires à propos de l'énorme coffre du naufragé et des bruits que faisait parfois son contenu dans les coups de roulis. Pour un peu, j'aurais plaint Abbey. Le *Dragon* taillait sa route sous le soleil et dans les gerbes d'écume, mais le canonnier vivait dans la hantise de revoir flotter un cercueil sur la mer. Il passait des heures accoudé au bastingage, scrutant la houle ou décochant des regards meurtriers à Horn.

Puis, un après-midi, alors que nous naviguions depuis près d'un mois, se produisit un fait nouveau. Je venais de passer la barre à Horn et, pour la première fois il se mit à parler à bâtons rompus, comme il ne l'avait jamais fait jusque-là.

– Vous n'êtes jamais allé aux Antilles, M. Spencer ? demanda-t-il.

– Non, répondis-je.

– Mais vous avez bourlingué.

Il tourna légèrement la barre et je sentis le *Dragon* comme emporté par un élan nouveau.

– Ça saute aux yeux tout de suite, M. Spencer. Vous avez la mer dans le sang.

Venant de Horn, c'était un grand compliment.

– J'ai navigué en Méditerranée, dis-je. Et une fois, j'ai traversé la Manche, c'est tout.

– C'est plus que n'en ont fait beaucoup de marins. Rendez-vous compte. J'ai vu des bougres traverser une flaque dans la rue et se retourner pour voir le voyage qu'ils avaient fait !

Sa réflexion me fit sourire, mais je ne lui dis pas comment mon premier voyage s'était terminé par un naufrage sur les Tombes – ni que mon second à bord avait été à deux doigts de perdre un deuxième navire, le *Dragon* lui-même.

– Eh bien, vous avez de la chance, M. Spencer. Vous avez un bateau plein d'allant et un bon capitaine, en plus de ça. Il a l'air d'un brave homme.

– En effet.

– Vous le connaissez depuis longtemps ?

– Je l'ai connu toute ma vie, répondis-je. Quand j'étais gamin, je…

– Mais vous êtes toujours un gamin, dit Horn.

– Quand j'étais *enfant* alors, je l'appelais oncle Stanley.

– Vraiment ?

Horn sourit. Ses yeux bleus étaient aussi brillants que la mer.

– Ce n'est pas vraiment mon oncle, repris-je. Il était l'associé de mon père. Mais le travail de bureau ne l'intéressait pas, il s'est donc consacré à la navigation.

Je me sentais flatté d'avoir été invité par Horn à cet endroit précis du pont qui lui était réservé.

– Quand j'étais *enfant,* ajoutai-je, j'aurais bien aimé l'avoir pour père ou, disons, que mon père lui ressemble.

– Et c'est comme ça que vous vous êtes retrouvé sur son bateau.

– C'est comme ça qu'il est venu *avec* moi, rectifiai-je. Le *Dragon* appartient à mon père. J'ai choisi le capitaine et, ensemble, nous avons recruté l'équipage. Ils avaient tous navigué sur des bateaux de mon père.

– Sauf le canonnier.

– C'est vrai. Sauf lui.

La roue du gouvernail tourna ; ses bras suivirent le mouvement et je songeai que si un bateau pouvait aimer, alors le *Dragon* aimait Horn. Avec lui à la barre, on aurait presque pu dire qu'il volait.

– Il a peur de la mer, observa Horn.

– M. Abbey ? demandai-je.

– Votre capitaine.

– Oh non ! m'écriai-je.

– Il tient toujours sa cabine dans l'ombre avec les rideaux tirés.

– Mais il a *toujours* été marin.

– Un marin *côtier*, souligna Horn.

Il avait raison. Stanley Butterfield avait toujours navigué à proximité de la terre.

– Mais il n'a pas peur, protestai-je.

– Nous verrons, M. Spencer, dit Horn.

Puis il se détourna pour regarder les voiles. De toute évidence, il n'en dirait pas plus. Je me rendis à l'avant et m'assis au-dessus de l'étrave, mon endroit préféré.

L'énorme dragon sculpté qui m'avait une fois arraché à la mer avalait les vagues entre ses dents de bois et recrachait des paquets d'écume.

J'aimais la violence de cet assaut, l'élan furieux de la mer qui se ruait dans la gueule ouverte. La niche secrète au fond de la gorge du dragon était maintenant condamnée à jamais et la cavité qui se trouvait en retrait n'était accessible que de l'intérieur de la coque. Cet espace, relique du temps de la contrebande, était si sombre et réduit que nous l'appelions la grotte. Mais il faisait encore chambre d'écho à tout le tonnerre de la mer et conférait une voix au *Dragon*, un rugissement profond et ininterrompu. Penché en avant, j'écoutais cette voix en regardant l'étrave éventrer la mer et Roland Abbey était bien la dernière personne que j'avais envie de voir, mais il venait d'apparaître et s'était assis près de moi.

– Vous étiez en train de parler avec Horn, dit-il.

– Et alors ? demandai-je.

– Oh moi, ça m'est égal, dit le canonnier. Moi je préfère parler aux poissons. J'en obtiens plus de réponses.

– Vous ne l'aimez pas, hein ? remarquai-je.

– Je ne lui fais pas confiance, dit Abbey. Vous savez comment on l'appelle dans le gaillard d'avant.

– Non.

– Le Farceur. Il vous tortille volontiers un tissu de mensonges.

Abbey découvrit ses dents dans un rictus grimaçant.

– Il mélange le vrai et le faux comme ça lui chante, ce Horn. Il a le chic pour vous faire prendre des vessies pour des lanternes.

– Quels mensonges a-t-il raconté ? demandai-je.

– Quelles vérités il a dites ? riposta Abbey.

L'écume jaillit en gerbes au-dessous de nous tandis que le *Dragon* attaquait la houle. La grande tête sculptée de la figure de proue disparut, puis ressurgit, ruisselante d'écume.

– Il vous a dit pourquoi il a viré de bord quand il nous a vus ? demanda Abbey. Hein, M. Spencer ? Il vous l'a dit ? Ou comment il a quitté le paquebot dans un canot appartenant à la Marine Royale ? Ou qui lui a lacéré le dos ?

– Je ne savais pas qu'on lui avait fait ça.

Je n'avais jamais vu l'inconnu sans chemise

– S'il dit que c'est le fouet, il ment. (Le soleil luisait dans l'œil de verre d'Abbey.) Le chat à neuf queues ne laisse pas de traces comme ça.

– Des traces comme quoi ? demandai-je.

– Une vraie boucherie ! cracha-t-il. Henry Morgan aurait été capable de ça. Ou le capitaine Kidd, pour s'amuser, un dimanche.

Les boucaniers ?

– Tout juste. C'est bien dans leurs méthodes.

– Mais ils sont morts !

Abbey pencha la tête de côté.

– Vous croyez ? murmura-t-il d'un ton de mystère.

– Enfin, ils sont morts ou pas ? repris-je d'un ton sec.

Il fixa sur moi son œil aveugle et grimaça une sorte de sourire dubitatif.

– Y a pas si longtemps que Kidd a été pendu, dit-il. Et, à propos, le dernier de sa bande est mort il n'y a pas plus de six mois.

– Il devait avoir plus cent ans, alors, remarquai-je.

– Oh, il les paraissait bien, reprit Abbey. Il avait la vie dure. Il est mort en divaguant à propos de sang, d'ossements et de trésor caché. Mort aux basses eaux avec son perroquet qui jacassait comme un perdu. On aurait cru que ces deux fous cherchaient le secret du trésor du capitaine Kidd.

– Où est-il ?

– Aux Antilles, bien sûr.

J'éprouvai un frisson d'excitation, un pincement au cœur. D'après toutes les histoires de boucaniers que j'avais lues, j'imaginais les îles remplies de trésors enterrés.

– Mais où, aux Antilles ? demandai-je.

– Le Farceur peut peut-être vous le dire.

Je me tournai vers la barre et me penchai pour voir au-delà des mâts. Les voiles gonflées par le vent projetaient des ombres carrées sur le pont, mais un rayon de soleil illuminait Horn, campé sur la dunette ; il avait plus que jamais l'air d'un dieu.

– Regardez-le, reprit Abbey. Il se croit supérieur à tout le monde. Il m'explique même comment je dois m'occuper de mes canons.

– Ah ! fis-je à mi-voix.

Je compris alors pourquoi Abbey détestait tant Horn. Rien ne pouvait plus exaspérer le canonnier que de recevoir des conseils sur l'entretien de ses armes.

– Il m'a dit de les charger avec des chaînes, dit Abbey. Des chaînes ! Quand c'est des boulets qu'il faut, avec les pirates !

Sa virulence m'inquiéta.

– Qu'est-ce qui vous fait croire qu'on va rencontrer des pirates ?

– Oh, c'est toujours possible, dit-il, et il abaissa les yeux vers la mer. Mes canons commencent à avoir faim.

Je me retins de rire. Il ne rêvait que de ça, c'était clair, se mesurer avec un bateau pirate, revivre un peu de la gloire qu'il avait connue dans un lointain passé. Je me souvins du jour où il était arrivé à bord, emmitouflé dans sa houppelande, avec un petit mendiant sur les talons qui portait son sac marin.

– Qui c'est, ce vieil aveugle ? avais-je demandé à mon père et il m'avait répondu avec un rire embarrassé :

– Mais c'est notre canonnier.

Je dévisageai Abbey un instant et dus détourner le regard devant l'éclat de son œil de verre.

– Il y a encore des pirates ? demandai-je.

– Des picaros ! s’exclama-t-il, employant un terme ancien comme pour en minimiser le danger. C’est tout ce qu’il en reste et il n’y en a plus qu’une poignée. N’approchez pas Hispaniola, tenez-vous à l’écart de Cuba et de la Nouvelle-Orléans et vous dénicherez un kangourou avant d’avoir vu un picaro.

Il était difficile de dire si cette raréfaction des pirates le décevait ou l’enchantait. Puis sa hargne contre Horn refit brusquement surface.

– Des chaînes ! explosa-t-il. Si on se trouve assez près pour en arriver là, alors la bataille est perdue !

Il asséna un coup de poing sur le pont et jura :

– Ce sera un grand jour quand on abordera la Jamaïque et que Horn mettra sac à terre pour de bon.

– Il ne descendra pas à terre, dis-je.

Le canonnier releva la tête.

– Vous l’avez quand même pas engagé ?

– Si. Il a mis sa marque sur le livre. Un albatros.

– C’est lui, l’albatros, grogna Abbey. Jamais il ne touche terre. Il observe tout et ne parle presque jamais. Écoutez, M. Spencer, Un albatros n’a jamais rien apporté de bon, jamais. Et malheur à celui qui lui fait du mal.

UN VAISSEAU DE MORT

Les histoires à propos de Horn et de son coffre semblaient voleter sans fin autour du bateau comme des oiseaux en cage. J'avais appris de George Bretts que le coffre était rempli de pistolets et d'Harry Freeman qu'il s'agissait des os d'un chaman qui s'entrechoquaient à l'intérieur. Mais pour finir, le récit d'Abbey semblait le plus proche de la vérité, bien que personne n'eût jamais soulevé le couvercle de ce coffre étrange et merveilleux.

– Pas besoin de voir à l'intérieur, affirma un jour Abbey. Je *sais* qu'il y a dedans.

– Alors, dites-le-moi.

J'écoutai son histoire et descendis dans la cabine pour aller la répéter au capitaine.

C'était juste après midi, le douzième jour de la présence de Horn à bord, et nous étions assis dans l'ombre des rideaux tirés de la cabine du capitaine quand Butterfield entreprit de faire ses visées avec le sextant.

– Abbey prétend qu'il sait ce que Horn garde dans son coffre, annonçai-je.

– Vraiment ? (Butterfield était en train de feuilleter ses éphémérides.) Et qu'est-ce qu'il raconte, au juste ?

– Qu'il est plein de débris de bateaux, répondis-je. Que Horn navigue de l'un à l'autre et qu'il prélève un échantillon de chacun.

Le capitaine renifla.

– Curieux passe-temps. Et pourquoi ferait-il ça ?

Je tentai de le lui expliquer dans les mêmes termes qu'Abbey. Je me souvenais de l'éclat du soleil dans l'œil de verre et comment cette tête momifiée, couronnée d'un casque de cheveux gris, s'était tournée vers moi.

– Tous ces bouts de bois, ces débris de métal sont ses sortilèges de Jonas. Il s'en sert pour ses tours de magie vaudoue, dis-je.

Le capitaine rit de bon cœur.

– Des sortilèges de Jonas ! Tu ne crois pas à ces sornettes, allons !

– Non, capitaine, répondis-je – en vérité, je commençais à me poser des questions. Mais j'ai peur que les autres y *croient*. J'ai peur qu'Abbey leur tourne la tête.

Butterfield nota rapidement des chiffres sur un feuillet de papier.

– Et alors, qu'est-ce que tu suggères, John ?

– On pourrait obliger Horn à ouvrir son coffre et à nous montrer ce qu'il contient.

– Et perdre sa confiance ? observa Butterfield.

Il revint à ses tables de loch dont les longues colonnes de chiffres me donnaient presque le vertige.

– Non, il vaut mieux laisser courir, conclut-il.

– Et ça nous mènera où ?

– Ça finira par tomber à l'eau, à mon avis.

Il parcourut les colonnes du bout du doigt.

– Notre brave Abbey a pris la mouche. Jamais l'équipage ne s'est intéressé à lui, à son grand dépit. Pas étonnant qu'il ne supporte pas Horn.

Le capitaine se replongea dans ses étranges mathématiques. Il se mit à régler les angles et les miroirs de son sextant, ce qui, pour moi, était bien de la magie vaudoue.

Chaque jour, durant trois semaines, je l'avais écouté tandis qu'il s'efforçait de m'expliquer le maniement de l'appareil. Mais je n'étais vraiment pas doué pour les chiffres et je n'avais rien appris. Je le regardai établir son horaire et sa distance et j'attendis le moment où il prendrait son crayon, marquerait un point sur la carte et m'annoncerait : « Comme une fleur ! Voilà où nous sommes. » À vingt reprises, je lui avais entendu faire cette déclaration. Et ce jour-là, enfin, il la répétait. Mais cette fois, il y avait un doute terrible dans sa voix.

– Enfin, à peu près – du moins, j'espère, ajouta-t-il.

Je regardai sa carte et vis que les croix qu'il venait de tracer ne s'alignaient pas. À la sortie de la Manche, au sud vers les alizés puis à l'est dans l'océan, elles suivaient une ligne continue, mais ensuite elles décrivaient une courbe brusque pour continuer en s'espaçant. Je me mis à compter les croix en remontant la ligne et vis que la rupture du tracé coïncidait avec le jour où Mudge avait provoqué la chute du sextant hors de son coffrage.

– Vous ne savez pas où nous sommes ?

– Pas exactement, reconnut-il. Mudge a faussé mon sextant.

Butterfield tapa de la pointe de son crayon la dernière croix.

– Tu vois ? Il me dit où nous sommes, mais je sais que c'est faux.

– Alors où sommes-nous ?

Il traça un large cercle autour de la croix.

– Quelque part là-dedans, je suppose, mais ce n'est pas vraiment important. Tout ce que nous pouvons faire, c'est de continuer notre route et de voir où nous sommes quand nous y serons arrivés.

Je secouai la tête, pris de vertige.

– Mais pourquoi les deux points sont-ils aussi éloignés l'un de l'autre ?

– Qu'est-ce que tu crois ? demanda Butterfield.

– Le *Dragon* va plus vite maintenant ?

– Exactement, dit-il.

– Alors nous naviguons les yeux bandés ?

Il sourit.

– Plus ou moins, oui. Si le vent se maintient, nous avons une bonne chance d'atteindre les Antilles, mais pas exactement où nous voulions.

– Vous vous procurerez un autre sextant à Kingston ? demandai-je.

– Certainement pas, répondit le capitaine en roulant des yeux. Les sextants ne sont pas comme des oranges. On ne les ramasse pas au fond d'un panier. (Il secoua la tête.) Le mien, je l'avais déjà avant ta naissance et j'aimerais bien le conserver, figure-toi. Quand j'aurai compris l'erreur, je saurai faire la correction. Une fois que nous saurons où nous sommes, il n'y aura plus aucun danger.

Je l'écoutais à peine. Tandis qu'il parlait, je m'étais remis à compter les croix sur la carte. Et maintenant, je me rendais compte qu'elles coïncidaient avec le premier matin de Horn à bord. Il semblait que ce marin inconnu avait insufflé au *Dragon* des forces nouvelles qui le menaient vers un lieu connu de lui seul. De lui seul et de Horn.

– Oh ! le diable emporte ce Mudge !

Butterfield jeta son crayon sur la table où il s'immobilisa, au milieu de la carte. Plus rien ne bougeait : ni la lampe, ni les rideaux, ni le pistolet au bout de son crochet. Horn était à la barre et son ombre, à travers la claire-voie, se projetait sur la table.

– Ah, Horn ! fit Butterfield.

– Vous ne croyez pas que c'est un Jonas ? demandai-je.

– Non, bien sûr, rétorqua le capitaine. Quelle ânerie !

– Pourquoi ?

– Relis la Bible, John. Jonas le prophète essayait d'échapper à Dieu quand est survenue la tempête qui a fait couler son bateau. Oui, Dieu a déchaîné cette tempête et, en effet, il a calmé la mer dès que Jonas est passé par-dessus bord. Mais pourquoi ? Pour sauver le navire ? Jamais de la vie. Pour sauver le prophète, John. Dieu n'aurait jamais laissé un prophète se noyer.

Je ne pouvais pas discuter avec Butterfield quand il s'agissait de la Bible. Il la connaissait de A à Z. Pourtant, je me rendais bien compte que les choses avaient changé depuis que Horn était à bord. Dan Mudge était devenu un paria depuis qu'il avait faussé le sextant, M. Abbey broyait du noir en permanence et le capitaine était accablé de soucis. Et voilà que le vent se mettait à forcir, emportant le *Dragon* dans sa course mystérieuse.

Butterfield rangea son sextant et ses éphémérides. Je regardais l'ombre de Horn osciller sur la table, ses bras épousant les mouvements du gouvernail tandis que le *Dragon* fendait les flots.

– À votre avis, qu'est-ce qu'il transporte dans son coffre ? demandai-je.

– Je n'en sais rien et je m'en moque, répliqua-t-il. En voilà assez sur ce sujet. S'il y a un homme néfaste sur ce bateau, c'est notre fichu canonnier, avec ses racontars stupides.

– Oui, capitaine, marmonnai-je.

– Apparemment, tu es le seul à qui il ait mis la tête à l'envers. Allez, va... il faut que j'arrime mes affaires avant que Mudge reprenne la barre.

Je sortis de la cabane et montai les degrés de l'échelle quatre à quatre. Une fois sur le pont, je me retrouvai devant Horn. Il considérait les voiles en fredonnant « Cœur de chêne », cet air que les tambours battent au moment où la bataille s'engage. « *Du courage, mes lascars, on va droit vers la gloire !* » En me voyant, il se tut instantanément.

– Vous chantez aussi bien que vous barrez, dis-je.

Il ne répondit pas. Le *Dragon* gîta sous une risée ;

Horn donna un coup de barre et le bateau se redressa. C'était à croire que lui et le marin ne faisaient qu'un.

Son regard m'effleura, puis s'arrêta sur la grand-voile qui faseyait et dériva vers les focs gonflés par le vent. Il n'avait qu'une idée en tête : la marche du bateau. Je traversais le pont quand il me lança :

– Vous entendez comme il sait parler, M. Spencer ?

Ce n'était qu'une remarque en l'air, cette vieille idée qu'un bateau peut converser avec l'homme de barre par le biais de sa coque et de ses cordages et lui expliquer l'allure qu'il préfère. Mais je songeai à Turner Crowe qui avait trouvé la mort en se balançant aux drisses lors de ma première traversée à bord du *Dragon.* Il avait cru que la goélette retenait une âme prisonnière, l'esprit de son fils qui lui parlait parfois à travers les grincements de ses membrures.

– Qu'est-ce qu'il raconte ? demandai-je.

– Oh, ce que disent tous les bateaux, répondit Horn. Tous les bateaux et tous les marins. Qu'il aimerait naviguer éternellement dans les eaux bleues et profondes. Qu'il a peur de la terre. Et que s'il pouvait choisir, jamais il ne la reverrait.

Venant de Horn, c'était presque de la poésie, et je pensai à cet instant que tout ce qui se disait à propos des Jonas n'était qu'élucubrations de vieillard gâteux.

Mais, moins d'une heure plus tard, je fus de nouveau assailli par le doute.

Ce fut Mudge qui la vit le premier. Horn avait lâché la barre depuis quelques instants pour aller rejoindre son poste préféré, au pied du mât. Le capitaine était sur le pont, près de moi, à la poupe. Sous le vent, M. Abbey regardait vers l'arrière notre sillage frangé d'écume. Alors je vis Mudge se raidir et tendre le bras.

– Terre ! s'écria-t-il. Sauf erreur, je vois la terre !

Le capitaine grogna :

– Seigneur, il a vraiment une vue perçante. On est à des centaines de milles de toute terre.

Mais Mudge n'avait pas la berlue. Au-delà des voiles et des hommes qui se précipitaient vers la proue, j'entrevis un îlot minuscule avec trois arbres agités par le vent. Dans les creux de la houle, cette terre disparaissait puis ressurgissait sur les lames et je crus distinguer la ligne blanche d'un ressac. On avait l'impression que dans les arbres se balançaient des enfants.

Horn se leva, mais n'alla pas rejoindre les autres sur l'avant. Il se contenta de regarder cette terre inconnue un instant, puis il se retourna vers moi. Sur tout le bateau, il était bien le seul à détourner les yeux et Abbey ne manqua pas de s'en apercevoir.

– On dirait que tu l'as déjà vue, observa le canonnier.

Le *Dragon* voguait à bonne allure. Mudge nous menait droit vers l'îlot et je vis que ce n'était pas une terre. C'était un navire, ou plutôt la coque d'un navire, avec ses mâts nus émergeant d'un pont à demi submergé. Les vagues passaient par-dessus la lisse et rejaillissaient en tourbillons d'écume contre les cabines. Et ce que j'avais pris pour des enfants... c'était les cadavres des membres de son équipage.

Ils étaient morts, tous morts. Le soleil les avait desséchés et momifiés. Ils pendaient au bout de cordages accrochés aux vergues et aux étais, certains tout près du pont, d'autres à une grande hauteur. Tous se balançaient en tournoyant mollement. Ils me firent penser à des cadavres de mouche dans une toile d'araignée.

Nous manœuvrâmes pour longer l'épave ; dans notre sillage surnageaient les débris du bateau arrachés par les boulets de canon. Les corps qui se balançaient semblaient nous suivre des yeux ; certains flottaient presque au ras de l'eau.

– Je l'avais bien dit ! s'écria Abbey. Regardez-moi ce qu'il nous apporte, votre Jonas.

– Toi, tais-toi ! dit Butterfield.

Il tremblait ses lèvres étaient blanches.

– C'est pas lui qui nous a menés ici ? hurla Abbey. Dans tout l'océan, il a fallu qu'il fasse route jusqu'ici pour voir sa besogne de Jonas !

– Tais-toi, je t'ai dit ! aboya Butterffield.

La voix du canonnier était assez forte pour porter jusqu'au beaupré et les hommes d'équipage étaient tous tournés vers nous.

– Paré à abattre les voiles, leur cria le capitaine. Mudge, amène au vent !

Les hommes reprirent leurs tâches, mais Horn revint vers l'arrière. À pas rapides, il grimpa sur la dunette et se dirigea vers Abbey, les poings serrés. Butterfield s'interposa entre les deux hommes.

– Débarquez-le ! cria le canonnier au capitaine.

Abbey semblait très soulagé par la présence de Butterfield entre Horn et lui.

– Donnez-lui le commandement de son bateau de Jonas et laissez-le dériver où il voudra !

– Je ne suis pas un Jonas, dit fermement Horn.

– Cause toujours, farceur ! caqueta Abbey.

– Capitaine, dit Horn que j'entendais pour la première fois utiliser ce titre. Je suis béni des dieux, c'est vrai. Je suis béni plus qu'on ne peut l'imaginer.

– Ah, en voilà une bien bonne ! cria Abbey.

– Je peux le prouver.

– À d'autres ! s'exclama le canonnier.

– En voilà assez ! dit Butterfield. M. Abbey, vaquez donc à vos occupations.

– Quelles occupations ? demanda le canonnier, la tête penchée de côté.

– Vous avez bien quelque chose à faire !

– Je pourrais couler ce rafiot, suggéra Abbey, l'expédier par le fond.

– Très bien. (Le capitaine hocha la tête.) Prends la chaloupe et ramène les cadavres. Qu'ils soient prêts à être immergés décemment. Ensuite, occupe-toi de tes canons !

Il se tourna vers Horn.

– Maintenant, quelles sont tes preuves ?

– Descendez avec moi et je vous montrerai, dit Horn.

LE COFFRE DE HORN

Je suivis Horn et le capitaine depuis le gaillard d'arrière jusqu'à l'avant et nous descendîmes dans le poste d'équipage. Là, en bas des marches, nous nous retrouvâmes tous les trois dans un espace encore plus sombre que la cabine du capitaine, en contemplation devant le coffre mystérieux de Horn.

Casé contre la base de l'échelle, il luisait dans la lumière tombant de l'écoutille. Les superbes garcettes fixées aux deux bouts se balançaient dans le roulis en heurtant les parois de bois. Les crânes ou les os du chaman, ou n'importe quoi d'autre, semblaient répondre avec leurs entrechoquements légers à l'intérieur.

Horn plongea la main sous sa chemise et en sortit une clef qui pendait à une boucle de fil à voile. Puis il s'agenouilla, se pencha sur le coffre, tâtonna sur le devant et inséra dans une serrure invisible la clef toujours pendue à son cou. Un déclic se produisit ; il se redressa et souleva le couvercle de quelques centimètres.

– Qu'est-ce que je garde là-dedans, à votre avis ?

Il releva la tête et, avec appréhension, je croisai son regard bleu et direct.

– Hein ? reprit-il. Qu'est-ce qui peut bien couler un navire et vous conduire jusqu'à son épave comme la boussole d'un sorcier ?

Il parlait comme un professeur devant deux élèves inattentifs. Je mourais d'impatience de voir le contenu du coffre et son discours me faisait trépigner.

– Enfin, qu'est-ce qu'il y a là-dedans de si important, pour le garder sous clef ? demandai-je.

– Le respect de la vie privée, dit-il.

Il ouvrit tout grand le couvercle et nous nous penchâmes dessus. Je ne vis que des vêtements, un pantalon de toile plié avec soin, une chemise comme celle qu'il portait, des chaussures pour aller à terre, bref rien d'intéressant. Il souleva alors ses affaires et, au-dessous, apparurent des bouteilles. Une douzaine au moins, couchées côte à côte, chacune recouverte d'une sorte de housse de laine épaisse.

Butterfield se mit à rire. Je savais qu'il me regardait mais j'évitai de me tourner vers lui.

Horn plongea les mains dans le coffre et en sortit l'une des bouteilles. Il la maniait aussi tendrement que le capitaine son sextant. Puis il lui ôta son capuchon. Et j'en eus la respiration coupée. Dans la bouteille se trouvait un navire. Un superbe trois-mâts, naviguant sur une mer peinte avec des moutons blancs. Il portait une nuée de petites voiles taillées dans du tissu et gréées selon les règles. Les basses voiles étaient déployées, coiffées par les bonnettes et les flèches étaient montées sur d'infimes tiges de bois. Un bourrelet d'écume coiffait l'étrave, un sillon suivait la poupe et les pavillons, minuscules, montaient jusqu'aux flancs de la bouteille.

Horn sortit les bouteilles une à une, et je pus contempler avec admiration des bricks, des frégates, des navires de guerre à trois ponts. Tous étaient parfaits dans leurs proportions et les moindres détails du gréement, comme surpris en pleine navigation.

– C'étaient mes bateaux, dit Horn. Du moins, j'ai navigué sur tous.

– Ils sont merveilleux, déclara Butterfield.

Horn lui tendit une bouteille et m'en offrit une autre. La mienne contenait une brigantine prise dans une mer déchaînée ; des lames miniatures balayaient le pont.

– C'est ma vie que j'ai mise dans ces bouteilles, dit Horn.

Avec soin, il recoiffa les autres bouteilles de leurs housses de laine avant de les remettre dans son coffre.

– Si j'en perdais un, dit-il, je crois que je perdrais tout ce qui se rattache à lui.

Le tout petit bateau que je tenais était équipé de haubans et d'étais avec des balancines et des écoutes. Je ne me lassais pas de l'admirer sous tous les angles, y compris à travers le cul de la bouteille qui faisait office de loupe. Et je ne parvenais pas à comprendre comment Horn avait pu introduire ses maquettes par le goulot.

– Celui-là, c'est *L'Étoile du Matin*. Mon premier bateau. (Il tendit la main et tapota ma bouteille du bout de l'ongle.) Je lui ai pris une de ses membrures pour fabriquer ce modèle réduit. À tous, j'ai pris des morceaux pour les faire.

Des débris de bateaux. Abbey n'était pas loin de la vérité, après tout, mais il se trompait. À chaque navire véritable, Horn avait donné une nouvelle naissance, un rejeton identique à sa mère. Cette idée me toucha.

– Vous leur avez donné à tous des enfants.

– Des enfants ? (Il sourit ; ses yeux bleus brillaient.) Oui, c'est ça, approuva-t-il, mais ce sont plutôt des orphelins.

– Comment ça ? demanda le capitaine.

Horn me prit la bouteille des mains.

– Ce que vous voyez là-dedans, dit-il, c'est tout ce qu'il en reste. *L'Étoile du Matin* gît par le fond devant les rochers du Fastnet.

Le *Dragon* accusa un mouvement de roulis plus fort et les bouteilles émirent un léger tintement. La voix de Horn se mua en un murmure.

– Et pour tous les autres, c'est pareil, fit-il. Leurs mères ont disparu, toutes sans exception. Certains ont été coulés au canon, certains ont sombré dans la tempête. D'autres n'ont simplement jamais été retrouvés.

Il y eut un craquement de bois, une vibration de la coque tandis que le *Dragon* chevauchait une vague.

– Tous ? demanda Butterfield.

– Tous, les malheureux, dit Horn et il secoua la tête, l'air confondu. Un hasard terrible, incroyable.

Je ne partageais pas du tout son étrange humour. Et je me sentais glacé jusqu'aux moelles à l'idée que tous les bateaux sur lesquels il avait navigué avaient fini tragiquement.

Comme il reposait mon bateau parmi les autres, je considérai son coffre au couvercle ouvert et un frisson me parcourut l'échine. C'était un cercueil de bois qu'avait construit Horn, un tombeau pour les bateaux perdus.

– Alors, c'est vrai, dis-je, vous *êtes* un Jonas.

– Pas du tout. (Il semblait surpris par ma réflexion.) Je suis béni des dieux, comme je te l'ai dit. Personne n'est béni des dieux comme moi.

– Comment ça ?

– Tu n'as pas écouté.

Ses yeux tournés vers moi brillaient dans l'ombre.

– Ces bateaux étaient condamnés par la fatalité. Je ne sais pas pourquoi, mais j'y ai toujours échappé. Je n'étais à bord d'aucun de ces bateaux quand ils ont coulé.

Le capitaine et moi échangeâmes un long regard. Puis il désigna le coffre.

– Ton dernier bateau est là-dedans ?

– Non, dit Horn, ce sera le prochain.

Le ton de sa réponse avait quelque chose de menaçant.

– Vous voulez dire le *Neptune ?* demandai-je.

Il fronça les sourcils puis secoua la tête.

– Les paquebots ne comptent pas. Ni les bacs, ni les chalands. Je ne parle que des navires où je travaille, de ceux sur lesquels j'ai signé un engagement.

– Comme le *Dragon,* dis-je en réprimant un frisson.

– Eh oui. (Il me fixa de ses yeux bleus.) Mais ne vous inquiétez pas, M. Spencer. Il n'y a pas de navire plus sûr que celui à bord duquel se trouve le vieux Horn.

Il me fit un clin d'œil et j'eus l'impression d'une lanterne qui s'éteignait une fraction de seconde.

– Tant qu'il y reste, vous comprenez, conclut-il.

Malheur à celui qui lui fait du mal. Je me souvenais de l'avertissement d'Abbey.

– Donc, maintenant, vous êtes prévenu, dit Horn.

La serrure se referma avec un déclic.

– Et maintenant, vous pouvez aller expliquer ça à votre canonnier et à tous les autres. Vous pouvez leur dire que dans mon coffre, il n'y a que des bouteilles.

Nous remontâmes sur le pont où les marins morts du bateau désemparé étaient alignés, enveloppés de linceuls de toile. Ils semblaient rapetissés, redevenus des enfants.

Horn s'éloigna pour participer à l'organisation des obsèques. Le capitaine alla chercher sa Bible. J'aidai Abbey à préparer ses canons et lui racontai ce que nous avions vu et entendu sur le gaillard d'avant.

– Seulement des bouteilles ? dit-il comme j'achevai mon récit. Elles représentent bien plus que ça, comme je vous l'avais dit. Ses sortilèges vaudous, les voilà !

C'était un fait : il n'était pas loin de la vérité. Mais, dans son esprit, Horn était un personnage néfaste, alors que pour Butterfield et moi, il était simplement poursuivi par la malchance. Mais il était clair que rien ne ferait changer le canonnier d'avis.

Nous célébrâmes, au grand soleil, un service pour les âmes de ces pauvres diables dont nous ne savions même pas les noms. Puis nous les expédiâmes à la mer vers des profondeurs qui se mesuraient en milles et non en brasses. Sur le gaillard d'arrière, Butterfield nous fit chanter un cantique solennel, puis il récita quelques versets de la Bible sans même consulter le livre qu'il tenait à la main. Et il dit une petite prière avant de faire signe à M. Abbey.

– Très bien, dit-il. Tu peux commencer à tirer.

C'était étrange de passer sans transition des prières à la canonnade, mais Roland Abbey semblait avoir enfin surmonté son humeur sombre. Sa toison grisonnante prise dans un foulard rouge, il se mit à nous donner des ordres comme si le *Dragon* était un vaisseau de ligne.

Bien entendu, mon père n'avait pas acheté la meilleure qualité d'armement. Certaines charges firent long feu, quelques-uns des boulets décrivirent une trajectoire incurvée comme des balles de cricket. Mais ce n'était pas une excuse pour la médiocrité de nos tirs. Nous ne touchâmes la cible qu'une fois, quand les deux bateaux étaient si près l'un de l'autre qu'on aurait presque pu lancer les boulets à la main.

Abbey confia tour à tour à chacun de nous le soin de charger les canons, de les écouvillonner et d'allumer la mèche. Tous, sauf Horn qui fut chargé de la plus périlleuse des besognes. Debout sur la rambarde, enveloppé de fumée à chaque explosion, il devait enfoncer après chaque coup son écouvillon dans l'âme du canon chauffé au rouge.

Je l'observai. Il s'était attelé à sa tâche avec énergie, ne prenant que le temps d'ôter sa chemise. Avec sa clef qui se balançait au bout du fil, il avait repris calmement son travail.

Abbey me donna un coup d'épaule.

– Alors, vous voyez ce que je voulais dire ? fit-il. Quel démon lui a fait ça ?

Le dos de Horn était couvert de cicatrices. Sa chair avait dû être arrachée de l'épine dorsale et les bourrelets livides, vestiges de ses blessures hideuses, palpitaient comme des vaisseaux sanguins. Chaque fois qu'il brandissait l'écouvillon au-dessus de sa tête, ses cicatrices se tordaient sous sa peau comme des serpents. Puis j'entendis un long rugissement et je me rendis compte que les hommes poussaient des acclamations. Le mystérieux navire était prêt à sombrer.

Il coula, la proue la première, dans un grand bouillonnement liquide, accompagné de longs grincements et craquements de bois. Les hourras s'estompèrent et nous le regardâmes s'enfoncer dans un silence austère, car la mort de ce bateau ne manquait ni de grâce ni de dignité. Enfin, il ne resta plus sur la mer qu'un tournoiement d'épaves et des grappes de bulles qui montaient vers la surface. Au-dessous, le navire qui semblait voguer encore passa sous notre quille dans son dernier voyage vers l'empire des morts.

En pensant à sa descente dans les profondeurs obscures des abîmes marins où s'enfonçaient sans doute en lentes spirales les morts dans leurs linceuls, parmi les poissons et les baleines, j'eus un frisson glacé. Puis je vis un nuage de bulles crever contre la coque à tribord et ressentis un léger choc en dessous de moi, contre la grille.

Je me penchai en avant et distinguai un objet qui émergeait de la mer. Cramponné à la lisse, je me mis à crier. C'était donc là le cercueil d'Abbey, songeai-je, ou du moins sa vision d'un cercueil qui se matérialisait.

LES VERTS PATURAGES

Long et étroit, enveloppé d'algues, cet objet en forme de cercueil émergea de l'eau sous mes yeux dans une gerbe d'écume mêlée de bulles, tel un nageur remontant du fond. Il s'éleva, se dressa de toute sa hauteur, puis retomba brusquement pour flotter le long de la coque du *Dragon*. Je vis alors qu'il ne s'agissait que d'un canot, un petit doris effilé avec ses avirons encore attachés aux tolets.

Incrusté d'éponges et d'algues, ce canot avait quelque chose de sinistre. C'était à croire que le démon des abysses lui-même l'avait renvoyé vers la surface pour venir y prendre une nouvelle fournée de marins, afin de les engloutir dans les profondeurs. Mais, en même temps, il apparaissait comme le courageux survivant d'un navire inconnu. Et le capitaine donna l'ordre de le hisser à bord.

Pour la première fois, Horn se déroba à sa tâche. Il ne voulut ni toucher un filin ni poser une main sur le canot. Il n'avait qu'une idée, abandonner cette épave, la couler au plus vite avec le reste. Mais nous ne la hissâmes pas moins sur le pont; puis nous reprîmes la route des Antilles où nous parvînmes dix jours plus tard.

J'attendais ce moment depuis notre départ de Londres. J'avais imaginé que nous célébrerions notre arrivée dans le Nouveau Monde avec une grande fête, que nous danserions peut-être sur le pont, pieds nus, comme des sauvages. Mais lorsque les îles nous apparurent, simple moucheture sur la ligne d'horizon, ce fut un moment solennel. Le capitaine Butterfield plia la jambe et mit un genou sur le pont. Et Horn considéra la terre, l'air désespéré, comme un homme découvrant la potence qui l'attend.

Peu à peu, les îles se firent plus grandes et plus nettes. Nous distinguâmes le vert brillant des arbres qui se détachaient sur le gris des rochers. D'autres îles surgirent derrière la première, puis d'autres encore, jusqu'à former un long chapelet qui s'étirait de gauche à droite. Entre elles, aucun passage praticable n'était visible.

– Où sommes-nous ? demandai-je au capitaine.

– Je crains bien de n'en avoir aucune idée, dit-il. Si tu allais chercher la carte ?

Je descendis la chercher dans la cabine et Butterfield l'étala sur le gaillard d'arrière. Penché dessus, à genoux, il observait tantôt les îles, tantôt la carte. M. Abbey se joignit à lui et ils me firent à tel point l'effet de deux poulets en train de picorer sur le pont que je faillis éclater de rire.

– Ça n'a rien de drôle, aboya Butterfield en me voyant sourire. Nous sommes perdus. Tu n'as pas l'air de t'en rendre compte.

– Si, capitaine, protestai-je.

– Il n'y a qu'un passage qui puisse nous maintenir au vent à l'abri du danger, mais où est-il ? (Il désigna les terres d'un geste large.) Où est donc Antigua dans tout ça ?

– Horn doit le savoir, remarquai-je.

– C'est ça ! Pour qu'il nous expédie sur la route du diable bouilli ! s'exclama Abbey.

– Silence ! coupa Butterfield. John a raison.

Horn fut donc convoqué. Il laissa errer son regard sur les îles, dédaignant de consulter la carte.

– Il faut mettre cap au Nord, dit-il.

– Tu es sûr ? demanda le capitaine.

Horn tendit la main.

– Ce que vous voyez là-bas, c'est la Martinique, à bâbord sur l'avant.

Butterfield étala une main sur la carte et mesura une distance de près de 200 milles jusqu'à Antigua.

– On ne peut pas être si loin que ça ! dit-il.

– Alors, ralliez ce caboteur, là-bas, et demandez-lui si je me trompe !

– Quel caboteur ?

Butterfield, plissant les yeux, scruta la mer. Je l'imitai et finalement entrevis un minuscule triangle blanc qui se détachait sur la côte et naviguait vers le Nord.

– Là-bas ! m'écriai-je.

– Crénom ! s'exclama mon oncle Stanley. Moi je ne vois rien, mais si ce gamin l'a repéré, je n'en demande pas plus !

Horn émit un grognement de mépris et nous tourna le dos tandis que nous virions de bord pour mettre cap au Nord en direction du caboteur. C'était un bateau gréé en sloop, nettement moins rapide que le *Dragon*, et nous gagnâmes sur lui en décrivant un arc de cercle qui nous amenait dans son sillage.

Bientôt nous pûmes distinguer le barreur à demi couché, les deux jambes allongées en travers de la barre. Comme il tournait la tête, il nous aperçut et bondit sur ses pieds. Quelques instants plus tard, une agitation fébrile régnait sur le pont. Des silhouettes de marins s'agitaient en tous sens et toute la toile dont pouvait disposer le caboteur fut hissée dans le gréement. Puis le bateau se mit à filer en gîtant fortement vers un groupe de récifs sur lesquels se brisaient des rouleaux écumants.

– Par Dieu ! s'exclama Butterfield en le suivant des yeux. Voilà un curieux accueil !

Nous poursuivîmes notre route vers le Nord, comme

l'avait conseillé Horn, et nous croisâmes un second caboteur qui, lui, naviguait au Sud, mais qui en nous voyant vira franchement vers l'Ouest. Puis un troisième bateau se détacha de la terre et fila dans la direction opposée à la nôtre.

– Par tous les diables ! s'écria Butterfield. Ils nous prennent pour des lépreux ou quoi ?

Le petit Roland Abbey était hors de lui.

– Et si je lui expédiais un coup de semonce, suggéra-t-il, pour lui apprendre qui nous sommes ?

Durant trois jours, nous labourâmes la mer cap au Nord, mettant en fuite tous les bateaux de rencontre. Puis nous trouvâmes Antigua exactement où nous l'avait dit Horn et nous louvoyâmes parmi les îles vers la mer des Caraïbes et ses eaux bleues aux reflets d'or. Un matin, nous aperçûmes les montagnes de la Jamaïque, si hautes que leurs sommets étaient coiffés de nuages comme des chapeaux neigeux.

Nous en étions à notre cinquante-troisième jour de navigation quand nous doublâmes l'extrémité de la péninsule des Palissades pour atteindre le port de Kingston. De la barre, je vis la baie s'ouvrir largement tandis qu'apparaissait la ville en pleine activité.

À tribord, sous les canons de Fort George, les vaisseaux anglais étaient mouillés au large de Port-Royal, rangés côte à côte comme une muraille de parois de bois. Nous défilâmes devant la flottille avec la grand-voile qui faseyait tandis que les guirlandes de flammes et de pavillons s'élevaient dans leurs gréements. Hissés les uns après les autres, ils se transmettaient des messages de navire à navire et jusqu'à la capitainerie du port.

– Ils sont aussi bavards que des femmes de pêcheurs, ma parole, remarqua Abbey.

La plupart des pavillons lui étaient inconnus, mais le sens général de ce qu'ils exprimaient ne lui échappait pas.

– Ils se demandent qui nous sommes et d'où nous pouvons bien arriver.

– Au moins, ils ne se sauvent pas devant nous ! dit Butterfield.

Les mains croisées dans le dos, il me donna un premier cap sur une montagne, puis un autre sur le clocher d'une église. Nous approchâmes des quais et des appontements.

– Viens au lof ! cria-t-il, et je mis le *Dragon* bout au vent.

Le navire s'arrêta puis dériva de quelques mètres en arrière dans les claquements de sa voilure.

– Paré à mouiller ! lança Butterfield ; et notre ancre descendit de son puits.

Et voilà que nous étions de nouveau à l'amarre près de la terre ferme, mais aux antipodes ou presque de chez nous, dans la baie qui avait abrité Barbe Noire, Morgan et Kidd. L'envie d'aller courir dans les prés en pente me causait des fourmillements dans les jambes et je sentais ma tête tourner à l'idée d'explorer un nouveau monde. Mais il y avait de nombreuses tâches à accomplir à bord avant que quiconque descendît à terre. Et, pour commencer, une cargaison à décharger, puis une autre à trouver pour prendre sa place, car un bateau ne vivait pas de l'air du temps. Nous nous mîmes donc au travail dans la chaleur accablante et je laissai mon esprit vagabonder. Nos regards errant vers le rivage, nous ferlions les voiles et étarquions les drisses et nous aspirions tous à quitter le bord quand la flotte de guerre envoya un canot à notre rencontre. Six hommes souquaient aux avirons, commandés par un jeune enseigne à peine plus âgé que moi, me sembla-t-il, un Écossais, sans doute, à la toison flamboyante sous son bicorne. Il vint se ranger le long de la coque et demanda :

– Le nom de votre navire ?

– Le *Dragon*, répondit Butterfield penché sur le bastingage.

– En provenance d'Angleterre ?

– Oui.

Sa voix était trop juvénile pour porter bien loin. Mais c'était la première que nous entendions depuis longtemps, hormis les nôtres, et l'équipage se rassembla pour l'écouter. Seul Horn resta à l'écart, feignant de s'affairer sur la grand-voile dont tous les haubans étaient déjà noués.

L'enseigne leva la tête vers le capitaine.

– Avez-vous eu le moindre signe de *La Prudence* ? demanda-t-il.

– Je ne connais pas ce bateau, répondit Butterfield.

– C'est une goélette noire comme la vôtre, mais armée de douze canons, expliqua le jeune officier. Nous vous avons d'abord pris pour eux jusqu'à ce que nous voyions cette gueule de monstre sur l'étrave.

Butterfield grommela quelques mots dans sa barbe, puis demanda à haute voix :

– Et alors, ce navire ?

– Il est attendu en Angleterre, dit l'enseigne.

Les rameurs et l'homme de barre écoutaient tous avec attention.

– Je crains qu'il ne soit perdu, capitaine.

– Nous ne l'avons pas vu, dit Butterfield. Je suis au regret.

L'enseigne toucha le bord de son chapeau et fit signe aux rameurs de nager à culer. Il s'assit à la barre, puis se releva brusquement.

– Son capitaine s'appelle Bartholomew Grace, dit-il. Si vous apprenez quoi que ce soit à son sujet, signalez-le à l'amiral.

– Je n'y manquerai pas, répondit Butterfield.

Le canot fit demi-tour et repartit vers la flottille de guerre, au rythme parfait des six avirons. Nous nous remîmes au travail et je regardai notre chaloupe se diriger vers les quais, ne laissant à bord qu'Abbey, Horn et moi-même. Le puissant marin au teint cuivré ne souhaitait pas se rendre à terre et il disparut au contraire dans les profondeurs du gaillard d'avant. Abbey s'était déclaré trop vieux pour profiter des plaisirs que pouvait offrir Kingston ; il préférait passer la journée en compagnie de ses canons et il me donna presque l'impression qu'il espérait une attaque soudaine des pirates. Quant à moi, j'avais la responsabilité du bateau, tâche qui ne me causait qu'un plaisir mitigé.

Notre cargaison de laine fut transportée à terre à bord de gabares menées par des indigènes au teint basané. Les embarcations quittaient le *Dragon* chargées de ballots volumineux et revenaient avec de l'eau et des vivres. Dans l'après-midi se leva une brise qui me donna tout d'abord une impression de fraîcheur, jusqu'à ce qu'elle nous submergeât de la puanteur d'une vieille coque pourrie ancrée au fond de la baie. J'aidai Abbey à astiquer ses canons, mais passai surtout mon temps accoudé au bastingage, à observer le rivage et les navires de guerre rangés avec leurs vergues parfaitement alignées. Au-delà, les ruines de l'ancien port des pirates tremblaient dans l'air brûlant.

– Si jamais les fantômes existent, remarqua Abbey, c'est là-bas qu'on peut les trouver. Paraît que les vieux boucaniers se baladent sous le port avec les poissons et les vers. La nuit, ils sortent de l'eau drapés d'algues dégoulinantes. (Il fit la grimace.) M'est avis que j'irai les retrouver bientôt chez Davy Jones[1] ou là-haut dans les verts pâturages. Tu crois qu'ils existent, ces endroits-là ?

– Ne dites donc pas de bêtises, protestai-je.

– Et pourquoi pas ? riposta-t-il. Mes jours sont comptés et j'aimerais bien savoir ce que devient un homme quand il part pour le grand voyage. Quand on voit passer des cercueils flottants, on se pose des questions, pas vrai ?

– Vous avez vu des ombres, dis-je, un simple jeu de lumière.

---

1. Davy Jones : les grands fonds, cimetière de la mer.

Abbey secoua la tête et se remit à frotter avec vigueur ce qu'il avait déjà astiqué.

– Doit faire froid et noir chez Davy Jones, mais paraît qu'au-dessus des nuages, il fait chaud et il ne pleut jamais.

Je remarquai qu'une larme coulait le long de sa joue et tombait sur le canon.

– Peut-être qu'on a le choix, reprit-il. Si on aime la mer, on descend au fond. Et si on est comme moi et qu'on n'aime pas s'éloigner de la côte, alors on monte là-haut, où il y a des tavernes, des bals et des arbres pour s'asseoir dessous. Qu'est-ce que t'en dis, John ?

– Je ne sais pas, répondis-je.

– On sera fixés bien assez tôt. (Il tapota le canon.) Y a plus longtemps à attendre, maintenant.

– Attendre quoi ?

– Je sais pas trop, dit-il. Mais la nuit dernière, j'ai fait un rêve. J'ai vu une pluie de fer, une inondation, tout s'est mis à puer, et un incendie s'est déclaré. Pour moi, ça finira comme ça. Par le feu.

Comme j'en avais assez de l'écouter, je montai sur la cabine et m'assis près du petit doris qui venait de l'épave. Sa carapace d'algues avait séché et il s'en élevait cette odeur puissante qui fait rêver les terriens à la mer ; distraitement, je tentai d'arracher quelques herbes et des lambeaux d'éponge racornis. Le doris, peint en blanc avec un liston rouge finement tracé, avait dû être un beau canot de sauvetage, et je comptais bien, dès que je le pourrais, lui rendre son élégance passée. Je couvris le toit de la cabine de débris verdâtres et gris tandis que les coques des gabares heurtaient les flancs du *Dragon* dans le clapot soulevé par le vent de l'après-midi. Plus la brise forcissait, plus l'odeur de l'épave pourrissante empirait et je n'avais qu'une idée : me retrouver au large. Mais, ce jour-là, nous ne déchargeâmes que la moitié de notre cargaison.

Le lendemain matin arriva un autre navire, aussi putride et rongé par la mer que l'autre. Il défila dans un nuage dont l'infection était aussi insupportable que celle de l'épave, mais il alla droit jusqu'au quai où ses panneaux de cale furent ouverts. Aussitôt s'élevèrent des profondeurs du bateau des gémissements effrayants et un horrible hurlement.

À nouveau, je me retrouvai seul avec Abbey et Horn et, une fois de plus, se répétèrent les allées et venues des gabares. Soulagé de son fardeau, le *Dragon* flottait plus haut et, debout à l'arrière, je considérai son bordage revêtu d'un matelas d'algues. Tel un visage humain, le bas de la coque s'était couvert durant la traversée d'une barbe végétale hirsute. Il y avait là assez d'herbe pour nourrir une vache et je songeais qu'il allait falloir gratter et caréner le bordage avant de repartir quand Horn vint me rejoindre.

– Ça y est. J'ai fini, dit-il.

– Fini quoi ?

Il fit apparaître une bouteille qu'il tenait cachée derrière son dos. Je sentis mes jambes se dérober sous moi : à l'intérieur était construite une petite goélette naviguant au près par bonne brise. Avec sa coque noire et sa voilure blanche, le *Dragon,* dans sa prison de verre, fendait hardiment les flots.

LE MARCHAND D'ESCLAVES

La bouteille brillait dans le soleil et Horn me la tendait, mais je ne fis pas un geste pour la prendre. Le sort fatal qui avait poursuivi tous ses bateaux me semblait trop réel et trop proche. En même temps, je ne pouvais en détacher mes yeux. Et, plus je considérais la maquette avec attention, plus elle m'apparaissait inexacte. La voile de flèche était trop grande et, sur le pont, il n'y avait qu'un gaillard d'arrière réduit ; quant aux cornes de vergue, elles étaient trop hautes.

– Vous vous êtes trompé, dis-je.

– Pas du tout, riposta Horn.

– Le *Dragon* ne ressemble pas à ce bateau.

– Eh bien, ce n'est pas le *Dragon.*

Il paraissait froissé. Ma réflexion l'avait blessé. Mais je ressentis un si vif soulagement que je pris la bouteille en disant :

– Mais c'est un très joli petit vaisseau.

– Mon dernier, dit Horn. Il était exactement comme ça quand j'ai quitté son bord

– Le *Passage du méridien ?* demandai-je.

– Non.

La voix douce, il ajouta :
– C'était un paquebot.
– Et les paquebots ne comptent pas, ajoutai-je, répétant une phrase qu'il avait prononcée plus tôt.
– En effet.
Il tendit la main vers la bouteille, mais je refusai de la lui donner.
– Quel est son nom ? demandai-je.
– Ça ne vous dirait rien, répondit Horn.
– On ne sait jamais.
– Non, je vous dis. (D'un geste prompt comme l'éclair, il m'arracha la bouteille des mains.) Je n'aurais pas dû vous la montrer.
– Alors pourquoi l'avez-vous fait ? demandai-je, offusqué.
– Je croyais qu'on était camarades, remarqua-t-il.
– Mais nous *sommes* camarades, protestai-je.
– Alors, laissez-moi en paix, dit Horn.
Ses bras tremblaient ; ses doigts se crispèrent sur la bouteille.
– Les camarades, justement, ne se cherchent pas des poux dans la tête.
Je ne comprenais pas cette brusque saute d'humeur.
– Je vous demandais seulement le nom de ce bateau !
– Salut, M. Spencer, dit-il d'un ton agressif, puis il tourna les talons et s'éloigna.
– Attendez ! lui criai-je, mais il ne s'arrêta pas.
Je restai un moment sur place, désorienté par sa réaction, essayant de comprendre en quoi j'avais pu l'offenser. Puis je retournai vers le doris et me remis au grattage de sa coque tout en me demandant ce qu'au fond je savais de Horn. Pas grand-chose, à coup sûr, sinon qu'il était apparu à bord d'un canot de sauvetage appartenant au *Passage du méridien* et qu'il avait autrefois navigué sur un bateau qui ressemblait beaucoup au *Dragon*. Puis je songeai au jeune enseigne qui nous avait questionnés

à propos de ce *Prudence* dont on était sans nouvelles. « Nous avions pris votre goélette pour lui, avait-il dit, jusqu'à ce que nous voyions cette gueule de monstre à la proue. »

Je hochai la tête. Le *Prudence* était un vaisseau de guerre et il était très probable que Horn avait appartenu à la marine royale. Au cours des neuf derniers mois, après la signature de la paix d'Amiens entre l'Angleterre et la France, des milliers de marins s'étaient retrouvés à terre. Horn avait pu être du nombre, à moins qu'il ne fît partie des milliers d'autres qui étaient restés dans la marine car la paix menaçait de ne pas durer longtemps. Et il avait été question d'une autre guerre bien avant que le *Dragon* eût quitté une Angleterre hivernale et venteuse pour rallier les Antilles.

N'était-ce qu'une coïncidence si le *Prudence* avait disparu au moment où Horn apparaissait dans son canot ? J'avais le sentiment de frôler la vérité, mais sans trouver le temps d'y réfléchir. Nos cales étaient enfin vides et un homme était arrivé en canot pour négocier le chargement d'une nouvelle cargaison.

Il était blond et gras, le visage et les mains rougis par le soleil. Il avait l'air d'une fraise. Comme il se hissait à bord, cramponné aux haubans, il m'appela d'une voix nasale et essoufflée :

– Hé, garçon… Qui commande à bord, ici, garçon ?

– Moi, répondis-je.

– Oh. (Il haussa les sourcils et son front brûlé par le soleil se plissa de rides.) Et qui es-tu ?

– John Spencer.

Il émit un grognement.

– Il n'y a pas d'*homme* à bord ? demanda-t-il.

– Aucun à qui parler, répliquai-je.

Ce personnage ne m'inspirait aucune sympathie.

Durant une demi-heure, il arpenta les cales à petits pas maladroits. Il tenait à la main un carnet rouge et un tout petit crayon qu'il humectait du bout de la langue. Comme il remontait du fond du bateau, une bouffée d'air empestée portée nous enveloppa. La main sur le nez, il retint sa respiration. Enfin, d'une voix haletante, il déclara, pour lui-même plutôt que pour moi :

– L'est pas bien grand... mais enfin, il faudra bien s'en contenter. (Il détacha un lambeau de peau de sa pommette.) Faudra l'aménager pour la traversée, bien sûr, ajouta-t-il, mais on pourra même pas y mettre la moitié du chargement de *La Belle Îlienne,* là-bas.

D'un vague signe de tête, il m'indiqua le mouillage de *La Belle Îlienne* et je me retournai, m'attendant à voir un navire aussi plaisant que son nom. Mais, tout au contraire, je reconnus le bateau qui était arrivé porteur d'odeurs nauséabondes et d'où s'élevaient ces horribles plaintes.

– *L'Îlienne* en transporte près d'un millier, mais je vais te dire, mon garçon... (Ses lèvres remuaient comme s'il comptait, chargeant le bateau dans sa tête.) Dans ta petite cale, on pourra peut-être en mettre deux cents, et cent dans le gaillard d'avant.

– Cent quoi ? demandai-je.

Il me considéra comme si j'étais simple d'esprit.

– Esclaves, fit-il.

– Des... des gens ? m'enquis-je.

– Des esclaves, répéta-t-il, comme s'il y avait une différence.

Avec notre simple équipage de huit hommes, le gaillard d'avant était déjà encombré.

– Comment comptez-vous mettre cent personnes là-dedans ? demandai-je.

– Par couches, garçon, dit-il. Comme des crayons dans leur boîte.

– Ils vont suffoquer !

– Deux sur dix peut-être, fit-il avec un reniflement de mépris.

J'imaginai le *Dragon* bondé d'hommes et de femmes et leurs lamentations montant des cales.

– Partez ! dis-je.

– Quoi ? fit-il.

– Quittez mon navire ! Tout de suite !

Je me sentais livide, écœuré par la seule vue de ce triste sire à la face congestionnée.

– Si j'étais plus vieux, continuai-je, je vous jetterais à la mer.

Il me regarda, battant des paupières.

– Voyons, garçon, dit-il, tu as besoin d'une cargaison.

– Pas une cargaison humaine, dis-je. Je transporterai du sucre, mais je ne veux rien avoir à faire avec le trafic d'esclaves.

– Et qui coupe les cannes à sucre, hein, garçon ? Qui charge les bateaux, d'après toi, sinon des esclaves ? (Il esquissa un sourire.) Quoi que tu fasses, garçon, tu es dans le bain, comme les autres.

– Alors, je ne chargerai aucune cargaison, dis-je.

Il se mit à rire devant ma stupidité

– Allons, allons, garçon, ce n'est pas comme ça que tu gagneras ta vie !

– Je ne gagnerai pas ma vie à votre manière, certainement, dis-je.

Je poussai ce porc en travers du pont et lui donnai une bourrade pour le faire basculer dans son canot qui l'attendait. Comme je me retournai, je vis derrière moi Abbey, un large sourire aux lèvres.

– Mes compliments, dit-il. Mes sincères compliments, jeune John.

La nouvelle de mon exploit se répandit dans Kingston comme une traînée de poudre. Lorsque le capitaine Butterfield revint à bord du *Dragon* à la fin de l'après-midi, il en connaissait les moindres détails.

– Nous allons donc naviguer à vide, dit-il. Jusqu'à la Trinité. Sans la moindre pierre comme lest, c'est bien ça ?

– Oui, capitaine, répondis-je.

Tel était le nom que l'on donnait aux esclaves à fond de cale.

Il fit mine de froncer les sourcils, mais au fond de son regard affleurait un sourire.

– Je vois que tu as toujours la tête près du bonnet, reprit-il, aussi entêté que ton père. Mais je me range à tes côtés.

– Merci, répondis-je.

Nous levâmes l'ancre avant la fin du jour, défilâmes devant la flotte anglaise et mîmes le cap sur la haute mer. Puis nous virâmes à l'Est et prîmes les alizés. Sans cargaison, avec ses canons sur le pont, le *Dragon* avait l'air d'un navire de haut bord. Il roulait au creux des vagues et de son étrave jaillissaient des gerbes d'écume. Mais le vent était franc et régulier et je me sentais le cœur en fête.

La Jamaïque s'effaça sur l'arrière tandis qu'à l'horizon apparaissait Hispaniola. Et, durant trois journées merveilleuses, nous longeâmes les rivages de l'île, portés par des courants favorables parmi les vols de pélicans, tels des clowns ailés, et escortés de dauphins batifoleurs. La voilure ne nécessitait aucun réglage et les hommes flânaient sur le pont tandis que je grattais la coque du petit doris. Des lambeaux d'algues et des écailles blanchâtres s'envolaient sous mes doigts tandis que je m'évertuais à racler les flancs du canot. J'avais nettoyé près de la moitié du doris quand Horn vint s'installer près de moi, sortant son coutelas pour me prêter main-forte.

– Faut mettre le bois à nu, si vous voulez le remettre à neuf, remarqua-t-il en s'évertuant avec sa lame qui grinçait.

– Mais j'espérais le retrouver tel qu'il était, dis-je.

– Pas possible, affirma-t-il. Vous devez commencer par faire disparaître toute la vieille peinture.

Je ne voyais pas pourquoi et avec mon grattoir, je m'efforçais au contraire d'épargner la pellicule blanchâtre quand je vis apparaître, comme des fantômes sur le fond clair, des signes noirs qui devaient former le nom du navire auquel appartenait le doris. Je concentrai mes efforts sur chaque lettre, l'une après l'autre, tandis que Horn décapait la peinture avec une telle énergie qu'il faillit m'entamer les doigts avec sa lame.

– Arrêtez ! criai-je lorsque je vis le tracé des lettres à demi effacées se préciser. Et je compris soudain pourquoi Horn se donnait autant de mal pour faire disparaître le nom du canot et pourquoi il s'était si farouchement opposé à ce qu'on le hissât sur le pont.

– Ce n'est pas du tout ce que vous croyez, dit-il sous mon regard désapprobateur.

– Où est le capitaine ? demandai-je en lui tournant le dos.

Horn m'empoigna par l'épaule.

– Écoutez, M. Spencer, laissez-moi vous expliquer.

– Vous connaissiez ce bateau et son équipage de momies. Dès que vous avez vu le canot, vous l'avez su. Et vous m'avez regardé parce que vous vous demandiez jusqu'à quel point je me doutais de quelque chose.

– Non, protesta Horn. Vous ne comprenez pas.

Il tenta de me retenir, mais je me dégageai en appelant le capitaine à grands cris. Dans mon émotion, je m'exclamai même « oncle Stanley ! » et les hommes se tournèrent vers moi en entendant ce nom, pour eux inconnu, et que je n'avais pas moi-même prononcé depuis dix ans ou plus.

Horn me tenait encore le poignet et, de sa main libre, brandissait son couteau, mais il avait cessé d'argumenter et renoncé à me retenir. Il se contenta d'incliner la tête, me lâcha et posa la main sur mon front.

Butterfield arrivait à grands pas ; M. Abbey surgit à son tour, tel un requin alerté par un remous subit, comme si une attaque était lancée contre Horn. Tous deux s'immobilisèrent devant le doris, baissèrent les yeux sur la coque et déchiffrèrent sans peine, dans les fragments de lettres noires sur fond de peinture blanche, le nom du bateau : le *Passage du méridien.*

LE LIVRE NOIR

– Alors, c'était *ton* bateau que nous avons trouvé ! dit Butterfield en regardant Horn dans les yeux. Ton bateau *coulé,* à la dérive sur l'océan.

– Capitaine, j'ai dit que je *croyais* qu'il avait été coulé, protesta Horn. Je n'en étais pas sûr.

– Mais jamais tu n'as dit que les hommes d'équipage avaient été assassinés, qu'ils avaient été pendus aux vergues comme de vulgaires moutons égorgés !

– C'est que je n'en savais rien, dit Horn.

– Tu étais à bord, non ? aboya Butterfield.

– Pas du tout, répondit Horn. Et jamais je n'ai dit une chose pareille.

Abbey esquissa un pas de danse sur place.

– Cause toujours ! s'exclama-t-il.

– Mais écoutez-moi seulement ! s'écria Horn. (Les muscles de ses bras massifs saillirent tandis qu'il serrait les poings.) Je l'ai vu en mer, ce bateau, et je vous ai donné son nom parce que je ne pouvais pas vous dire de quel navire je venais.

– Et c'était ? s'enquit Butterfield.

Une grimace douloureuse déforma les traits de Horn, puis il soupira et déclara :

– *La Prudence.*

– Ah, elle est bien bonne, celle-là, s'écria Abbey en caquetant de rire. Il nous donne le nom du seul bateau qu'on ne pourra jamais trouver pour faire la preuve qu'il nous trompe.

Horn le foudroya du regard.

– Qu'est-ce que tu chantes ? dit-il

Ce fut moi qui répondis :

– *La Prudence* est perdue, dis-je. Elle a disparu corps et biens.

– Non, dit Horn en plissant le front. Non, ce n'est pas possible.

– Si, c'est vrai ! s'écria Abbey. Et tu le sais depuis longtemps !

– Non, il ne le savait pas, intervins-je, prenant le parti de Horn.

Horn se trouvait dans la mâture quand le jeune lieutenant nous avait annoncé la perte de *La Prudence.* Il n'avait donc pas pu l'entendre. Puis je songeai au bateau dans la bouteille.

– C'était *La Prudence* que vous m'avez montrée, dis-je.

Horn acquiesça, les sourcils toujours froncés.

– Ce bateau ne peut être perdu, dit-il. Il y a sûrement une erreur quelque part.

– L'erreur, c'est toi ! s'écria Abbey.

Horn, sans répliquer, se tourna vers moi.

– C'est trop tôt, déclara-t-il. Jamais ils n'ont coulé avant que j'aie fait leur modèle.

– À vous entendre, le naufrage était inévitable, remarquai-je.

– Ça faisait partie du plan, dit Horn, l'air à la fois irrité et désemparé. Enfin, j'espère que c'est vrai, j'espère qu'elle a coulé et que ce démon l'a accompagnée par le fond.

– Quel démon ? demandai-je.

Il prononça le nom avec lenteur, dans une sorte de sifflement de serpent.

– Bartholomew Grace.

– Mais il déraille ! s'exclama Abbey en ricanant.

– Pas du tout !

Horn leva les poings, non pour frapper le canonnier mais comme pour implorer Butterfield.

– Capitaine, c'est la vérité du Bon Dieu, déclara-t-il (et sa sincérité me frappa aussitôt). Pas un être au monde n'aurait pu mentir avec une telle conviction.

Butterfield, lui aussi, semblait le croire.

– Alors *La Prudence* a coulé ? demanda-t-il.

– Je ne sais pas, répondit Horn d'une voix angoissée. Le bateau était en très bon état quand j'ai quitté le bord.

– Alors pourquoi as-tu choisi de partir ?

– Ce n'était pas mon choix.

– Bon Dieu ! rugit le capitaine. Tu as fini de nous raconter des craques ?

Abbey était aux anges, mais Horn paraissait désespéré.

– C'est la stricte vérité, affirma-t-il. Je vous le jure.

– Alors comment expliques-tu ce doris ?

Horn baissa les yeux vers le canot. Nous fîmes tous de même, plantés devant l'embarcation comme des parents inconsolables devant un cercueil. Après un silence prolongé, Horn reprit :

– C'est une histoire compliquée.

Butterfield soupira. Pour la deuxième fois de notre voyage, je descendis avec lui et Horn dans les profondeurs du bateau pour entendre le récit à coup sûr extraordinaire du rescapé.

Avec ses hublots ouverts, la cabine arrière était fraîche et lumineuse. Le capitaine et moi, nous nous assîmes à la table comme des juges au tribunal. Horn se tenait debout devant nous et, avec sa haute taille, sa tête dépassait le niveau des barrots. Ses épaules et sa nuque courbées lui conféraient une attitude humble et contrite.

– Je suis déserteur, dit-il.

Puis il entreprit de conter ses aventures. Tout avait commencé en 1778, quand Horn avait été enrôlé de force à bord de *La Prudence* à destination des Antilles sous le commandement de Bartholomew Grace. « Un aristo », l'appelait Horn ; Grace était monté en grade avec la vitesse d'une fusée et était passé d'aspirant à capitaine en moins de dix semaines.

– Son père était amiral, précisa Horn.

Sur quoi, il se tut en se mordant les lèvres.

– Les Antilles ont d'étranges effets, reprit-il enfin. La chaleur, le soleil, la nature sauvage… Tout ça vous pénètre l'âme et vous entortille la cervelle comme des vieux filins. Il y en a même que ça rend fous.

– Toi, par exemple ? fit Butterfield d'un ton sec.

– Bartholomew Grace, rectifia Horn sans relever le sarcasme. Il était jeune et les histoires de pirates et de trésors enterrés le tourneboulaient. À peine sorti de l'enfance, on l'avait envoyé au pays des boucaniers pour couler des bateaux et tuer des hommes. Pas étonnant qu'il ait fini par devenir un pirate, non ?

– Il commandait un vaisseau de guerre, observa Butterfield.

– Mais dans son esprit, c'était un bateau pirate. (Horn esquissa un sourire.) Les pirates, il y en avait partout. Là où on jetait l'ancre, les boucaniers avaient mouillé aussi. Leurs ports d'attache étaient les nôtres. Il a bientôt adopté leurs méthodes. On peut gagner une bataille avant même qu'elle commence quand on sait lutter contre la peur. Hisser un pavillon noir et foncer comme l'éclair sur la victime. Alors, qui va vous résister ?

Il s'interrompit un instant.

– Continue, dit le capitaine.

– On s'en tirait bien, reprit Horn. Après avoir chassé les Français des Îles Sous le Vent, on les a poursuivis à travers la mer des Caraïbes. On vivait comme des pirates sur notre butin. Chaque bateau vaincu représentait un nouveau jeu de voiles, des espars plus solides, des cambuses pleines de provisions.

Horn fit un pas de côté et se redressa de toute sa hauteur sous la claire-voie, les mains pendantes à ses côtés.

– On suivait les règles du Livre Noir, reprit-il, les vieilles lois d'Oléron.

– Sottises ! dit Butterfield.

Il se pencha en arrière dans son fauteuil et regarda fixement Horn.

– Le Livre Noir n'est plus en usage depuis des siècles.

– Sauf sur *La Prudence,* objecta Horn.

– Il a disparu de la Cour Suprême…

– C'était lui qui l'avait.

Horn se pencha en avant et posa les mains à plat sur la table.

– Capitaine, c'est la vérité. Bartholomew Grace gardait ce Livre Noir dans sa cabine et il nous réunissait pour nous le lire. Tous les crimes possibles y figuraient et, pour chacun, des punitions qui passaient l'imagination. J'ai vu une vigie clouée au mât parce qu'il s'était endormi à son poste, un autre marin jeté par-dessus bord pour avoir volé un verre d'eau. Un de mes camarades, celui-là. J'ai dit à Grace que c'était un meurtre. Je l'ai traité de démon et il m'a fait descendre dans sa cabine. Il a feuilleté le Livre Noir jusqu'à ce qu'il trouve ce qu'il voulait. Et il a dit : « Tu seras conduit sur le pont, un filin sera attaché à ta taille et tu seras balancé par-dessus bord et traîné sous la quille. »

– C'est vrai, ça ? demanda Butterfield, le front plissé.

Sans un mot, Horn lui tourna le dos. Il souleva les pans de sa chemise et je détournai vivement les yeux. J'avais vu ses cicatrices, je ne tenais pas à les revoir. Mais je songeai à l'épreuve horrible qu'il avait subie et je m'imaginais *moi-même* jeté à la mer et remorqué sous le bateau avec les coquilles des barnacles qui m'entaillaient la peau comme des couteaux et les poumons privés d'air, près d'éclater.

– Rhabille-toi, matelot, dit Butterfield.

Il était très pâle et se cachait les yeux de la main. Il attendit que Horn se fût retourné et demanda :

– Mais comment était-ce possible ? Sur un vaisseau de Sa Majesté ?

– La marine avait nommé Grace capitaine, expliqua Horn. Qu'est-ce que je dis ? Elle en avait fait un roi, avec un bateau comme royaume. L'étonnant, c'est que ce ne soit pas arrivé plus souvent.

– Mais qu'est-ce qui s'est passé au juste ? demanda Butterfield.

Horn acheva de rentrer sa chemise dans sa ceinture.

– Bartholomew Grace s'était mis en tête qu'il savait où était enterré le trésor du Capitaine Kidd. Une fois la paix revenue, on a croisé autour des îles pendant des mois jusqu'à ce que la marine nous rappelle. Les choses en seraient peut-être restées là si on n'était pas tombés sur le *Passage du méridien.*

– Vous l'avez attaqué ? demanda Butterfield.

– Pas moi, répondit Horn. Pendant trois jours, nous l'avons suivi sur la route de l'Angleterre. Et puis, il y a eu une mutinerie bizarre, non pas celle d'un équipage contre le capitaine, mais du capitaine contre l'équipage. « Nous allons devenir des boucaniers, a annoncé Grace, et nous allons prendre ce bateau. » Je lui ai dit que c'était hors de question, que je le tuerais s'il essayait. Mais j'étais le seul contre lui, le seul à lui tenir tête ; il m'a fait descendre dans la cabine et m'a lu ce maudit Livre Noir, et ensuite j'ai été abandonné en pleine mer dans un canot avec mon coffre de marin.

– Et il a attaqué le *Passage du méridien.*

– Apparemment, acquiesça Horn.

– Mais un vaisseau anglais ! s'étonna Butterfield en levant les bras. Ça n'a pas de sens !

– Ça en aurait si vous le connaissiez, dit Horn. À ce moment-là, il haïssait les Anglais, comme il haïssait tout le monde, d'ailleurs.

– Pourquoi ?

– Le dernier mois de la guerre, on a été envoyé en Guadeloupe pour couler un cotre français. On nous avait dit qu'il s'agissait d'un seul bateau, mais on est tombés sur toute une escadre. (Horn ferma les yeux.) Ils ont abattu le grand mât et mis le feu à la poupe. Bartholomew a été brûlé par du goudron et il a eu toute la peau du visage et d'une main arrachée. Il a pensé que les Anglais l'avaient trahi.

Le récit de Horn semblait s'achever. Je compris pourquoi il s'était tenu si ostensiblement à l'écart quand le jeune enseigne était arrivé avec les nouvelles de la *Prudence* et pourquoi il n'avait pas mis pied à terre à Kingston.

– Vous êtes un déserteur, lui dis-je.

– Oui, M. Spencer, répondit Horn.

Il hésita un instant et reprit :

– Enfin, oui et non. J'ai été abandonné en pleine mer, donc je n'ai pas vraiment déserté. Mais j'appartenais à la marine royale et maintenant, je n'en fais plus partie. Pour l'amirauté, il n'en faut pas plus pour me pendre. Voilà pourquoi vous m'avez trouvé naviguant vers l'Est. Si je me montrais en Angleterre, je me retrouverais bientôt au bout d'une corde. Si j'étais retourné aux Antilles, un sort encore pire m'attendait. Donc j'essayais de faire route vers l'Afrique et la Côte d'Ivoire.

– Bon, dit Butterfield après un silence en repoussant son fauteuil en arrière. Merci de ta sincérité, même si tu as mis du temps à parler.

– Alors, qu'est-ce que vous allez faire de moi ? demanda Horn.

Le capitaine le regarda droit dans les yeux.

– Mon devoir est de te livrer à la marine.

– Capitaine ! m'exclamai-je.

Il leva la main.

– C'est mon *devoir*, John. Toutefois, je ne suis pas sûr que ce soit la bonne solution. Nous allons réfléchir.

– Merci, capitaine, dit Horn avec chaleur.

Il salua de nouveau avec ce petit geste de la main devant le front et me parut si désarmé et si modeste que je ressentis pour lui un vif élan de sympathie.

Nous poursuivîmes notre route vers l'Est et le vent fléchit. Le soir, un banc de brume s'étala sur la mer où s'esquissaient des formes sombres aux reflets pourpres et bleus. Et la nuit fut si noire – sans la moindre étoile et sur une mer aux ondulations à peine perceptibles – que Horn tint la barre du coucher du soleil au lever. Seul Horn était capable de mener un navire sans se guider sur le moindre repère.

À l'aube, il était resté vigilant à la roue du gouvernail durant près de douze heures, mais lorsque je le relevai à la barre, il resta à côté de moi et me prodigua ses encouragements tandis que je faisais varier le compas d'un quart de tour. Enfin, le vent se leva peu à peu et le soleil projeta de longues flèches lumineuses dans les nappes de brume tandis que nous émergions par instants en pleine lumière, pour replonger bientôt dans le brouillard.

Il faisait jour depuis une heure lorsque le navire marchand apparut. Butterfield se tenait à ma gauche et Horn à ma droite ; nous le vîmes surgir d'un banc de brume, toutes voiles dehors. En quelques secondes, d'une vague silhouette grise il se mua en un vaisseau aux lignes nettes, inondé de soleil. Puis il vira de bord, redevenant un fantôme, tandis que ses mâts se noyaient à nouveau dans la brume.

Nous étions habitués à voir les bateaux s'enfuir à notre vue, mais la réaction de celui-ci fut particulière. Comme frappé de terreur, il se mit à filer vent arrière, sans but apparent, tel un daim pourchassé par un loup. Et dans son sillage surgit un autre navire, noir comme la mort, avec une trentaine d'hommes dans le gréement et un point rouge vif à la barre. Sur la coque était peint son nom, *L'Apôtre,* et le numéro 1219 maladroitement tracé. Au grand mât flottait un pavillon déchiré, aussi noir que le bateau lui-même, orné d'un crâne blanc qui ricanait de toutes ses dents.

Les hommes se tenaient le long des vergues du hunier, sur les barres de flèches et dans les haubans. Nous vîmes briller les lames de leurs coutelas et entendîmes leurs vociférations atténuées par la distance se fondant en un terrible cri unique comme un sifflement de tempête. Le navire avançait à travers des écheveaux de nuées derrière lesquelles, parfois, disparaissait la coque. Au-dessus de celle-ci, les silhouettes démoniaques semblaient flotter dans la mâture. Puis le bateau finit par s'effacer dans la brume et seul subsista l'écho de cette effrayante clameur.

Nous tremblions tous les trois de peur, mais Horn, au comble de la terreur, faillit s'écrouler sur le pont. Je compris aussitôt pourquoi. Ce navire ressemblait beaucoup au *Dragon* et je reconnus tout de suite celui que Horn m'avait montré.

– *La Prudence !* m'écriai-je.

Il s'était échappé de sa prison de verre pour remonter de sa sépulture marine.

– Oui, dit Horn. Le démon vit toujours.

– Mais pourquoi a-t-il débaptisé son bateau ?

– Qui peut savoir ce que pense un fou ?

– Et ces chiffres ? poursuivis-je. À quoi correspond 1219 ?

Horn écarta largement les bras dans un geste d'incompréhension. Mais Butterfield nous fit sursauter en frappant avec violence sur l'habitacle de la boussole.

– Pas douze cent ! Simplement 12, dit-il. 12-19. Épître aux Romains. Sacrédié !

Un instant, je craignis que tous les capitaines, comme les canonniers, fussent en proie à la folie.

– Excusez-moi, capitaine… dis-je.

– Romains, chapitre 12, verset 19, reprit Butterfield. Il serra le poing et le brandit devant lui : « La vengeance m'appartient. C'est moi qui l'accomplirai », a dit le Seigneur.

Horn se mit à trembler.

– Dieu nous protège, murmura-t-il.

LA PEUR DE LA MER

Quelque temps après, nous revîmes les deux vaisseaux, l'un poursuivant, l'autre poursuivi, voguant au vent portant vers l'horizon ; et nous nous déroutâmes pour rallier les derniers bancs de brume les plus épais, pour échapper au soleil et à la vision de ces navires de cauchemar. Une heure plus tard, nous entendîmes tonner des canons dans le lointain.

Redoutant de rencontrer encore une fois *L'Apôtre* et de retrouver les mêmes spectacles d'horreur que nous avait offert le *Passage du méridien*, nous obliquâmes vers le Sud et, à travers la vaste mer des Caraïbes, mîmes le cap sur la Trinité. C'est alors que nous affrontâmes une tempête d'une force à peine imaginable.

Le brouillard s'était dissipé et les nuages au-delà s'étaient amassés, échafaudages noirâtres en forme de tourelles, de murailles, de forteresses démesurées, telles les demeures de géants à la voix de tonnerre. Peu après, ce fut la houle qui s'enfla en énormes lames aux sombres reflets huileux, si espacées que, lorsque le *Dragon* chevauchait le sommet de l'une d'elles, la suivante était encore à plusieurs centaines de mètres. Le bateau les escaladait, se balançait sur leur crête et redescendait, s'enfonçant dans la mer jusqu'aux dalots.

Le capitaine Butterfield tendit un taud devant la claire-voie, aveugla les hublots et s'installa sur sa couchette avec sa petite lampe à huile qui filait et sifflait et, à sa portée, ses biens les plus précieux : sa Bible, son pistolet, ses livres, qui tous se balançaient et s'entrechoquaient au gré des sursauts du bateau. Toute la journée, il resta là, et le lendemain de même, tandis que le vent forcissait et que les vagues se creusaient encore. Vinrent ensuite la pluie, le tonnerre et les éclairs. Avec trois ris à la grand-voile, un tourmentin unique au beaupré, nous taillâmes péniblement notre route vers le Sud.

Les vagues s'écrasaient sur la proue, les rafales hurlaient dans le gréement. Et le petit *Dragon,* sans cargaison dans ses soutes, était ballotté comme un fétu de vague en vague. Tantôt cabré, tantôt à demi couché sur le flanc, tantôt plongeant dans un abîme liquide, il progressait en cahotant, avec Horn à la barre. Seul ce dernier était capable de le gouverner.

Le jour devint noir comme la nuit et la nuit plus noire que l'enfer. Quand Butterfield monta sur le pont, vêtu de sa seule chemise de nuit, il avait l'air d'un fantôme dans la lueur aveuglante des éclairs. D'une démarche trébuchante, il gagna l'habitacle de la boussole et s'y cramponna en criant à Horn :

– Il faut faire demi-tour !

– Impossible ! hurla Horn.

Que le capitaine songeât seulement à virer de bord dans cette mer déchaînée me stupéfia. En un instant, le bateau pouvait perdre ses mâts ou couler et, si jamais il parvenait à mettre cap au Nord, il irait à coup sûr se fracasser sur les côtes d'Hispaniola.

Mais Butterfield à nouveau vociféra :

– Demi-tour, je te dis !

Je remarquai son visage déformé par la panique et

compris que Horn avait raison. Le capitaine avait *peur* de la mer. Durant plus d'un mois, il avait contenu cette peur derrière les rideaux de sa cabine mais, maintenant, il ne pouvait plus la contrôler.

Il y eut un éclair éblouissant et, simultanément, le tonnerre claqua. Butterfield roula des yeux comme un cheval affolé.

– Par tous les diables ! hurla-t-il en se jetant sur le gouvernail.

Pris par surprise, Horn lâcha les poignées et le *Dragon* amorça un virement de bord. Une lame jaillit au-dessus de la lisse, submergea le pont et s'engouffra dans la coursive. À demi aveuglé par l'eau, j'entrevis les mâts émergeant de la vague et un petit groupe d'hommes qui donnaient l'impression de nager.

Ce fut la terreur de Butterfield qui nous sauva. Tandis que le *Dragon* déviait de sa course, la nuit noire, vers l'Ouest, s'illumina d'une lueur orange et jaune dans le déferlement des lames et, soudain, se découpant sur le ciel sillonné d'éclairs, *l'Apôtre* surgit de la mer en furie.

Avant que j'aie pu faire un geste, sa coque noire chevaucha la crête écumante que nous venions de franchir un instant plus tôt. Dans une immense gerbe d'écume mêlée d'un panache de fumée, il dévala vers le creux de la vague et sa longue silhouette défila derrière notre poupe, puis il se cabra vers la lame suivante en roulant bord sur bord et, l'instant d'après disparut.

Horn l'avait vu ; il jeta un coup d'œil vers l'endroit précis où se serait trouvé le *Dragon* si une brusque rotation de la roue du gouvernail ne l'avait pas dévié de sa route, l'écartant de la trajectoire du boulet. Mais, pour le capitaine, les flammes crachées par les canons de *L'Apôtre* avaient dû se confondre avec l'explosion des éclairs, car il continua à tourner la roue, tandis que le *Dragon* craquait de toutes ses membrures.

Horn empoigna le capitaine et l'écarta.

– Prenez la barre ! me cria-t-il.

Je me mis à lutter contre le bateau, contre la voilure, contre le gouvernail et contre la fureur du vent. Une vague déferla sur la poupe tandis que l'eau bouillonnait à hauteur de mes genoux. Mais pour finir, le *Dragon* résista à l'impact de la lame, obéit à la barre et reprit sa route avec de longs craquements dans tout le gréement.

Butterfield, blanc comme un linge, écroulé aux pieds de Horn, lui étreignait les chevilles, le visage convulsé de peur. Le marin se pencha pour le relever.

– Grace est dans les parages, dit-il d'une voix posée. Il nous faut des hommes aux canons.

Butterfield acquiesça. Il claquait des dents, mais il carra les épaules et parvint à esquisser un sourire en répondant :

– Je vais y veiller.

Il se mit en marche vers l'avant et disparut dans la nuit. Horn m'aida à tenir la barre et nous réussîmes à garder le cap à l'Ouest. À chaque vague, le *Dragon* était noyé sous des gerbes d'écume et amorçait une embardée sur les crêtes déferlantes. Cependant, une lueur grisâtre se répandit peu à peu dans notre univers obscur et je me rendis compte que l'aube était sur le point de naître. Les éclairs fulguraient encore dans le ciel, mais derrière nous à présent et plus espacés. Sur le pont, les hommes, parés aux canons, tenaient prêts les écouvillons et les refouloirs.

Et derrière nous apparut *L'Apôtre.*

Je fus le premier à le repérer, au double bourrelet d'écume qui jaillissait de son étrave. Sa masse noire, qui se détachait contre le ciel pâle me semblait grossir à chaque seconde.

Horn me cria à l'oreille :

– Abbey va avoir besoin d'un second aux canons.

Je me préparais à m'éloigner quand il me retint.

– Non, dit-il, prenez la barre et surveillez son hunier.

Grace aime tirer du côté tribord, alors quand vous le verrez brasser, venez au lof, tout de suite, vous entendez ?

Il me laissa seul à la barre – seul au monde, me sembla-t-il. Il n'y avait plus que des ombres au-delà du mât et tout autour de moi écumait la mer en furie. *Le Dragon* fuyait dans la tempête aussi vite que le lui permettait sa coque couverte d'algues. *L'Apôtre* ne cessait de se rapprocher sur l'arrière. Puis j'entendis les voix des hommes qui manœuvraient les vergues. Portées par le vent qui les déformait, elles me donnaient la chair de poule et je sentais mes cheveux se hérisser sur mon crâne. J'avais l'impression qu'elles venaient d'outre-tombe et prononçaient des mots dont le sens m'échappait. C'était une menace pire que le bateau lui-même, pire que ses canons et je voulus essayer de chanter pour leur échapper, mais ma voix s'étrangla bientôt dans ma gorge. Puis j'entendis les hommes qui s'affairaient aux canons et qui, m'ayant entendu, reprenaient le refrain de la chanson de mer que m'avait appris Horn et il me sembla que *le Dragon* lui-même, ragaillardi, relevait la tête.

Tout en maintenant le cap, je ne pouvais quitter des yeux la goélette noire qui se rapprochait, son hunier arisé claquant au vent. Je vis les hommes dépenaillés perchés sur les vergues et le long beaupré qui s'élevait et descendait au gré des lames, comme une arme pointée sur nous.

Je regardai fixement le hunier, jusqu'à en avoir mal aux yeux. Dès qu'il changerait de position, *L'Apôtre* virerait de bord et tous ses canons de tribord seraient braqués sur nous. Il fallait que je lofe avec précision, ni un instant trop tôt, ni un instant trop tard. Le foc se mit à faseyer, échappant à la force du vent, puis se gonfla avec un floc sonore. Le hunier de *L'Apôtre* eut un frémissement. Je poussai un cri et tournai avec précision la roue du gouvernail. *Le Dragon* décrivit un brusque arc de cercle en se cabrant sur la montagne liquide. *L'Apôtre* amorça son virement en roulant bord sur bord. Et nos deux petits canons, à bâbord, crachèrent des fleurs de feu. La double détonation fut presque masquée par le vacarme de la tempête.

Je tentai de manœuvrer la barre Elle était devenue molle, sans résistance ; la toile faseyait avec des claquements secs. Une vague coiffa l'avant du bateau et j'eus l'impression que le *Dragon* allait chavirer

– Allez, vire ! m'écriai-je A chaque seconde, j'attendais le grondement des canons de *l'Apôtre* et j'imaginais notre coque déchiquetée par les boulets.

Mais la goélette de Grace défila sans tirer un projectile, si près de notre gaillard d'arrière que j'entendis le bruissement de la mer fendue par son étrave. Enfin, le *Dragon* se cabra tandis que le vent gonflait enfin nos voiles et reprit sa course vers l'Est.

Avant même que j'aie pu reprendre mon souffle, *l'Apôtre* était à nouveau derrière nous.

UN PAVILLON SANGLANT

Nous tentâmes de louvoyer en profitant des sautes de vent, mais *L'Apôtre* ne nous lâchait pas, tantôt sur bâbord, tantôt sur tribord. Par deux fois, il disparut quelques instants, mais ce ne fut que pour fondre à nouveau sur nous en ouvrant le feu de ses canons et de sa mousqueterie. Un boulet traversa les haubans du grand mât et déchira une voile dont les lambeaux se mirent à se tordre sous les rafales comme un nœud de vipères. Un autre troua notre pavillon et, trois fois, j'entendis l'impact des balles qui s'écrasaient entre les bordées de la coque. Roland Abbey ripostait au tir avec ses petits canons de quatre, mais nous n'avions guère d'espoir d'atteindre l'adversaire et encore moins de l'arrêter.

Dans la pleine lumière du jour, tandis que le vent mollissait, *L'Apôtre* faisait route à un demi-mille de nous environ, sous le vent, et je ne l'apercevais que par intervalles, tant les vagues étaient hautes. Il eût fallu grimper sur la vergue du hunier pour ne pas le quitter des yeux.

Horn, Butterfield et presque tous les hommes à bord avaient le visage noirci par la poudre. Nous ne cessions d'observer la coque sinistre de *L'Apôtre*, le message de vengeance de son nom et le terrible pavillon noir qui flottait à son grand mât. Peu à peu, le soleil monta dans le ciel.

– Qu'est-ce qu'ils attendent ? demandai-je à Horn qui venait me relayer à la barre.

– C'est par jeu, répondit-il. (Son regard bleu se perdit sur la mer.) Vous avez déjà vu un chat qui guette une souris en attendant qu'elle bouge ? Grace est pareil. Il aime tuer à petit feu.

– On ne pourrait pas virer de bord et rallier Kingston ? demandai-je.

Horn secoua la tête.

– Grace serait sur nous bien avant qu'on arrive.

– Et si nous naviguions à l'Est pour aller nous réfugier dans les îles ?

– Il nous suivrait.

– Alors, on ne peut rien faire ?

– Non, dit Horn, rien de plus que nous battre avec les moyens du bord.

Durant une heure, nous naviguâmes à la même hauteur. *L'Apôtre* contrôlait parfaitement son allure, réduisant sa voilure comme nous à un foc et un petit hunier, et quand nous plongions dans les grands creux des lames, nous disparaissions à ses yeux.

– C'est pour bientôt, annonça Horn.

Quand *l'Apôtre* réapparut sur la crête d'une vague, le pavillon noir avait disparu du grand mât, remplacé par un pavillon rouge sang.

– Voilà qui veut dire « pas de quartier », expliqua Horn.

Comme *L'Apôtre* surgissait au sommet d'une lame particulièrement haute, nous vîmes qu'il s'était couvert de toile et venait droit sur nous dans un nuage d'écume.

Les hommes perchés dans la mâture étaient vêtus de vagues uniformes rouge, noir et or, mais maintenant ils restaient silencieux et nous n'entendions que les grincements du gouvernail et les claquements des voiles. Abbey se tenait prêt à l'action, mais ses canons ne pouvaient tirer que des boulets de huit livres sur un vaisseau de deux cents tonneaux. Avec son œil de verre brillant, le front ceint d'un foulard rouge, il vaquait à sa tâche avec toute la bravoure de Nelson. Des coins avaient été disposés sous les affûts pour abaisser les tubes des canons et deux hommes, Mudge et Abbey, tenaient les cordons tire-feu des deux pièces.

– Attention ! s'écria Horn.

L'Apôtre semblait bondir sur nous. Trente hommes étaient accrochés dans le gréement et, sur le pont, s'agitaient d'autres silhouettes.

Abbey tira le premier, et le boulet trop court tomba dans l'eau à quelques mètres du beaupré. Horn gouvernait avec un parfait calme apparent. À côté de lui, mon vieil oncle Stanley affectait la nonchalance, mais la peur se lisait dans ses yeux et dans les gestes convulsifs de ses mains qui se portaient constamment à son col et à sa gorge. Songeant à ce navire que nous avions vu décoré de cadavres, j'éprouvai alors moi aussi un frisson sur la nuque et je me détournai pour ne pas laisser voir les larmes qui me montaient aux yeux. Je regardai Abbey penché sur ses canons ; je me dis qu'il avait, en vérité, vu l'avenir dans ce cercueil flottant, et que nous étions tous condamnés depuis ce moment-là. Je laissai errer mon regard au-delà de la lisse sur les immenses vagues balayées vers une terre que je ne reverrais jamais et, soudain, au-dessus de l'écume d'une déferlante, j'aperçus un bateau.

En quelques instants, il se mua en une pyramide de voiles au-dessous de laquelle un énorme navire, lentement, faisait route vers le Nord, toute sa toile blanche illuminée par le soleil. Et je compris pourquoi *L'Apôtre* avait forcé l'allure et pourquoi son équipage était silencieux ; ce n'était pas après nous qu'ils en avaient.

Je me tournai du côté de la goélette noire. Je ne l'avais

quittée des yeux qu'une minute à peine, mais elle me semblait avoir franchi sept fois sa longueur. Dans les enfléchures, les hommes perchés étaient tous tournés vers l'avant.

– Ohé, des canons ! m'écriai-je. Ne tirez pas !

Horn pivota vers moi. Butterfield l'imita.

– Ils veulent simplement nous dépasser ! dis-je.

Mais Abbey tirait déjà sur son cordon. Et le petit canon de quatre cracha un nuage de fumée. Des éclats de bois volèrent à la poupe de *L'Apôtre*, une brèche s'ouvrit dans le haut du bastingage et une clameur féroce retentit sur le pont.

« Ils vont s'en prendre à nous », pensai-je. Comme un lion que nous aurions agacé avec un bâton, Grace allait se jeter sur nous et nous déchirerait avec ses griffes. Mais le bateau noir continua sa route. Et, bien qu'il y eût cinq hommes, torse nu, à chaque canon, parés avec leurs écouvillons et leurs refouloirs, pas un coup ne fut tiré Puis la dunette parvint à hauteur de notre gaillard d'arrière ; j'entrevis un homme mort, étendu sur le pont, et un autre dont la poitrine était en sang. Au-dessus d'eux, à la barre, se tenait Bartholomew Grace.

Grand, fort, élégant, il portait une redingote gansée d'or et un chapeau orné d'une plume cramoisie. Il gouvernait d'une seule main et le large bord de son couvre-chef palpitait devant son front. Il se tourna vers nous, lâcha la roue et nous salua d'un large coup de chapeau en esquissant une révérence. Comme il relevait la tête, il me sembla qu'il n'avait pas de visage. Ses traits blafards se réduisaient à une bouche sans lèvres et à deux yeux sombres. Ce que m'avait dit Horn me revint alors en mémoire : *« brûlé par du goudron fondu »*...

L'instant d'après, il avait remis son chapeau en place et, la main sur la roue du gouvernail, continuait à poursuivre le grand navire encore lointain. Et le pavillon sanglant flottait au-dessus de lui.

Butterfield se retourna.

– C'est donc ça, dit-il. Nous voilà sauvés aux dépens de ces pauvres diables.

– Peut-être, dit Horn, si nous avons de la chance.

– Mais nos soutes sont vides.

– Pleines de poudre et de mitraille, souligna Horn. Grace a toujours besoin de munitions, de voiles et de mâts neufs. S'il a décidé de prendre les nôtres, rien ne pourra l'arrêter.

– Nous allons changer de cap, dit Butterfield. Dès qu'il aura passé l'horizon.

– Faites ce que vous voulez, reprit Horn, ça n'y changera rien.

Sa natte se balança sur ses épaules tandis qu'il relevait la tête.

– S'il veut nous prendre en chasse, autant amener les couleurs tout de suite et dire nos prières pendant qu'il en est encore temps Virez à l'Est et vous l'y retrouverez, à l'Ouest, et il sera sur votre route.

– Mais ce n'est qu'un homme ! objecta Butterfield.

– Non, il est bien plus que ça, rectifia Horn – ou bien moins.

Il jeta un coup d'œil vers *L'Apôtre*, mais son regard se perdit de nouveau au loin. Le grand navire marchand poursuivait sa course, apparemment inconscient du danger.

– Grace est tout ce que nous ne sommes pas, reprit Horn. Il a du venin dans les veines. Il nous faisait poursuivre un bateau pendant des jours, avec des tonneaux en remorque pour nous ralentir, rien que pour laisser croire à une poignée de pauvres marins qu'ils pourraient réussir à nous échapper.

– Alors, pourquoi essayer de fuir ? demandai-je. Autant l'affronter tout de suite.

Horn posa une main sur mon épaule.

– Ne soyez pas si pressé : votre heure viendra !

LA FIÈVRE

En dépit du vent qui forcissait, nous hissâmes la voile de flèche et la trinquette et larguâmes les ris ; bref, nous établîmes toute la voilure dont nous disposions dans notre hâte de nous éloigner le plus vite possible de *L'Apôtre.* Nous avions l'impression d'être des lâches, des traîtres. Quand l'écho des canons nous parvint, à peine plus sonore qu'un tapotement de doigts sur une table, nous feignîmes tous de ne rien entendre Ce soir-là, Butterfield nota dans son journal de bord : *Aperçu un navire inconnu sous le vent. Dieu les protège.*

Durant près de trois heures, dans une mer houleuse, nous gardâmes notre cap puis, quand la mer fut entièrement déserte, nous virâmes au Sud, disparaissant par intervalles dans les creux de la houle comme une souris courant dans l'herbe. Nous voguions à vive allure et le vieux *Dragon* gémissait et grinçait sous l'effort de toute sa carcasse. Nous étions à ce point malmenés que trois hommes, pris de mal de mer, s'affalèrent sur le pont, verdâtres comme des pommes pas mûres. À chaque coup de roulis, nous entendions les gargouillements de l'eau qui pénétrait dans la coque par les blessures du *Dragon.*

Durant deux jours, nous ne cessâmes pas de pomper jusqu'à ce qu'une accalmie permît de faire descendre Abbey jusqu'à la ligne de flottaison. Assis dans les boucles d'un nœud de chaise, nous le laissâmes s'enfoncer dans l'eau jusqu'aux épaules et il se mit à sonder et tâter les planches du bordage. « Vers l'avant ! » criait-il, ou « Vers l'arrière ! » et nous faisions glisser le filin le long de la lisse jusqu'à ce qu'il nous annonce à grands cris qu'il venait de découvrir une des avaries causées par les canons de *L'Apôtre.*

Tandis qu'il travaillait, masqué par la courbure de la coque, je guettais les requins. Puis, après un long moment, il cria :« Hissez ! » et, l'instant d'après, il était assis sur le pont, épuisé, son vieux visage congestionné par l'effort. Nous formions un cercle silencieux autour de lui.

– Bon, dit-il, ils nous ont touchés deux fois, sauf erreur.

– J'ai compté trois impacts, dis-je. Peut-être quatre.

– Enfin, pour moi, il n'y a que deux avaries, insista Abbey. En un point, les bordages ont été enfoncés. Et ici, en dessous – il frappa le pont du poing – il y a un boulet fiché dans la coque, comme un bouchon.

– On peut réparer ? demanda Butterfield.

– On peut essayer d'obturer les trous. (Abbey toussa et cracha une gorgée d'eau de mer.) Mais ça ne suffira pas si on veut arriver à la Trinité pour prendre une cargaison.

À nouveau, il descendit dans l'eau et s'employa à boucher les orifices dans la coque avec de la toile et du goudron. Mais la mer s'infiltrait toujours à l'intérieur. Quand nous atteignîmes la mer des Antilles, dix jours après avoir quitté la Jamaïque, nous pompions une heure durant chaque quart.

Butterfield descendit dans sa cabine ouvrir ses rideaux et, longeant des collines verdoyantes, nous mîmes cap à l'Est. Durant le jour, nous courions sous les alizés et, la nuit, nous recevions des brises chargées d'effluves de jungle et d'eau douce. Mais les voies d'eau, dans la coque, s'aggravaient et nous avions beau pomper nuit et jour, nous redoutions de couler avant d'atteindre la Trinité. Comme s'il était le seul à y avoir pensé, Abbey déclara qu'à son avis nous avions été touchés par un troisième boulet.

– Il faudrait qu'on se mette au sec, dit-il.

Horn connaissait un endroit, une longue plage à l'embouchure d'un fleuve, sur la côte du Venezuela. Elle avait été utilisée depuis des siècles, disait-il, par les Espagnols et les boucaniers. Il me donna une tape sur l'épaule

– Vous risquez même peut-être de trouver des doublons dans le sable, dit-il en souriant d'une oreille à l'autre.

Il nous conduisit dans une baie si jolie qu'elle m'apparut comme l'image même des îles des Caraïbes dont j'avais toujours rêvé. Sur une plage de sable d'argent s'inclinaient des cocotiers aux larges palmes en éventail comme des parasols. Au fond de la baie, la mangrove bordait le rivage, dressée sur ses racines aériennes. Au-delà de là s'étendait un océan de verdure : palétuviers, plantes grimpantes et fougères, en un fouillis inextricable. Et, au milieu de cette végétation, la rivière sinueuse aux flots limoneux avait l'air d'un serpent.

Une nuée d'oiseaux multicolores s'envola tandis que nous jetions l'ancre. Nous ferlâmes les voiles, puis pataugeâmes jusqu'à la plage comme des enfants. Certains se mirent à nager, d'autres prirent des canots, mais tout le monde quitta le bord. Sauf Horn. Il accrocha un hamac entre les haubans et le mât de misaine et étendit au-dessus un auvent de toile. Puis il s'endormit à l'ombre après nous avoir dit qu'il espérait rêver de filles indigènes. Nous jouâmes aux boules avec des noix de coco, nous barbotâmes dans la mer tiède chauffée par le soleil. Je creusai un peu dans le sable, mais n'y trouvai pas de doublons. Cet endroit eût été un paradis sans les hordes de mouches qui nous assaillaient. Je n'en avais jamais vu de pareilles en Angleterre. Ces créatures aux longues pattes, armées d'aiguillons qui nous suçaient le sang, volaient en nuées autour de nos têtes dans un bourdonnement exaspérant. Abbey les appela des moustiques. Elles finirent par nous chasser de la plage et nous nous mîmes au travail pour coucher le bateau sur le côté. Après avoir déplacé les canons, nous établîmes un filin du cabestan au grand mât, puis à une racine de mangrove grosse comme une barrique. Cette racine était couturée de cicatrices causées par les filins qui avaient précédé le nôtre ; ces cicatrices ressemblaient à celle que j'avais vue au cou d'un homme que l'on avait pendu. La plupart de ces marques étaient anciennes, mais quelques-unes étaient très récentes et nous tendîmes notre cordage entre les deux. Puis nous nous attelâmes au cabestan et, au bout d'un moment, le *Dragon* se retrouva sur le flanc comme un grand animal de bois.

L'oncle Stanley s'était mis dans la tête de capturer un perroquet pour le rapporter en Angleterre. Il décida donc de remonter la rivière avec le doris, en compagnie de Mudge, tandis que les autres entreprenaient de nettoyer la coque du bateau.

Nous épluchâmes des brassées d'algues, des tonnes de barnacles et de moules aux coquilles épaisses, des douzaines d'éponges qui jutaient sous nos pieds. Enfin, Abbey trouva l'origine de notre voie d'eau : un bordage éclaté, bien en dessous de la ligne de flottaison.

– Ma foi, tu avais raison, me dit-il en me montrant la brèche. Seul un boulet de canon a pu faire ça.

Il s'agenouilla sur la courbure de la coque, pressa son poing contre le bordage et faillit le traverser.

– Tu vois ? dit-il. Il nous a touchés trois fois !

– Ou plus, ajoutai-je.

– Non, seulement trois.

Il me considéra, son œil valide mi-clos sous le soleil.

– À moins qu'il y ait une avarie de l'autre côté.

– Non, répondis-je.

J'étais à peu près certain que tous les impacts s'étaient produits sur le flanc tribord.

– Enfin, on va jeter un coup d'œil, dit-il.

Abbey ôta ses bondes de fortune, puis retailla au ciseau les bordages déchiquetés et mit en place des pièces de bois neuves ; puis il calfata les jointures à l'étoupe. Ses coups de marteau provoquaient à chaque instant des envols d'oiseaux effarouchés vers la jungle. Après deux couches de peinture et de suif, le *Dragon* se retrouva aussi solide que le jour de son lancement.

Le jour suivant, nous basculâmes le bateau de l'autre côté et le grattâmes, comme nous l'avions fait la veille. Abbey sonda au marteau chaque bordage, mais ce flanc-là du *Dragon* était manifestement indemne. Et le bateau flottait déjà lorsque le capitaine et Mudge revinrent de leur deuxième exploration de la rivière. Mudge se prélassait à l'arrière du doris tandis que Butterfield ramait et ils bavardaient comme des enfants lancés dans une grande aventure. Ils étaient parvenus à se couvrir de boue, mais n'avaient pas attrapé de perroquet et ils montèrent à bord en grattant les centaines de piqûres que leur avaient infligées les moustiques. J'eus plaisir à voir ces deux hommes ensemble. Bien que mon oncle ne cessât de houspiller Mudge, ils s'entendaient visiblement à merveille.

– Qu'est-ce qui te fait rire ? me demanda Butterfield. Hisse le canot à bord et faisons route.

Nous mîmes le cap sur le large et pas une goutte ne suinta dans la cale.

– Étanche comme un tonneau, affirma Abbey, trop heureux de me faire sentir qu'il avait eu raison et que je m'étais trompé. Il se rengorgeait encore lorsque nous atteignîmes les rives de la Trinité.

À Port d'Espagne, à l'extrémité nord-ouest de l'île,

nous embarquâmes notre cargaison de sucre et de café. Des sacs qui pesaient plus de soixante livres s'empilèrent dans les cales par-dessus un lit de noix de coco. Le dragon sculpté à l'avant s'enfonçait peu à peu, comme s'il cherchait à s'abreuver de l'eau du port. Une fois les cales solidement fermées, nous levâmes l'ancre et quittâmes l'île pour entreprendre le long voyage du retour.

Où nous nous étions battus avec des vents contraires, nous étions maintenant emportés par les glorieux alizés qui nous caressaient sous le soleil aussi bien qu'à la lueur des étoiles scintillantes. Nous doublâmes la Grenade et les Grenadines, longeâmes le chapelet d'îles limitant la mer des Caraïbes. Puis Mudge, un beau matin, vint prendre ma place à la barre et ce fut le début d'une cascade d'ennuis.

Il était couvert de sueur et tremblait. La peur se lisait dans ses yeux.

– Qu'est-ce qui ne va pas ? lui demandai-je.

– Je ne sais pas. (Il s'ébroua comme un chien mouillé.) Je suis glacé, dit-il, j'ai la tête près d'éclater.

Oscillant sur les talons, il me saisit le bras pour rétablir son équilibre. Je sentis sur ma peau la chaleur brûlante de sa main.

– Va chercher le capitaine, John, dit-il. Qu'il vienne vite… je crois que je vais mourir.

Il bascula de côté et s'affala sur le pont.

Je me détournai pour jeter un coup d'œil par la claire-voie. Butterfield, assis à sa table, achevait son petit-déjeuner. Je frappai au vitrage cloisonné. Il leva les yeux, surpris, un bout de biscuit beurré à la main.

– Montez ! criai-je. C'est Mudge. Il s'est évanoui.

– Évanoui !

Il articula le mot si clairement que j'entendis sa voix résonner dans ma tête. D'un bond, il se leva, disparut à mes yeux et surgit un instant plus tard dans la coursive, tenant toujours son biscuit. Il s'accroupit près de Mudge tandis que les autres, alertés par mes appels, faisaient cercle autour de nous. Horn apparut le dernier et joua des coudes pour nous rejoindre.

Butterfield prit son vieil ami dans ses bras.

– Dana, dit-il en soulevant la tête de Mudge.

Je remarquai des sortes de bosses sur le cou du marin.

– Qu'est-ce qu'il a ? s'enquit Butterfield.

– Il dit qu'il va mourir.

Mon oncle me regarda d'un air désolé.

– Mourir, fit-il en écho.

Horn se mit à rire.

– Il ne va pas mourir.

Du bout du pied, il décocha un léger coup dans les côtes de Mudge.

– Allez, debout, matelot, un peu de courage !

– Laisse-le, dit Butterfield en repoussant le pied de Horn. Qu'est-ce que tu en sais, d'abord ?

– Je sais qu'il a la fièvre, c'est tout.

Horn à son tour s'agenouilla. Il pinça les joues de Mudge, plutôt rudement à mon avis, mais Mudge se réveilla et nous regarda en clignant des yeux.

– Bon. Tout va bien, dit Butterfield. Tu ne vas pas mourir, tête de mule.

– Non, mais il va le regretter, intervint Horn. Il va être pris de tremblote et il souffrira beaucoup. Il ne retrouvera pas sa tête avant plusieurs jours. Voilà ce que c'est que d'aller barboter dans les marécages.

Butterfield fit la grimace. Lui aussi avait « barboté » dans les marécages.

Nous descendîmes Mudge dans la cabine du capitaine. Les rideaux n'étaient tirés qu'à demi et les contours pâlis des îles se profilaient encore à l'horizon. Mudge fut allongé à l'ombre et le capitaine s'apprêta à jouer son rôle d'infirmière.

Comme l'avait prédit Horn, il fut bientôt pris d'une fièvre violente. Sa peau se couvrit de rougeurs. Toutes ses articulations le faisaient souffrir à tel point qu'il n'osait plus bouger. Les renflements de chair qui bosselaient son épiderme apparurent en d'autres endroits, et il fut en proie à des cauchemars qui provoquaient des convulsions et des cris de douleur.

Un deuxième homme fut atteint du même mal, puis un troisième et un quatrième. Le soir venu, les trois malades, gisant dans leurs hamacs du gaillard d'avant, gémissaient à fendre l'âme. L'écho de leurs lamentations envahissait tout le bateau. Avec l'équipage réduit de moitié, il fallut doubler les quarts au gouvernail. Et, un jour, au coucher du soleil, comme je menais le *Dragon* cap au Nord, je ressentis de légers frissons et des élancements insolites qui me donnèrent la certitude que j'allais à mon tour succomber à la fièvre.

Il faisait presque nuit quand Horn vint me relayer. Il vira de quelques degrés au vent et je sentis le frémissement qui parcourait la coque tandis que le *Dragon* gagnait plusieurs nœuds à l'heure. Il posa une cheville dans le renard de pointage pour marquer le changement ce cap, puis leva la tête pour choisir une étoile sur laquelle se guider.

– Le gaillard d'avant est une vraie fournaise, dit-il, et votre canonnier là-bas baigne dans sa sueur en se demandant pourquoi il a si chaud. (Horn eut un petit rire.) Il a peur d'avoir attrapé les fièvres, conclut-il.

Son ironie m'irrita.

– Et pourquoi ne les aurait-il pas attrapées ?

Horn haussa les épaules.

– Oh, je serais aussi comme lui, après tout, si j'étais un vieux canonnier à la cervelle ramollie. J'ai vu des bateaux qui dérivaient avec toute la toile dessus et pas un homme à bord capable de tenir une écoute.

– Ça pourrait nous arriver, rétorquai-je.

– Non, ça n'arrivera pas.

– Pourquoi ?

– Ces fièvres ne sont pas contagieuses, M. Spencer. Ça s'attrape dans la jungle et dans les marécages. Ça ne flotte pas dans l'air, voyez-vous.

– Nous sommes *tous* allés dans la jungle.

– Pas tout à fait, rectifia-t-il.

– C'est vrai. Pas vous.

Il leva les yeux vers son étoile.

– La barre est lourde, remarqua-t-il.

– Pourquoi n'êtes-vous pas allé à terre ? Qu'est-ce qui vous a retenu à bord ?

– Le destin, sans doute, dit Horn. (Il sourit dans l'obscurité.) Je vous l'ai déjà dit. Je suis béni des dieux.

J'entendis un râle qui venait de la cabine, puis la voix de Butterfield.

– Silence, vous autres ! Silence !

Horn, les deux mains sur les poignées de la roue, se tourna vers moi.

– Je suis, comme qui dirait, votre ange gardien, dit-il.

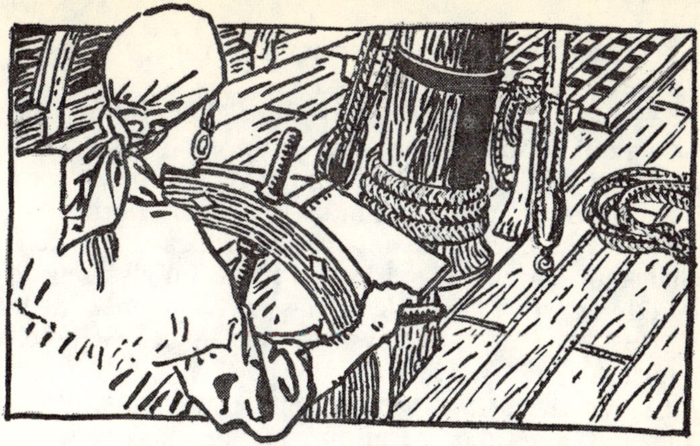

CAP SUR DAVY JONES

Horn était encore à la barre quand je remontai de ma couchette, peu avant l'aube. Le vent était tombé et les voiles pendaient mollement tandis que le *Dragon* poursuivait sa route à petite allure. Je crois que Horn aurait été capable de le faire progresser même par calme plat.

– Vous avez barré toute la nuit ? lui demandai-je.

– J'aime bien barrer, dit-il. Le *Dragon* est un fin coursier, M. Spencer.

J'avais une impression de retour en arrière, comme si nous avions prononcé les mêmes paroles à une époque que j'étais incapable de préciser. Puis j'entendis des plaintes qui s'élevaient du gaillard d'avant et il me sembla que d'autres marins encore avaient contracté la fièvre.

– Le bateau m'a paru plus lourd à manier cette nuit, dit Horn pour la deuxième fois depuis le début de son quart. J'ai sondé les cales. Elles sont sèches comme briquette. C'est curieux.

Debout à côté de lui, j'écoutais les grincements de la mâture et le froissement des voiles, m'efforçant de sentir les mouvements du bateau.

– Tenez, dit Horn en s'écartant de la roue, voyons un peu ce que vous en pensez.

Je pris les poignées de la barre, pesai dessus et sentis le safran qui s'appuyait sur l'eau. Était-ce la remarque de Horn qui éveillait en moi cette impression de pesanteur ?

– Je me demande… murmurai-je en me retournant.

Horn s'était écarté et, appuyé au bastingage, il se penchait tant par-dessus bord que j'aurais pu aisément le faire basculer. Je crispai les mains sur les poignées de la barre. Quelle idée ! Je n'avais aucune envie de le précipiter à la mer. Je n'y avais jamais songé.

Cet homme est un albatros, avait déclaré Abbey. *C'est un Jonas.* Mais je ne l'avais pas cru et ne le croyais pas davantage à présent ; je me souvenais de la vision du vieux canonnier, le cercueil flottant, et de son rêve. *« Nous verrons une pluie de fer, une inondation, une pestilence, et le feu. »* Mes bras commencèrent à trembler tant je serrais fort les poignées de la barre. Le rêve d'Abbey tendait à se réaliser. On nous avait tiré dessus, nous avions failli être coulés, nous avions été attaqués par des moustiques. Tout ce qu'il avait prévu était arrivé. Sauf le feu. Mais je chassai ces sombres pensées de mon esprit. Elles n'avaient rien à voire avec Horn. C'était simplement les chimères d'un vieux marin un peu dérangé.

Devant le bastingage, Horn se redressa.

– On s'est enfoncés, dit-il.

– De combien ?

– Venez voir vous-même.

Je lâchai la barre et rejoignis Horn en trois enjambées. Le scintillement des étoiles et la noirceur de la mer me causèrent une sorte d'étourdissement, comme si je balançais en équilibre aux confins de l'espace, avec un vide sans fin sous moi. Puis, comme je me penchais un peu plus par-dessus la lisse, je vis l'eau luisante au ras de la coque et un bouillonnement d'écume où flottaient des bulles verdâtres et lumineuses.

– Il est descendu de plus de deux centimètres, dit Horn, peut-être trois.

J'aurais été incapable d'en juger, mais les moindres réactions du *Dragon* n'avaient pas de secrets pour lui ; pour ma part, il fallait que j'aille à l'avant me pencher sur l'étrave pour me rendre compte. Là, je vis le dragon de bois sculpté de la figure de proue qui semblait mordre la mer tandis que l'eau rejaillissait entre ses dents et je compris que Horn avait raison. Lentement, le *Dragon* s'enfonçait.

Horn avait repris la barre. Je descendis dans le bateau et sondai la cale Mais le témoin ne portait aucune trace d'humidité et l'on ne percevait pas le moindre clapotis, ce qui était étrange car tout navire, quel qu'il soit, prend quelque peu l'eau et il en reste toujours dix à quinze centimètres au-dessus de la quille. Mais, dans notre cas, il semblait que le *Dragon* perdait de l'eau au lieu d'en embarquer. À moins que notre cargaison eût grossi ou se fût alourdie.

– Les noix de coco ! m'écriai-je.

Horn me regarda, sourcils froncés.

– Les noix de coco absorbent l'eau !

Je gagnai ma cabine et je décrochai ma lampe de son support. À sa lueur chaude et fumeuse, je descendis vers le fond de la cale. Je découvris d'abord des sacs rongés à la couture et entendis les rats qui détalaient devant moi. Poursuivant ma descente au-delà du point que pouvait atteindre la sonde, j'atteignis les membrures même de la coque, au niveau des boulons de quille. Ma main toucha un premier sac de sucre, humide et froid, puis un second. Tous ceux qui étaient entassés de part et d'autre étaient imprégnés d'eau. Au-dessous, les noix de coco s'étaient transformées en éponge et baignaient dans un fonds liquide, poisseux et trouble. Alors je n'eus plus qu'une idée, remonter au plus vite à l'air libre, d'autant que les couinements des rats me rappelaient la terrible épreuve qu'avait subie mon père lorsqu'il avait été capturé par les naufrageurs de Cornouailles. Je grimpai avec une telle hâte que ma lampe brûlait encore quand j'atteignis le pont inondé de soleil, où soufflait une brise rafraîchissante.

Le capitaine était là, ainsi que Horn et Abbey. Penchés vers moi, ils avaient l'air soucieux, comme si j'étais un médecin apportant des nouvelles d'une chambre d'hôpital.

Je leur fis part de mes découvertes : vingt sacs au moins ruinés par l'eau de mer.

– Il faudra qu'on les dégage, dis-je, qu'on sorte tout. La cale doit être vidée et la voie d'eau colmatée.

– Avec la moitié de l'équipage trop malade pour travailler ? objecta Butterfield. (Il serra les poings et les cogna l'un contre l'autre.) Et si nous filions droit sur l'Angleterre ?

– La cargaison ne vaudrait plus un centime, dis-je. Je ne peux pas faire ça à mon père.

Le capitaine hocha la tête.

– Alors nous n'avons plus qu'à retourner à Kingston. On fera réparer le *Dragon* en cale sèche.

– Trop loin, dit Horn. Si nous faisons route vers Kingston, il faudra passer au large des îles de la Tortue ou naviguer au vent pendant tout le voyage. Ce qu'il faut faire, capitaine, c'est aller s'échouer sur une plage.

– Il y a Antigua, suggérai-je. C'est plus près.

Mais, à nouveau, Horn marqua son opposition.

– Il faudra qu'on louvoie à travers les Îles Sous le Vent, dit-il. Vous savez où sont les récifs ? Où sont les bancs de sable ?

– La carte doit les indiquer, dis-je.

– Quelques-uns, peut-être. Pas tous (Horn n'en démordait pas.) Une plage, capitaine. Suffit de mettre le cap sur le soleil.

Butterfield jeta un coup d'œil vers l'Est, où le soleil du matin émergeait du chapelet des îles enveloppées de nuages. Nous pourrions les rallier en un jour ; le lendemain matin, au pire.

– Mais où ? demanda-t-il.

Les yeux bleus de Horn se fixèrent sur le compas. Il ne se soucia même pas de regarder la terre.

– Je connais un endroit, dit-il.

Abbey eut un rire méprisant.

– Naturellement, ironisa-t-il.

Le visage de Butterfield s'empourpra.

– M. Abbey ! s'exclama-t-il.

– Enfin, c'est lui qui nous emmenés dans un endroit où la moitié de l'équipage a attrapé les fièvres ! dit Abbey. C'est lui qui nous a menés vers ce rafiot plein de cadavres ! C'est lui qui tenait la barre quand *L'Apôtre* nous a trouvés !

– En voilà assez ! s'écria Butterfield.

– C'est un Jonas, je vous dis !

– Maintenant, écoutez-moi, M. Abbey. (Butterfield pointa le doigt sur le canonnier.) Mon bateau fait eau, ma cargaison risque d'être anéantie, la moitié de mes marins sont malades comme des chiens et si Horn connaît un endroit où on peut remettre le *Dragon* en état, je n'en demande pas plus.

Abbey se tourna vers moi.

– Explique-lui, toi, John, dit-il. Raconte-lui mon rêve.

– Le diable emporte tes rêves ! vociféra Butterfield. (Et lui aussi me prit à témoin.) John, es-tu disposé à laisser Horn nous guider ?

Pourquoi l'affaire me tombait-elle sur le dos, je n'en savais trop rien. Peut-être le capitaine avait-il des doutes, car il était vrai que Horn nous avait toujours entraînés dans de graves mésaventures. Je jetai un coup d'œil à Horn. Il semblait si triste et mélancolique que j'eus envie de le plaindre. Mais je n'osais penser aux aléas qui nous guettaient si nous suivions ses directives. Alors je levai le bras.

– Moi, proposai-je, je sais où aller. Et ce n'est pas loin.

– Où ? demanda Butterfield.

Je tendis la main vers l'Est, surpris de constater que je tenais toujours ma lampe allumée. À la vérité, je n'avais pas d'idée précise, mais j'étais sûr qu'en consultant la carte, je dénicherais un endroit favorable.

– Bon, descendons, dit Butterfield. Toi et Abbey, suivez-moi.

La cabine aux rideaux tirés était sombre. À la lueur de ma lampe, je vis le pauvre Mudge, recroquevillé sur la couchette du capitaine. Les rougeurs s'étaient répandues sur son visage jaunâtre et si luisant de sueur qu'il me fit l'effet d'une énorme limace. Ses mouvements d'ailleurs en avaient la lenteur. Près de lui, sur le sol, il y avait un seau avec une éponge flottant à la surface. Il émit une série de gémissements pitoyables.

– Il veut peut-être qu'on lui récure le pont, dit Abbey.

Je me rapprochai de lui et levai ma lampe. Ses geignements redoublèrent. Butterfield, penché sur la table, nous tournait le dos.

– On n'y voit rien là-dedans, dit-il, mais tu sais, la lumière doit lui brûler les yeux, le pauvre diable.

– Oh ! fis-je, désolé. Je posai la lampe sur la table et Mudge sombra dans une somnolence agitée.

– Alors, où est donc ton île ? demanda Butterfield.

Nous considérâmes le labyrinthe de petits îlots qui m'étaient tous aussi inconnus que la Sibérie. J'avais l'espoir de découvrir une plage abritée des alizés. Mais cet espoir s'évanouit en un instant, car Butterfield avait choisi une carte représentant toute la mer des Caraïbes et les îles n'y étaient pas plus grosses que des petits pois.

– Montre-moi donc, reprit-il.

Je déplaçai ma main sur la carte.

– Attendez, que je réfléchisse, dis-je.

– Allons, allons, nous ne sommes pas tellement au Sud, dit le capitaine. Voilà où nous devons nous trouver.

Il posa le doigt sur la carte dans l'arc de cercle des Îles Sous le Vent. À mon tour, j'étendis la main au-dessus de la carte, plus au nord, et vis avec consternation que l'ombre de mes doigts couvrait une surface de plusieurs centaines de milles carrés. Nos recherches étaient donc inutiles. Il faudrait en passer par le choix de Horn.

Mais Abbey vint à mon secours.

– Je connais l'endroit auquel pense ce garçon, dit-il. C'est là.

Et il posa le doigt sur un groupe d'îles, à l'est de notre position.

– Ça s'appelle Culebra, pas vrai, John ? Et on peut pas espérer trouver mieux comme carénage.

Je regardai son visage noyé dans la pénombre.

– Oui, dis-je, vous avez raison.

– Vous m'étonnez, tous les deux, dit Butterfield en riant. Je ne croyais pas que vous feriez une telle paire d'amis.

Il souleva la carte et je vis, au-dessous, celle que j'avais espéré consulter avec tous les détails des îles.

– Voyons, où donc est cette Culebra ?

Abbey la lui désigna et, en effet, il s'agissait d'une île apparemment merveilleuse, avec une anse portuaire très bien abritée et des plages frangées de récifs coralliens.

– Tu es déjà allé là-bas ? demanda le capitaine.

– Oui, dit Abbey.

– Parfait. Va dire à Horn de mettre le cap sur Culebra. Qu'il fasse route au Nord-Est.

Horn m'accueillit sur le pont par un de ses longs regards brûlants.

– Alors ? demanda-t-il. Qu'est-ce qu'on décide ?

– Cap au Nord-Est, dis-je. On va à Culebra.

Je vis sa mâchoire se crisper.

– Et c'est l'idée de qui, ça ?

– C'est la décision du capitaine.

– Ah oui ? J'aurais plutôt cru que c'était celle de Roland Abbey.

Comment l'avait-il deviné, je ne savais pas trop. Mais je n'allais pas lui donner la satisfaction de lui apprendre qu'il avait raison.

– Je suis prêt à le mener vers Davy Jones, si on me le demande, reprit Horn. Et si ça vous intéresse, M. Spencer, c'est justement là qu'on va aller tout droit.

PAS DE QUARTIER

Au lever du jour, nous atteignîmes Culebra par le sud. Devant nous, la grande houle de l'Atlantique se brisait sur les récifs avec d'énormes jaillissements d'écume laiteuse. Et tout autour s'élevaient les rugissements profonds et sourds de la mer empanachée d'embruns.

C'était une petite île sombre et mystérieuse, un fouillis de verdure au milieu duquel émergeaient six collines pâles aux flancs abrupts et arrondies comme des pustules sur le dos d'un énorme crapaud. Dans la brume lumineuse de l'aube, elle évoquait le malheur et la fatalité. Je ne pus m'empêcher de penser qu'elle avait dû être le théâtre d'une tragédie, que les arbres et les collines gardaient la mémoire de faits horribles et que cette île, d'une façon ou d'une autre, nous attendait.

Le courant rapide, d'est en ouest, nous entraînait vers les récifs isolés où se brisaient les lames. Sur les ailes du vent nous parvenaient des odeurs d'algues, de goémons, de ressac fouettant sans relâche des rivages inhospitaliers. Les effluves étaient lourds, méphitiques, et Butterfield, rentrant la tête dans les épaules, sa lunette à la main, déclara :

– Je n'aime pas ça. Cette île a quelque chose de maléfique.

– Maléfique, et comment, confirma Horn. C'est l'odeur de Davy Jones que vous sentez.

– C'est rien que l'odeur d'une colonie d'oiseaux, corrigea Abbey.

Il était notre pilote, mais Horn tenait la barre. De toute évidence, il connaissait bien les parages. Il ne s'était laissé surprendre par aucune saute de courant, aucun brisant annonciateur de récif.

– Vous êtes déjà venu ici ? demandai-je.

– Oui.

– Souvent ?

– Plusieurs fois. (Il tourna la roue et le *Dragon* se redressa dans un remous.) C'étaient les îles du Capitaine Kidd. Il y a enterré ses trésors, puis il est reparti pour New York avec juste quelques coffres d'or, espérant acheter sa liberté.

– Toi et tes histoires à dormir debout, grogna Abbey.

– C'est la vérité, protesta Horn. On a exploré toutes les criques de toutes les îles avec la chaloupe. Les rameurs étaient cuits par le soleil. Oh oui, il y en a des trésors, ici, sans parler de la mort qui rôde.

– Cause toujours, dit Abbey.

– Attention au vaisseau noir, reprit Horn. Il se pourrait bien qu'on le rencontre par ici.

Abbey eut un rire sans joie.

– Il se peut aussi qu'on le rencontre pas, hein ?

– En voilà assez ! s'écria Butterfield en s'interposant entre les deux hommes. Si vous êtes vraiment allé à Culebra, M. Abbey, dites-moi donc ce qu'on peut y trouver.

– De l'eau, répondit le canonnier. De la bonne eau fraîche. Un endroit où caréner le bateau et du bois si on en a besoin. Un mouillage où on pourra laisser Mudge et les autres aller à terre dans moins d'une heure, avant même qu'un nouveau sac de sucre soit perdu.

Butterfield jeta un coup d'œil vers la côte, les sourcils froncés.

– Cet endroit ne me dit rien qui vaille.

– Il est pourtant sûr. Aussi sûr qu'un port de guerre.

Je compris ce qu'il voulait dire. Les rochers et les récifs coralliens qui rendaient notre approche si dangereuse nous protégeraient une fois l'obstacle franchi. Ils nous tiendraient lieu de sentinelles et nous permettraient de voir clairement tout navire venant vers nous.

– Je vote pour Culebra, dis-je.

Butterfield sourit.

– Depuis quand les marins votent-ils ?

– Je veux dire que nous n'avons guère le choix, ajoutai-je en rougissant. Nous pourrons jeter l'ancre hors du port et…

– Je vois ce que tu veux dire. (Il me posa une main sur l'épaule.) Je crois que tu as raison, John. Allons-y.

Nous réduisîmes la voilure et tînmes l'ancre parée. Harry Freeman entreprit de faire des sondages ; il nous criait, par-dessus la rumeur du ressac, quelle était la profondeur. Le fond passa de douze brasses à sept, puis brusquement à trois. Mais Horn restait imperturbable et d'un léger mouvement de la barre nous ramena en eau profonde.

Le port s'ouvrait devant nous, précédé d'une barre écumante, mais parfaitement calme au-delà. Dans cet abri triste et solitaire, nous fûmes très surpris de découvrir qu'un bateau se trouvait à l'ancre.

– Un brick, dis-je en clignant des yeux. Anglais, apparemment.

– De la marine de guerre ? demanda Horn.

– Je ne crois pas.

Butterfield me passa sa lunette.

– Tu as de meilleurs yeux que moi, dit-il.

Je pris l'instrument et me mis à étudier le petit vaisseau. Ses vergues étaient croisées, mais pas comme celles d'un navire de guerre. Toute la toile avait été enlevée ; le capitaine devait prévoir un séjour prolongé.

– Personne à bord ? demanda Butterfield.

– Si, dis-je.

Trois hommes étaient de quart, l'un sur la grand vergue, un autre près du cabestan, le dernier à la barre. Jamais je n'avais vu marins aussi immobiles ; pas une main levée, pas un geste, nul signe que nous avions été vus.

Puis le bateau disparut de mon champ de vision, à nouveau masqué par la terre, et je refermai la lunette. Je n'étais pas mécontent à l'idée que nous n'étions pas seuls.

Butterfield fit jeter l'ancre et nous attendîmes le renversement de la marée. Une heure au moins s'écoula, pendant laquelle le *Dragon* resta secoué par le clapot tandis que les gémissements des malades s'amplifiaient. Les plaintes étaient si pénibles que je me portai volontaire pour mener le doris jusqu'à terre et y placer une amarre.

Comme toujours, mon oncle Stanley savait exactement ce que je pensais.

– Si j'étais jeune et vigoureux, dit-il, moi aussi j'irais bien à terre… Enfin, si jamais tu as la chance de parler avec les marins de ce brick, fais mes compliments au capitaine.

– Bien, capitaine, répondis-je.

Une fois embarqué à bord du doris avec un rouleau de filin, je me mis à ramer à contre-courant. Le reflux était si fort que j'embarquais régulièrement de petites vagues courtes et serrées. Bientôt, j'eus de l'eau jusqu'aux chevilles, mais je continuai à souquer avec énergie, gagnant mètre après mètre jusqu'à ce que, le goulet franchi, la progression fût plus aisée.

Cette fois, je voyais le fond, à cinq brasses environ. Des poissons aux couleurs brillantes filaient sur un fond de sable blanc d'argent où les courants avaient dessiné des sillons parallèles, des collines miniatures. Je les regardais zigzaguer en bancs multicolores, quand soudain ils semblèrent se précipiter vers le doris. J'étais ravi de les voir surgir de tous côtés, disparaître dans l'ombre de mon canot pour ressurgir de l'autre côté, quand je vis le requin.

Long d'au moins six mètres, il nageait au ras du fond avec des ondulations presque langoureuses et semblait à mes yeux caresser des projets si cruels que je me sentis parcouru de frissons. Puis, l'instant d'après, il disparut dans les eaux miroitantes au soleil et je repris les avirons. Comme les bancs de poissons refluaient vers moi, le requin ressurgit, cette fois près de la surface, dans mon sillage, fendant la mer de sa nageoire triangulaire. Peu à peu, il se rapprochait, forçant l'allure, et j'eus brusquement l'impression qu'il voulait couper le canot en deux. Puis, à moins d'un mètre du doris, sa nageoire disparut et, avec un violent coup de queue, le squale heurta le flanc du doris et le bascula de côté dans un brutal jaillissement d'eau.

Cramponné au bord, je plongeai en avant pour rattraper un des avirons qui glissait le long du tolet. L'eau accumulée dans le fond du canot le faisait gîter et j'avais peur qu'il ne parvienne pas à se redresser. Un autre coup de boutoir plus violent que le premier et assez fort pour faire craquer le bois bascula le canot sur l'autre bord. Un second requin passa sous le bateau.

Soudain, je vis trois nageoires décrivant des cercles autour du doris. Du plat des avirons, je frappai la surface de l'eau pour écarter les bancs de poissons et effrayer les requins, mais c'était peine perdue. Leurs cercles se rétrécissaient de plus en plus. Terrifié, je me mis à ramer de toutes mes forces.

Il y eut de nouveau un choc derrière moi et quelque chose de froid et de dur me racla l'épaule. Je poussai un cri et levai les mains pour repousser cet obstacle. Les avirons filèrent tous les deux avant que j'aie le temps de les rattraper et mes mains se refermèrent sur le gros cordage qui amarrait le brick inconnu au quai.

Quelques brasses plus loin, sur sa lancée, le doris atteignit le brick, pivota sous son beaupré et se heurta à sa figure de proue. Je m'élançai dans l'espoir de crocher une prise sur la coque avant d'être emporté par le courant, mais le pont était hors d'atteinte et je ne pus que racler le bordage. J'appelai pour demander de l'aide, mais personne ne vint à mon secours. Désespéré, je me dressai sur la pointe des pieds et parvins à me cramponner à la sous-barbe, les pieds au ras de l'eau, tandis que le doris, déséquilibré, se remplissait d'eau et se retournait. Pendu à la sous-barbe, je vis l'un des requins qui montait en flèche du fond et, dans un éclair gris, brisait le canot en deux.

Sachant que nul ne viendrait me tirer de ma situation critique, je trouvai la force de faire une traction et de basculer une jambe par-dessus la sous-barbe. Après quoi, je la suivis en rampant sous le beaupré et me hissai sur le pont.

Étendu sur le dos, je soufflais comme un phoque. Bien au-dessus de moi, je voyais l'homme sur la grand vergue, tête baissée, les mains derrière le dos pour se tenir au mât. Mais il ne bougeait pas et ne manifestait aucune intention de m'aider. Il en était de même pour l'homme de barre. Les bras étendus, mains aux poignées, il n'avait pas fait le moindre mouvement depuis que je l'avais aperçu. Alors je roulai sur le côté et vis que le troisième marin était tout aussi inerte que les autres.

– Pouvez-vous m'aider ? demandai-je. Personne ne veut m'aider ?

Mais il ne tourna même pas la tête.

Je me relevai et me dirigeai vers lui d'une démarche vacillante, tant j'étais épuisé Puis je me figeai soudain sur place, glacé d'horreur. L'homme était mort, cloué au cabestan.

Je reculai en titubant vers le gouvernail et, parvenu au pied du grand mât, levai les yeux et constatai que l'homme de vigie était mort, lui aussi, fixé au mât par une longue fiche de métal qui lui traversait la poitrine. J'évitai de monter sur le gaillard d'arrière, car je vis le sang séché sur les mains du barreur et je n'avais aucune envie de voir de plus près un homme cloué à une roue.

Pris de panique, les jambes molles, le sang à la tête, je sentis sous mes pieds des vibrations qui annonçaient le renversement de la marée. Comme je me retournais vers l'entrée du port, je vis le *Dragon*, toutes voiles dehors, qui s'éloignait vers le sud.

– Attendez ! hurlai-je.

Mais c'était inutile. J'imaginai Abbey et Butterfield penchés sur le bastingage et voyant les débris de mon doris à la dérive. Sans doute avaient-ils conclu que j'avais péri noyé ou dévoré par les requins. Mais je ne pouvais pas comprendre comment ils avaient levé l'ancre si vite en m'abandonnant.

Au soleil, le *Dragon* était superbe avec ses lignes élancées et son gréement léger. Le cœur chaviré, je le suivis des yeux. La désolation qui me submergeait se mua bientôt en colère et, le poing brandi vers le bateau, j'éructai de terribles injures à l'adresse du capitaine, de l'équipage et du *Dragon* lui-même. Puis, comme il disparaissait au-delà du goulet, enroué à force d'avoir crié et à sec de larmes, je baissai les yeux vers le pont et vis l'ombre de la vigie, l'homme cloué au mât, qui glissait avec lenteur de mon côté, aussi silencieusement que les requins sous la surface de la mer. À bout de nerfs, je pivotai sur les talons pour me retrouver face à l'horrible silhouette crucifiée à la barre. Brûlé par le soleil et le visage hachuré de coups de bec, il semblait fixer sur moi son regard mort. Une nouvelle vague de terreur m'envahit à la pensée que je me trouvais là, abandonné sur un navire peuplé de cadavres. Il me semblait entendre dans ma tête l'écho de mes propres cris, mais tout autour de moi régnait le silence. Seule me parvenait la rumeur lointaine du ressac sur les récifs ; les oiseaux eux-mêmes semblaient avoir déserté l'île.

Soudain s'éleva une voix de vieillard, chevrotante et caverneuse. Elle provenait des profondeurs du bateau.

– Trois brasses à la sonde, disait-elle. Trois brasses à la sonde. Je suis Davy Jones.

UN VIEIL AMI

La voix se jouait de moi, m'appelant tantôt du fond du bateau, tantôt du pied du mât de misaine.

– Je suis Davy Jones, répétait-elle.

Puis j'entendis comme un froissement, un grattement, lorsqu'elle s'éleva encore une fois derrière moi.

– Trois brasses de fond. Trois brasses de plus.

Je pivotai brusquement sur les talons, mais ne vis que le pont désert. L'écho d'un rire aigu, irréel, se propagea sur le bateau.

– Lance-moi un bout, matelot !

– Où êtes-vous ? m'écriai-je. Qui êtes-vous ?

Ma voix se perdit dans la rumeur du ressac lointain. Seul le silence me répondit.

Les requins tournaient autour du navire. Les morts poursuivaient leur veille atroce. Et je me sentis attiré par cette voix, cet unique signe de vie dans un monde vide, car à coup sûr, quelle qu'en fût l'origine, elle témoignait d'une présence vivante. L'accès au carré était ouvert et je descendis les marches sans un regard pour le barreur. Le bateau semblait n'avoir été abandonné que quelques heures plus tôt, et pourtant il évoquait une ruine très ancienne. Dans la cabine du capitaine, une pipe était posée sur une table, à côté d'une blague à tabac ouverte et, près d'une chandelle, se trouvait un briquet. Dans la cuisine, je découvris des assiettes disposées sur la table avec des couteaux et des fourchettes. Sur le fourneau, il y avait une grande marmite contenant une sorte de ragoût solidifié. Les fins copeaux de bois qui entouraient sur le plancher une forme de pied prouvaient qu'un homme s'était assis sur le banc et avait taillé une pièce de bois.

– Je suis Davy Jones ! glapit soudain la voix, me faisant sursauter. Les raclements venaient d'en haut ; il y eut un choc sourd contre du bois. Presque fou d'angoisse, je me dirigeai vers la voix et, après avoir failli me cogner dans une lampe, pénétrai dans une cabine si sombre qu'on n'y distinguait que quelques vagues formes. Peu à peu, je découvris que, de part et d'autre, s'alignaient dix-huit couchettes par groupes de trois. Dans quatre d'entre elles gisaient des marins, immobiles et silencieux. Mais dans l'obscurité s'élevait un tic-tac à peine perceptible. J'avais peur de ce que je pouvais trouver ou rencontrer sous mes doigts en progressant à tâtons. J'allai donc chercher la chandelle sur la table du capitaine et revins éclairer l'intérieur de la cabine.

Les marins étaient enveloppés de couvertures grises rabattues sur leurs têtes et leurs épaules. La laine était imprégnée de sang noir et parmi les taches sombres grouillaient des troupeaux de cancrelats luisants. Pétrifié d'horreur, je vis soudain l'une des couvertures tomber sur le sol et un marin qui basculait une jambe par-dessus le bord de sa couchette. Puis l'homme se dressa sur ses pieds et s'approcha de moi en chancelant. Un coup de sabre lui avait ouvert le front jusqu'à l'os. Sa peau lui pendait sur les yeux comme un bandeau gorgé de sang noir desséché. Il tendit les bras et je reculai entre les couchettes tandis qu'il continuait à vaciller vers moi.

– Camarade ! cria-t-il. Es-tu mon camarade ?

– Non, répondis-je et il eut un mouvement de recul avec une affreuse grimace de peur.

– Alors, t'es de la bande, reprit-il.

– Quelle bande ?

– Eux.

Il s'écroula en avant, la face contre le sol. Aussitôt une armée de cancrelats le recouvrit comme un tapis noirâtre.

Ma chandelle s'éteignit. Je fis volte-face et sortis en courant de la cabine, me heurtant à la lampe et me cognant contre la table mise. Et je me retrouvai au soleil sur le pont en compagnie de l'homme crucifié dont les dents semblaient me grimacer un sourire dans sa bouche privée de lèvres.

Un moment, je restai prostré à ses pieds sur le pont, sous la chaude caresse du soleil. Puis me parvinrent aux oreilles les bruits les plus merveilleux, les plus inespérés de mon existence : des claquements de voiles, un clapotis et le floc d'une ancre lancée à la mer. Je m'agenouillai et vis d'abord la flèche d'une goélette, puis une coque noire en dessous, enfin sur le flanc le nom du bateau, *L'Apôtre*, avec le nombre 1219.

De nombreux marins se trouvaient sur le pont et la goélette avait mouillé si près que je voyais distinctement les visages des hommes qui tenaient le filin. Bruns ou blonds, barbus ou pas, je n'imaginais pas de scélérats à la mine aussi féroce et rébarbative à bord d'un bateau. Le front ceint de bandeaux de couleurs vives, vêtus de haillons rehaussés de broderie d'or, ils immobilisèrent le bateau tout près de moi, sous le regard sans vie de l'homme qu'ils avaient tué.

Je battis en retraite dans la descente. À l'abri du capot, je reconnus au bruit la mise à l'eau des canots et la pose des avirons. Puis, craignant que les boucaniers remontent à bord du brick, je descendis dans la cabine pour y chercher une arme.

Le même rire effrayant m'accueillit et cette voix venue de nulle part répéta :

– Je suis Davy Jones. Lance-moi un bout, matelot.

Je me mis à fouiller dans les coffres de la cuisine, dans les tiroirs, les étagères et les seaux. Mais je ne dénichai qu'un petit couteau à la lame rouillée et émoussée.

J'étais décidé à me battre jusqu'au bout aussi bravement que possible, avec l'espoir de tomber dans une mêlée sans merci. En tout cas, je refuserais de me rendre, ne supportant par l'idée de passer par les terribles épreuves qu'avaient subies les marins du brick. Puis je sentis le courage me manquer et les larmes me vinrent aux yeux. Une peur incontrôlable m'avait envahi ; les mains et les jambes tremblantes, je me traitais en vain de lâche. Et quand j'entendis les canots s'éloigner au bruit cadencé des avirons dans un concert de vociférations, j'éprouvai un immense soulagement.

Courbé en deux, avec précaution, je gagnai la cabine arrière et me postai à une des fenêtres. Entraîné par la marée, le brick s'était rapproché du rivage dont il se trouvait à une vingtaine de mètres au plus, mais, songeant aux requins qui rôdaient dans les parages, je ne voulais pas prendre le risque de me mettre à l'eau. De la fenêtre en contrebas, je vis les canots s'éloigner. Ils étaient quatre, chargés d'au moins soixante boucaniers, certains vêtus de haillons, d'autres d'habits brodés. La plupart étaient armés de pistolets ou de coutelas. Les quatre embarcations se dirigeaient vers une plage en arc de cercle, bordée de cocotiers. J'aperçus sous le couvert des arbres, audelà de la plage, une sorte de campement avec une cabane en rondins, un foyer et une barrique qui devait servir de réserve d'au. Tout en haut de la plage se trouvaient côte à côte deux canots qui avaient sans doute appartenu à l'infortuné brick où j'avais trouvé refuge.

Les boucaniers sautèrent à bas des canots, pataugeant dans l'eau, dans un concert de rires sonores, de jurons et d'appels, puis ils disparurent sous les arbres. Au-dessus de moi, je vis se tendre le filin qui reliait le brick à la plage maintenant déserte. Et je songeai que si je pouvais progresser à force de tractions le long de l'amarre, je pourrais parvenir aux canots tirés au sec et...

Un gémissement m'échappa. La marée commençait à monter. Si j'avais avec peine réussi à remonter le courant avec le petit doris du *Dragon,* je ne pourrais faire de même seul à bord d'une chaloupe bâtie pour vingt hommes. Je devais donc attendre le renversement de la marée : près de six heures. Du moins serais-je alors servi par l'obscurité.

– Trois brasses de fond ! cria soudain la voix. Lance-moi un bout, matelot !

Je tournai la tête du côté de la cuisine. Je songeai à l'homme que j'avais laissé gisant sous un amas de cancrelats et j'imaginai que la voix était la sienne, qu'il rampait maintenant vers l'arrière. Je le voyais presque dans l'ombre, les yeux aveuglés par sa propre peau, les mains noires de sang, les cancrelats grouillant sur son dos.

Je ne pouvais pas attendre six heures. En fait, dans les craquements de ce vieux bateau de cauchemar, je ne pouvais même pas attendre six minutes. Je me précipitai vers l'une des fenêtres et m'escrimai à en déverrouiller les loquets. Je commençais à l'ouvrir quand une nouvelle embarcation apparut en dessous de moi, dépassant le flanc incurvé du vieux brick. C'était un canot plus petit que les autres ; les hommes à bord, étaient armés de pistolets, de mousquets et de sabres.

Les deux rameurs étaient vêtus comme les matelots d'un vaisseau amiral d'uniformes rayés bleus et blancs avec des canotiers ornés de rubans. Ils souquaient sur un rythme parfait et leurs avirons ridaient à peine la surface de l'eau. Je restai figé devant la fenêtre. Si l'un d'eux avait levé la tête, il m'aurait vu. À l'arrière, debout, se tenait un marin vêtu de bleu, les deux mains sur la garde de son sabre. Les broderies d'or à ses manches et le brillant plumet de son chapeau suffisaient à désigner Bartholomew Grace. Il portait de hautes bottes à revers et sa longue chevelure noire lui couvrait entièrement les épaules. Il leva un instant les yeux vers le filin d'amarrage tendu et, sous le large bord de son chapeau, j'entrevis une joue lisse et rose. J'avais affreusement peur qu'il *sente* ma présence au-dessus de lui, mais je ne pouvais pas bouger et mes doigts tremblaient si fort que le loquet de la fenêtre se mit à cliqueter.

Aux avirons, les marins ramaient avec la même cadence régulière ; pourtant, à l'arrière du canot, un homme lança d'une voix tonnante :

– Hardi, les gars, souquez dur. Allez, souquez, les filles !

Puis il se mit à rire et je sentis mon cœur battre, car ce rire m'était familier. L'homme m'apparut alors, assis au fond du canot derrière le banc de nage. J'en croyais à peine mes yeux. Dans sa vieille redingote rouge hérissée de pistolets, je reconnus Tommy Dasher le Luron. La dernière fois que je l'avais vu, c'était dans une forêt du Kent, près de huit mois plus tôt. Bandit de grands chemins, contrebandier, ce fieffé coquin avait été mon camarade à bord du *Dragon* lors de mon premier voyage. Il avait si peur de la mer qu'il s'était confectionné un costume fait de bouchons de liège. Cette tunique avait disparu, mais il portait à la place des outres gonflées d'air autour du cou et sous les bras.

– Allez, allez, un peu de nerfs, les filles ! cria-t-il, une main sur la barre. Vous avez reniflé l'or, hein, pas vrai, les gars ? Allez-y, flairez bien !

Plein de lui-même, bravache, aussi fougueux d'une rafale de noroît, il n'avait pas changé. Comment était-il devenu membre d'un équipage de pirates, mystère – mais je n'en étais pas moins soulagé de le voir. Un jour, Dasher m'avait sauvé la vie et j'espérais de toutes mes forces qu'il pourrait encore une fois me rendre le même service.

Peu après, le canot se mit au sec sur le sable. Les rameurs dressèrent leurs avirons comme quatre petits arbres ; Bartholomew Grace passa entre eux et mit le pied sur le sable étincelant. Avec le sol argenté à ses pieds et derrière lui l'île verdoyante, dans son uniforme bleu, rouge et or, il apparaissait comme l'image même du pirate, tel qu'un artiste aurait pu songer à le représenter. Le vent ébouriffait son plumet, faisait voltiger les rubans des canotiers de ses rameurs. Il se mit à avancer lentement vers le camp ; à chaque pas, ses bottes noires brillaient au soleil et, comme il s'approchait, les rires et les cris s'éteignirent parmi les hommes déjà débarqués. J'attendis que son canot se fût vidé de ses occupants et me hasardai à m'écarter de la fenêtre. Puis je m'étendis sur la couchette du capitaine, espérant dormir jusqu'à la tombée de la nuit. Mais toutes sortes de plans défilaient dans mon esprit, tous ingénieux de prime abord ; mais ils se désagrégeaient bientôt pour me laisser en proie au désespoir.

Je me demandais où pouvait bien être le *Dragon* ; à coup sûr, il m'attendait quelque part. Je fermai les yeux et tentai d'imaginer l'île telle que je l'avais vue sur la carte. Je me levai, fouillai dans le bureau du capitaine, à la recherche d'une plume et d'une feuille de papier. Et je m'efforçai d'établir un croquis en situant les rochers, les brisants, l'étroit goulet au nord du port, les plages où mon navire était peut-être maintenant couché sur le flanc, en réparation. Mais il pouvait tout aussi bien être mouillé au sud, au fond d'une anse. Et je me mis à dessiner des flèches et des ancres un peu partout sur la carte, avant de songer qu'après tout le *Dragon* était peut-être en route pour l'Angleterre.

Pour finir, il ne me restait qu'une solution : je devais à tout prix quitter cette île, et donc m'emparer d'un canot avec lequel je me mettrais à la recherche du *Dragon*. Si je ne parvenais pas à le trouver, je ferais voile jusqu'à l'île la plus proche, puis la suivante et ainsi de suite, jusqu'à ce que je trouve quelqu'un, quelque part, qui me ramènerait en Angleterre.

Chaque fois que je m'approchais des fenêtres, je voyais sur la plage les boucaniers occupés à je ne sais quelle tâche. Si je devais voler un canot, sans doute faudrait-il que ce soit sous leur nez.

Enfin, je m'endormis. À mon réveil, il faisait nuit.

Au milieu du camp, un grand feu craquait et pétillait. Les flammes s'élevaient jusqu'aux palmes des cocotiers et je voyais les boucaniers, baignés d'une lueur orangée dans leurs oripeaux, qui ne cessaient de faire la navette à la lueur des torches fumantes ; ils transportaient des coffres et des sacs sur la plage, vers deux canots.

Soudain, quelque part dans mon vaisseau hanté s'éleva la même voix chevrotante et cassée.

– Je suis Davy Jones ! Trois brasses de fond !

Jamais, jusque-là, le passager invisible n'avait crié si fort et, tandis qu'à bord du brick plongé dans le noir me parvenaient de nouveau des grincements, des craquements, des cliquètements, la voix hurla :

– *Pas de quartier !*

L'ÎLE AUX CANNIBALES

La porte de la cabine grinça comme si quelque chose – ou quelqu'un – la poussait. Tapi dans l'ombre, à l'abri des reflets du feu sur la plage, je ne voyais rien mais, sur le pont obscur, je crus entrevoir des épaules et une tête, celle de l'homme que j'avais trouvé couvert de cancrelats. Je le vis déployer les bras et faire un bond prodigieux. Après quoi, il s'élança vers moi et me heurta l'épaule. Je fis un écart pour l'esquiver, sentis d'abord sous mes doigts une surface dure puis, au-dessous, une matière douce et molle. Alors la créature recula avec un cri perçant et se jeta à nouveau sur moi, me cinglant le visage et les bras. Puis elle alla s'écraser contre une des fenêtres dans un choc brutal contre le bois et le verre. Alors je la vis, se profilant sur les lueurs du feu des boucaniers.

Ce n'était qu'un vieux perroquet déplumé et fané comme un bouquet de fleurs abandonnées.

– Je suis Davy Jones, dit-il, ajoutant de sa voix enrouée :

– Trois brasses de fond ! Trois brasses de plus !

Du bec et des griffes, il se mit à attaquer le châssis de la fenêtre. Le bruit qu'il faisait me semblait terrifiant.

– Arrête ! Arrête ! sifflai-je, mais il se démenait de plus belle, grattant, raclant, cognant. Au milieu du port, les torches d'un canot qui passait éclairèrent les visages des marins tournés de mon côté.

Accroupi sous la fenêtre, je regardais au plafond jouer les ondes mouvantes et dorées des reflets du feu. Le perroquet ne cessait de jacasser et de s'agiter. Comme la lumière se faisait plus vive dans la cabine, je me redressai et vis apparaître à la fenêtre la silhouette d'un être famélique et barbu qui me fit l'effet d'un squelette ambulant ; je poussai un cri étouffé.

Le perroquet se jeta sur la vitre. Le loquet bascula, la fenêtre s'ouvrit et l'oiseau s'envola dans un grand battement d'ailes. Le visage fantomatique disparut, puis il y eut un choc sourd, suivi d'un chapelet de jurons. Puis le perroquet hurla : « Hissez les couleurs ! » et je le vis perché sur l'aussière à nouveau tendue par le jusant, secouant la tête comme un possédé.

Du canot s'élevèrent des rires bruyants.

– C'est le perroquet, dit une voix. Excité comme un pou, on dirait ! Ce foutu perroquet de Dasher !

Puis une autre voix, plus douce, ajouta :

– Il y a quelqu'un là-dedans… Je te le garantis. Je l'ai vu…

À nouveau, les boucaniers ricanèrent. La fumée de leurs torches envahit la cabine. Une lueur jaunâtre illumina les vitres et l'homme squelettique déclara :

– Je vais monter à bord jeter un coup d'œil.

– Tout ce que tu trouveras, c'est des fantômes, reprit la voix rocailleuse.

Mais j'entendis les avirons heurter la coque tandis que le canot repartait. Les reflets des torches s'atténuèrent et la cabine se retrouva plongée dans la pénombre. Sur la plage, le feu projetait toujours des éclats lumineux sur les eaux calmes du port. J'attendis un moment, puis ouvris la fenêtre en grand et me hissai sur le rebord. Même en tendant le bras, je ne pouvais atteindre l'aussière. Mais le perroquet, avec un caquètement irrité, me donna un coup de bec.

– Allez, fiche le camp, murmurai-je, les dents serrées. File d'ici !

Il voleta un peu plus loin pour se poser à nouveau sur l'aussière. Me tenant aux deux montants de la fenêtre, je me penchai en avant et aperçus sur le pont une gaffe crochée dans un rouleau de chaînes. D'un bond de côté, j'atterris sur le pont, m'emparai de la gaffe avec laquelle j'attirai l'aussière à moi et m'y suspendis au flanc de la coque. J'entendis alors clairement des pas qui s'approchaient sur le pont. Je levai les yeux, mais entrevis seulement, noire contre le ciel étoilé, la silhouette du malheureux matelot mort cloué au mât. Une flamme plus haute s'élevant du feu allumé sur la plage, j'aperçus ma carte sur la table du capitaine, avec mes croquis et mes notes. Les pas se rapprochaient. Je regardai au-dessus de moi, persuadé que j'allais voir apparaître la tête du boucanier, un sinistre sourire aux lèvres. Terrifié, je me jetai à cheval sur l'aussière. Puis, tête en bas, comme un paresseux, je m'éloignai le plus vite que je le pouvais du bateau, les jambes croisées par-dessus l'aussière, par tractions successives. Devant moi, le perroquet gambadait sur le filin, continuant à émettre d'étranges gloussements, comme s'il s'amusait.

J'étais à mi-distance du rivage quand mon dos toucha la surface de la mer. Sous l'effet de mon propre poids ou d'une fluctuation de courant, l'aussière avait molli et s'était ensellée. Bientôt, j'eus les épaules trempées, puis mon pantalon, et comme je m'efforçais de me maintenir hors de l'eau, je vis apparaître la nageoire d'un énorme requin. Le rivage n'était plus qu'à quelques mètres et je voyais nettement Dasher debout près d'un tonneau. De toutes mes forces, je me tractai sur l'aussière, mais le requin, plus rapide, me heurta violemment les jambes et me fit pivoter sur moi-même tandis que l'aussière m'échappait des mains.

Sans forces pour me battre, je me laissai couler un instant et, brusquement, un grand calme m'envahit. J'avais l'impression de flotter non dans l'eau mais dans le ciel, loin au-dessus de ce petit port illuminé par les flammes rougeoyantes du feu de camp. Et plus je m'enfonçais, plus haut je flottais jusqu'à ce qu'au-dessous de moi l'île m'apparût en entier. À plat ventre, en équilibre instable sur l'aussière qui cédait sous mon poids, j'avais la sensation que j'allais me retrouver à l'ancre dans les cieux. Puis je sentis le filin se tendre peu à peu tandis que le brick se déhalait au gré du courant et je remontai vers la surface pour m'y trouver nez à nez avec le requin. Je vis ses dents aiguës, un œil rond qui luisait, puis il passa au-dessous de moi, si près que sa nageoire m'effleura les jambes. À l'air libre, je repris lentement mon souffle et me remis à tirer sur l'aussière en direction du rivage. Enfin, à bout de forces, je dégageai mes jambes et me laissai tomber sur le sable chaud.

J'avais l'impression que des heures s'étaient écoulées depuis que j'avais sauté par la fenêtre du brick. Sur le navire des boucaniers amarré presque bord à bord, l'homme qui portait la torche remontait de la cabine, éclairant l'homme crucifié à la barre avec ses bras écartés, mort prêt à étreindre un vivant. À coup sûr, me dis-je, le marin avait trouvé ma carte, la fenêtre ouverte et le bois éraflé par les serres du perroquet. Bientôt une fouille en règle serait organisée et ils ne tarderaient pas à me découvrir, car c'était naturellement par le point d'amarrage de l'aussière qu'ils commenceraient leurs recherches. Courbé en deux et profitant d'une accalmie du feu, je courus le long de la plage et parvins à me réfugier sous les arbres.

La jungle était si dense que je m'y trouvai presque aussitôt englouti par la végétation et après avoir franchi une vingtaine de mètres, j'en oubliai même où se trouvait la mer. Du bateau, l'île m'avait paru silencieuse et déserte, mais ici, elle bruissait de froissements, de grattements et d'étranges petits cris. Et toutes les peurs lointaines de mon enfance m'assaillirent, ainsi que les avertissements de mon père qui disait que la mer des Caraïbes était infestée de cannibales… *Ils te font cuire vivant, à ce qu'on dit, et ils réduisent ta tête aux dimensions d'une noix.* Soudain, je me voyais environné de ces cannibales féroces dont le cercle se rétrécissait d'instant en instant. Les froissements étaient causés par leurs pieds nus, les grattements par les flèches empoisonnées raclant les arcs. Je me voyais emporté par des hommes couverts de tatouages, les lèvres traversées d'os, la chevelure emplumée. À chaque bruit, je me retournais, sursautais à chaque brindille cassée. Bientôt, la peur de ces cannibales imaginaires l'emporta sur celle des pirates bien réels. Et loin de m'éloigner de leur grand feu, que je devinais encore à travers le feuillage, je me rapprochai en veillant à rester invisible parmi les ombres de la jungle. Puis, d'arbre en arbre, je décrivis une courbe autour du camp des pirates et résolus de marcher vers l'Ouest, avec l'espoir de retrouver le *Dragon*.

Au dernier moment, tourné vers le campement, j'aperçus à la lueur du feu Dasher qui me tournait le dos, à moins de dix mètres de moi. Il avait vidé les outres qui lui servaient de flotteurs et qui pendaient mollement à ses côtés. Empilés sur le sable auprès du feu, je vis des lingots d'argent, des barres d'or, des boîtes et des coffres de toutes tailles. Il y avait également un amas de pioches et de pelles et je conclus que toutes ces richesses avaient été déterrées dans l'île et rassemblées pour être chargées à bord de *L'Apôtre*. D'ailleurs, les allées et venues se poursuivaient. Au milieu d'un équipage qui devait compter une centaine d'hommes, seuls deux ne travaillaient pas. Bartholomew Grace, bien sûr, qui, campé sur un coffre bardé de fer, son poignard en travers de la poitrine, une main sur la garde de son épée, avec son habit brodé d'or et la mine d'un roi, surveillait étroitement sa troupe.

L'autre était Dasher qui, planté près de son tonneau, se contentait d'y plonger une louche attachée à son poignet par une lanière pour abreuver les hommes assoiffés. À son air farouche, on eût dit que l'eau du tonneau était encore plus précieuse que toutes les richesses d'or ou d'argent. Un instant, je songeai à l'appeler, mais cette idée me parut aussitôt insensée. À présent, il était devenu un pirate et si jamais je pouvais espérer une aide de sa part, il eût fallu que je le rencontre seul. Dasher ne manquait pas de cœur mais, environné de coquins, il ne pouvait qu'en être devenu un lui-même.

Je repris ma marche à pas lents, précautionneux, tout en gardant un œil sur les boucaniers, et je ne vis la branche morte qui me barrait le passage qu'à l'instant où elle se brisa sous mon pied avec un craquement sec.

Et Bartholomew Grace, dressé sur son coffre, cria d'une voix tranchante :

– Reste où tu es !

ÉCHOUAGE

– Tu me crois aveugle ? rugit Bartholomew Grace. Tu te figures que je n'ai pas d'yeux pour voir ?

Il descendit de son coffre et les flammes illuminèrent les broderies d'or de son uniforme. J'entrevis un instant son visage sous le bord de son grand chapeau et, une fois de plus, ses traits m'apparurent comme effacés.

Ramassé sur moi-même, j'étais prêt à filer. Plutôt que de me livrer à une bande de boucaniers, je préférais tenter ma chance dans la jungle parmi les cannibales. Mais Grace se détourna et ses longues mèches noires masquèrent sa joue rose et trop lisse.

– Millar ! cria-t-il. Viens ici !

À la lueur du feu, je vis s'approcher le rameur qui avait apostrophé le Luron. Avec son maillot rayé et son canotier, il avait l'air d'un gosse apeuré et tremblait de tous ses membres. Le coutelas de Grace lança un éclair et la pointe de sa lame déchira le jersey du marin. Celui-ci laissa échapper un gémissement tandis qu'une large estafilade rouge apparaissait sur sa poitrine. Je crus que Grace l'avait éventré, mais du maillot lacéré tomba simplement une pluie de guinées qui se répandirent sur le sol, et une écharpe de soie.

– Tu es un voleur, déclara Grace. Qu'as-tu à dire pour ta défense ?

L'homme resta les yeux baissés sur les pièces, misérablement, sans un mot.

– Allons, parle, je t'écoute !

Mais l'homme ne répondit pas. Jamais, je crois, je n'avais vu une foule aussi silencieuse que celle des pirates assemblés autour du feu.

– Selon le Livre Noir et les lois d'Oléron, reprit Grace, un voleur doit payer pour ses crimes. (Du pied, il repoussa les pièces et l'écharpe de soie rouge.) Combien as-tu pris là ? Dix guinées… une douzaine peut-être ? Alors, quel est le prix d'un bras, bosco ? À quoi correspond un bras d'après le code ?

– Dix guinées, dit une voix dans la foule.

Grace hocha la tête, faisant voleter son plumet.

– Très bien, emmenez-le, dit-il. (Il tendit le bras armé de son coutelas.) Qu'il paie sa dette.

Deux hommes entraînèrent Millar et, un moment après, j'entendis le choc sourd d'une hache et un hurlement qui résonna dans l'île entière, un cri atroce et terrifiant.

– Seigneur ! fit le Luron à mi-voix.

Il n'y a personne d'autre ? demanda Grace d'une voix douce comme le miel.

À longues et gracieuses enjambées, il parcourut les rangs serrés de son équipage, examinant les hommes de près.

– Alors, pas d'autre voleur parmi vous ? Personne qui veuille se mutiner ?

Les pirates s'agitaient autour de lui, visiblement terrifiés. L'un d'eux se mit à geindre en oscillant d'un pied sur l'autre. Grace le fit taire d'un coup de lame qui lui balafra la joue. Un autre cria :

– Vive le capitaine Grace !

Ce cri se répercuta d'homme en homme, bien qu'aucun d'entre eux n'osât regarder leur chef en face.

Quelques instants plus tard, Grace avait démasqué deux autres voleurs. Leurs larcins semblaient dérisoires, une misérable poignée de pièces à côté d'une montagne d'or. Mais l'un des hommes paya son crime d'un œil et ses hurlements de douleur me déchirèrent les tympans. L'autre voleur se jeta aux pieds du pirate, rampant sur le sol parmi les pièces tombées du maillot de Millar.

– Ah, des remords, fit Grace. Voilà qui appelle la pitié. Allez, debout, matelot ! (Il abaissa son coutelas et parut s'en servir pour aider l'homme à se relever.) Alors, combien as-tu ?

L'homme tendit les mains. Je ne pouvais voir ce qu'elles contenaient mais je vis Grace qui baissait la tête pour les examiner.

– Voyons… trente guinées, dit-il avec un claquement de langue. Qu'as-tu à dire pour ta défense ?

L'homme s'était mis à pleurer. Il essaya de parler, mais seul un mot s'échappa de ses lèvres.

– De l'eau !

De l'eau ? (Grace hocha la tête.) Mais bien sûr, on va te donner de l'eau et on verra si ça te délie la langue.

Il recula d'un pas.

– Plongez-le dans le tonneau !

À ma stupéfaction, le Luron se mit à rire – une sorte de coassement sinistre.

– Dans le tonneau ? répéta-t-il. C'est ce que vous avez trouvé de mieux, le transformer en cornichon ? Et vous dites que vous êtes boucanier !

Toutes les têtes se tournèrent vers lui. Je m'accroupis un peu plus dans les buissons, mais sans pouvoir quitter des yeux Bartholomew Grace.

– Dans le Kent, reprit le Luron, c'est un jeu. Tous les dimanches, on mettait un pasteur dans un tonneau et on le faisait cracher ses prières. (Il s'écarta d'un pas, reculant dans ma direction.) Vous tenez un bonhomme assoiffé, vous le faites rôtir sur le feu, camarades, voilà la justice. Voilà ce que je dis, moi !

Sa voix se perdit dans un murmure. Tous les yeux étaient fixés sur lui. Quant au malheureux voleur des trente guinées, il n'en croyait pas ses oreilles.

Bartholomew Grace posa la pointe de son coutelas sur le sol.

– Viens ici, dit-il en faisant signe au Luron de s'approcher. Allons, viens, mon joli.

Je vis le Luron hésiter. Puis, prudemment, il fit quelques pas, se maintenant à distance raisonnable du danger.

Faites-le griller, dit-il. Si vous vous en sentez le courage.

Il jeta un coup d'œil derrière lui comme pour évaluer la distance qui le séparait de la jungle obscure. Son visage était pâle et couvert de sueur.

– Alors, camarades, qu'est-ce que vous en dites ? On le grille ou on le noie ?

Les pirates restèrent silencieux. Bartholomew Grace se mit à circuler parmi eux et je fus pris d'une peur panique à l'idée que le Luron allait faire demi-tour et s'enfuir, suivi des autres pirates, autrement dit me découvrir à coup sûr dans ma cachette. Puis, comme Grace s'approchait du tonneau, une voix retentit, venant de la plage ; au même instant, une torche apparut à travers les buissons. Le grand échalas barbu que j'avais entrevu par la fenêtre du brick surgit. Il tenait un morceau de papier qu'il jeta sur le sol aux pieds du capitaine.

– Regardez ça ! dit-il. Ça vient du bateau, là-bas.

Grace cueillit ma carte au sol à la pointe de son coutelas, puis il la brandit pour la montrer à tout le monde.

– Il y avait bien *quelqu'un* à bord de ce brick, affirma le barbu. Et maintenant, il est sur l'île.

Le Luron n'attendit pas les ordres. Il sortit deux pistolets de son baudrier et tira en l'air.

– En chasse, camarades ! cria-t-il. Suivez-moi !

Sa longue redingote rouge voltigea tandis qu'il pivotait sur les talons et courait vers la jungle.

Il passa à un mètre de moi, ployant les branches, écrasant les fougères. Tel un taureau, il se mit à foncer sous les arbres et je me mis à courir sur ses talons, craignant que Grace et tous les autres se mettent à cavaler à sa suite.

Ni le Luron ni moi ne regardâmes en arrière. D'arbre en arbre, de fourré en fourré, nous nous enfoncions dans la jungle. Son chapeau s'envola et me passa par-dessus l'épaule. Derrière moi, j'entendis des voix, mais qui semblaient s'éloigner. Nous franchissions des ruisseaux, enjambions des rochers et des troncs d'arbres, traversions des clairières. Nous courûmes ainsi l'un derrière l'autre jusqu'à ce que, pour finir, je saisisse un pan de sa redingote.

Il poussa un cri étranglé et se jeta au sol où il se mit en boule, comme un porc-épic menacé. Puis il se couvrit le visage de ses deux mains et une de ses outres écrasée contre son épaule se vida avec un couinement plaintif.

– Luron, dis-je, hors d'haleine, Luron, c'est John !

Il écarta les doigts et leva les yeux vers moi dans l'obscurité.

– John Spencer ? dit-il.

– Oui.

– Ça alors, que le cric me croque ! (Il se mit sur son séant et un large sourire étira ses lèvres.) Comment t'as pu me rattraper ? dit-il. Y a des chevaux qui galopent pas aussi vite que Tommy Dasher le Luron.

– Qu'est-ce que tu fais ici ? demandai-je.

– Le trésor, dit-il avec un clin d'œil. Plein d'or et d'argent par ici, lascar.

– Parle pas comme ça !

– Pardon, reprit-il, c'est une habitude. Quand on se met pirate, on cause comme un pirate.

– Tu fais partie de la bande !

– John, assura-t-il, je suis le roi de tous les pirates !

Des mois plus tôt, il m'avait déclaré qu'il était le roi des contrebandiers, mais il n'avait jamais été qu'un bouffon, un bandit de grands chemins dont les attaques contre les diligences échouaient presque toujours.

Il ramassa les pistolets qui étaient tombés de son ceinturon et les remit en place.

– Ce Bartholomew Grace, reprit-il, tout ce que je lui dis, c'est parole d'évangile. Oh, il se fait tout petit avec Tommy Dasher, tu peux me croire.

– En effet, dis-je sèchement. J'ai vu ça.

– C'est vrai ? dit-il. Le coup du tonneau ?

J'acquiesçai.

– Tu sais ce qu'il y avait dedans ?

– De l'eau ?

Il se mit à rire.

– De l'argent, lascar... et de l'or. Des doublons et des louis d'or, plus d'écus que tu as de cheveux sur la tête. (Il se releva et ajusta ses vessies.) S'ils avaient fourré ce pirate dans le tonneau, c'est tout juste s'il aurait eu les oreilles mouillées avec le peu d'eau qui recouvrait le trésor. C'est là que je l'ai caché, tu saisis ? Et Grace aurait fait ses comptes et se serait mis à débiter mes bras et mes jambes et je peux te dire qu'il serait pas resté grand-chose de moi une fois ma dette payée. La tête et les tripes peut-être, tout au plus. Une pauvre tête aveugle, tout juste bonne à être portée dans un panier.

– Et pour sauver ta peau, tu aurais laissé griller cet homme à petit feu ?

– Oh, jamais ils n'auraient fait ça, protesta le Luron. Pas Grace. Il a une peur bleue du feu, John. Tu as vu sa figure ? Elle a brûlé comme un trognon de chandelle. Voir cette figure en plein jour, ça te rendrait fou.

Nous nous mîmes à marcher en nous éloignant du feu des pirates dont on devinait maintenant à peine l'éclat au-delà de l'écran de végétation. Personne, semblait-il, ne nous avait suivis, mais nous ne savions plus où aller. Et dès qu'il ferait jour, ils reprendraient leur chasse.

Au détour d'un fourré, nous tombâmes sur une sente à peine marquée et la suivîmes jusqu'au sommet d'une colline. Elle semblait avoir été tracée récemment au milieu des fougères, mais bientôt la jungle l'aurait envahie de nouveau. Je réclamai un moment de silence pour guetter la présence possible de cannibales, mais le Luron était un moulin à paroles. Il me parlait du trésor, – celui du capitaine Kidd, affirmait-il – et de la façon dont il l'avait découvert.

– Juste après t'avoir vu dans le Kent, souviens-toi, je suis descendu dans le Sussex et j'y ai rencontré un vieux forban, tout ridé et couvert de fleurs de cimetière, au moins cent ans qu'il avait. Et là, à la Taverne du Cheval Noir, il s'est mis à chanter des chansons et à réclamer du rhum, alors je lui ai payé un verre et il m'a raconté une histoire. Il avait navigué avec Kidd, qu'il disait, et il savait où son trésor était caché. Où ? j'ai demandé, et le vieux filou a réclamé un autre verre. Il avait un vieux perroquet sur l'épaule qui buvait aussi… et dans le même verre. Et ce vieux forban, voilà qu'il me dit : le perroquet, il sait où c'est… C'était le perroquet de Kidd ; il s'appelait…

– Davy Jones ! m'écriai-je.

Le Luron s'arrêta net, interloqué.

– Tu l'as vu ? demanda-t-il.

– J'étais à bord du brick.

– Ce foutu perroquet, reprit le Luron en tiraillant une de ses vessies. Il me déteste, John, figure-toi… parce que je l'ai amené ici, sans doute.

– Mais comment es-tu arrivé ici, justement ?

– C'est ce que je t'explique, non ? (Le Luron s'éloigna et je le rejoignis.) Le perroquet sait où c'est, m'a répété ce vieux brigand. Il a dit qu'il me donnerait le perroquet contre une bouteille de rhum. Du bon rhum, attention. Là-dessus, il reste planté là comme un soliveau jusqu'à ce que la bouteille soit posée devant lui. « Culebra, qu'il dit. Emmène le perroquet à Culebra », et il se remet à boire son rhum. Eh ben, c'était la dernière bouteille qu'il buvait de sa vie, parce que le lendemain matin, il était mort, étalé par terre, raide comme un piquet. Et le vieux perroquet était perché sur son nez, crachant des injures comme un démon. Ça m'a pris des jours et des jours pour le dessoûler.

– Le marin ? dis-je. Je croyais qu'il était mort.

– Non, le perroquet, répondit le Luron en riant. Il était saoul comme une vache.

– Et alors ?

– Le bruit a couru qu'il y avait un homme qui savait tout sur le trésor de Kidd.

– Comment ? demandai-je.

– Ma foi, c'est un peu grâce à moi. Dans toutes les tavernes d'Eastbourne à Romney, j'ai raconté au patron qu'un beau gars, un débrouillard, savait exactement où était le trésor. Du coup, ils sont tous venus cogner à ma porte. Des gros bonnets, des lords, des vauriens. Alors on a fait une association, on a loué ce brick que tu as vu dans le port et on est partis toutes voiles dehors depuis Bristol.

Il en avait des frémissements dans la voix. On imaginait facilement la peur qu'il avait dû éprouver en se retrouvant dans un monde liquide.

– Et c'est vrai que le perroquet connaissait l'emplacement du trésor. Je l'avais attaché à une ficelle et il tournoyait au-dessus de ma tête. Et puis, tout d'un coup, il est parti comme une flèche en braillant jusqu'en haut de cette colline.

À peine avait-il fini son discours que nous sortions de la jungle pour nous retrouver sur un épaulement sablonneux d'où nous apercevions au loin la ligne du ressac sur les récifs de la côte est. Puis le Luron vint se placer à ma hauteur et m'arrêta de son bras tendu. Au-dessus de nous, les étoiles scintillaient.

Nous nous trouvions au bord d'une sorte de gouffre assez profond, bordé par des déblais terreux que j'avais pris pour des dunes. Une forte odeur de poudre à canon flottait dans l'air.

– C'est donc ici que le perroquet s'est posé, dit-il, et il s'est mis à crier : « Trois brasses de fond ! Trois brasses de plus ! » On s'est mis à creuser et à près de trois mètres, on est tombés sur un lit de rondins de cocotier. On a sorti les rondins et on s'est remis à creuser. Un mètre plus bas, on est tombé sur une autre plate-forme, puis une troisième à cinq mètres. Et là, le trésor, John. Seigneur tout-puissant, le trésor ! On a ouvert le premier couvercle et on a nagé dans les guinées et les bijoux. On s'est noyés dans le trésor, John. Seulement, quand on est ressortis du trou, Bartholomew Grace était là, juste où tu te trouves.

Le Luron s'ébroua. La brise nocturne murmurait dans les faîtes des arbres et j'entendais la lointaine rumeur du ressac.

– Il était dans l'île depuis longtemps avec son bateau noir, sur la côte est qu'on ne peut pas voir d'ici. Lui aussi cherchait le trésor le long des plages. Ça faisait des années qu'il venait ici et qu'il creusait le sol au petit bonheur.

Horn avait eu raison. Et je m'en voulus d'avoir pris le parti d'Abbey.

– J'étais au fond du trou, reprit le Luron en montrant l'anfractuosité, et Grace, là-haut, avait fière allure avec ses dorures et ses plumes. À sa façon de nous regarder, on se serait déjà cru morts.

Le Luron gardait les yeux fixés sur l'orifice de la fosse.

– Il nous a tous tués, poursuivit-il après un silence. Tous ceux qui étaient à bord… et tous ceux qui étaient dans le trou. Y a qu'à fouiller dans la terre pour trouver les cadavres. C'était terrible, John. Penser à ce qu'il a pu faire, j'en suis malade.

– Mais toi, il t'a épargné.

– Tu comprends, John, moi, je me suis mis avec eux. Attention, j'ai crié, moi, je suis Tommy Dasher le Luron ! Oh ça, pour palabrer j'en ai mis un coup et pour finir, ils m'ont épargné parce que j'avais pris leur parti.

– Moi je n'aurais jamais fait ça ! m'écriai-je.

– Vaut mieux être un pirate qu'un cadavre, c'est ma mère elle-même qui l'a dit. Et je pensais que je me débarrasserais d'eux assez tôt... jusqu'à ce qu'on revienne au port et là, quand j'ai vu ce qu'ils avaient fait aux hommes restés à bord... cloués à leurs postes avec les requins qui rôdaient... Là, je me suis dit, t'es dans de sales draps. Tu sors de la casserole mais pour tomber dans le feu...

Le Luron lança un coup de pied dans le bord du puits.

– Enfin, le jour même on a déménagé le trésor et personne n'a porté les charges plus vite que Tommy Dasher. Je suis fort comme un bœuf, tu sais.

Je hochai la tête... Il était décidément très content de lui.

– Bon, poursuivit-il. Il y avait quarante tonnelets de poudre enfouis là-dedans, et des caisses d'armes, mais moi, je ne portais que le trésor. Et à chaque voyage, je m'arrêtai au tonneau pour boire un coup et glisser au fond un petit quelque chose pour moi, une poignée de bijoux ou de doublons. Ce tonneau, je l'ai rempli jusqu'à ce qu'il reste juste un peu d'eau pour mettre la louche. Là-dessus, comme on se préparait à amener le bateau, voilà qu'on voit le *Dragon* mouillé dans le port. (Il sourit en secouant sa chevelure.) Tu m'as couru après, hein, John ? T'avais entendu des histoires et tu t'es dit que t'allais refaire équipe avec le Luron. Oh, tout Londres doit parler de moi à cette heure, pas vrai ?

Voilà tout ce qui le préoccupait. Être célèbre pour ses

hauts faits. En restant silencieux, je le laissai à ses illusions.

– Alors, où est-il maintenant ? demanda-t-il. Où est le *Dragon* ?

Je haussai les épaules.

– Je n'en sais rien.

– Tu n'en sais rien ?

– Non.

Je lui expliquai comment j'avais débarqué sur l'île avec mon petit doris et comment j'avais vu disparaître le *Dragon* derrière la pointe.

– C'est pas grave, assura le Luron. Ils n'ont pas dû aller bien loin et on les retrouvera au petit jour. Grace va reprendre la mer avec la marée du soir et on pourra se défiler avec mon tonneau. Y en a pour une petite fortune, John. Une sacrée petite fortune !

– Bartholomew Grace va l'emporter.

– Mais non, dit Dasher. Pour lui, c'est qu'une vieille barrique qui fuit.

Sa confiance me rasséréna et nous restâmes assis près du trou à attendre l'aube. Elle se leva très vite, comme toujours sous les tropiques, et nous vîmes le soleil surgir à l'horizon de l'océan sans fin. La marée commençait à monter et tous les rochers et les récifs étaient visibles, battus de brisants chargés d'écume. Mais le *Dragon* n'était pas là.

Au sud, le port était visible au-dessous de nous. *L'Apôtre* et le brick étaient mouillés côte à côte et les canots des boucaniers dans leurs incessants allers et retours ressemblaient à de petits jouets. Mais, sans nous attarder à ce spectacle, nous descendîmes par le versant nord de notre colline et entreprîmes de traverser l'île vers la côte ouest.

Nous parvînmes à une large plage de sable bordée par la mer si bleue des Caraïbes. À un mille environ se trouvait l'îlot bosselé de Luis Pena Cay Et au-dessus de ses arbres, minces comme des brindilles, apparaissaient les mâts du *Dragon*. Ils étaient inclinés de côté et la voile de flèche leur conférait l'apparence d'une croix tombée.

– Grands Dieux ! fit le Luron. Ils ont touché terre et, pour moi, ils ont dû faire naufrage là-bas.

UNE ÉTRANGE AMBITION

– Ils n'ont pas fait naufrage, dis-je. Ils ont abattu en carène.

Mais au fond de moi-même, je craignais qu'il n'eût raison. De toute façon, cela ne changeait pas grand-chose pour nous, car nous ne pouvions espérer atteindre la plage sans une embarcation quelconque. Nous avions beau nous creuser la tête, nous étions bel et bien prisonniers de cette île.

– Il va falloir attendre, dit le Luron.

– Tu crois que tu peux retourner chercher un canot ? demandai-je.

– Obtenir ça de Bartholomew Grace ? Hors de question.

– Pourquoi pas ? insistai-je. Tu m'as bien dit que tu faisais partie de la bande ?

– Provisoirement, oui. Sans aucun engagement ferme, dit-il. Si jamais je me montrais au camp des pirates, ils me couperaient en rondelles comme une carotte.

– Alors que faire ?

– Attendre, comme je t'ai dit.

Là-dessus, le Luron s'assit sur le sable, adossé au tronc d'un cocotier.

– La marée monte. Quand elle commencera à descendre, Bartholomew Grace lèvera l'ancre pour Kingston.

– Pourquoi Kingston ? m'étonnai-je

– Oh, il a son plan, dit le Luron. Un plan complètement fou. Il veut bourrer notre brick de toute la poudre qu'il a trouvée avec les grenades, les boulets et tout le reste et l'expédier au milieu de la flotte anglaise avec l'idée de les faire tous sauter.

Cette perspective me donna froid dans le dos. Je me souvins des navires rangés côte à côte et j'imaginai le feu faisant rage dans l'escadre, gagnant de mât en mât, de bateau en bateau. Chacun, chargé lui-même de poudre, exploserait à son tour, propageant l'incendie. Le fragile traité conclu entre l'Angleterre et la France ne tiendrait pas longtemps. Avec la flotte des Antilles anéantie, l'Angleterre serait affaiblie partout. La paix était si fragile que Grace pourrait très bien la rompre tout seul.

– Il pourrait déclencher une nouvelle guerre, comme ça, dis-je.

– C'est justement ce qu'il veut, souligna le Luron. Quand un pays est en guerre, il ne s'occupe pas des boucaniers.

Je lui posai une main sur l'épaule.

– Allez, lève-toi, dis-je.

Le Luron releva la tête.

– Et où va-t-on ? demanda-t-il.

– On retourne au port. (Je tirai sur la lanière de sa vessie.) Il faut qu'on coule ce brick.

– Pas moi. Non, merci, John.

Il inclina de nouveau la tête pour contempler la ligne du ressac qui battait sans trêve le sable doré.

– Moi, je reste ici, ajouta-t-il. Si ce que tu dis est vrai, et que le *Dragon* est seulement en carénage, il sera à flot avec la marée haute et on pourra lui faire des signaux.

– Oui, mais *L'Apôtre* sera sorti, objectai-je.

– Mais non, John, tu ne réfléchis pas assez. Tu es toujours pressé de passer à l'action. Grace ne pourra pas sortir pendant que la marée monte.

Il avait raison. J'avais remarqué la force du courant qui créait une barre à l'entrée du port. Elle ne céderait que lorsque la marée commencerait à redescendre. Alors, le *Dragon* serait remis à flot.

Mais le serait-il vraiment ?

– Et s'ils voulaient caréner le *Dragon* de l'autre côté ? dis-je. Et s'il avait vraiment fait naufrage ?

Le Luron haussa les épaules.

– C'est une chance à courir, dit-il d'un ton désinvolte. Grace va peut-être mettre à la voile plus tôt… ou plus tard.

– Alors il ne partira pas, dis-je. S'il le faut, je l'arrêterai.

– Je voudrais voir ça, dit le Luron.

– On peut toujours rêver, dis-je.

Le Luron entreprit de tirer de sa ceinture et de son baudrier tous ses pistolets qu'il aligna avec soin sur la plage. Puis il ouvrit sa redingote, ferma les yeux et s'appuya sur les coudes.

– Tu refuserais de m'aider ? lui demandai-je.

– Pourquoi est-ce que je t'aiderais ? Qu'est-ce que l'Angleterre a fait pour moi ? (Il fit une pause et reprit) Tout ce qu'elle a fait, c'est me saigner à blanc avec les impôts et les charges. Elle a fait de moi un contrebandier, un bandit et un pirate, simplement pour gagner ma vie. Et, un de ces jours, elle va me conduire au gibet et me mettre la corde au cou. (Il secoua vivement la tête et se racla la gorge.) Alors ce jour-là, il y aura une foule pour me voir, les mères Tartemuches et les pères Petzouilles viendront m'applaudir en criant : « Bon voyage ! C'est le gars qui a volé le trésor du capitaine Kidd. » Et ils me verront tomber dans le trou au bout de mon filin de chanvre… Ce sera la plus belle pendaison du siècle ; voilà comment je vais mourir, moi.

C'était la plus étrange ambition qu'on pouvait se mettre en tête, d'autant que ce n'était pas la première fois qu'il l'évoquait. Pauvre Luron ! Il voulait devenir célèbre, comme le fameux bandit Dick Turpin.

– Tu sais ce que je vais faire quand on sera rentrés au pays ? reprit-il. Je vais vendre tout mon or et mon argent et me payer un titre de lord. Avec une couronne sur la tête. Monté sur mon cheval, j'arriverai à la Chambre des Lords avec mon bel habit et mes pistolets, et je ferai des lois qui seront justes. « Tu t'es fait prendre avec du thé en contrebande, mon gars ? Tant mieux pour toi. Qu'est-ce que tu dis ? Payer des droits ? Pas du tout, mon joli. Tu ne faisais que ton devoir. » Tu verras, je serai un drôle de lascar, tu peux me croire !

Il était clair qu'il n'allait pas m'aider. Je lui tournai donc le dos et marchai le long de la plage vers l'étroite langue de terre au-delà de laquelle se trouvait le port. Le sable était brûlant et crissait sous mes bottes. À ma droite, le ressac battait inlassablement la plage.

J'avais franchi une quinzaine de mètres quand le Luron cria :

– Attends-moi !

Je me retournai et le vis en train de se harnacher avec toute son artillerie. Puis il se mit à courir vers moi en trébuchant. Parvenu à ma hauteur, il me demanda, essoufflé :

– Crois-tu vraiment qu'il y ait de la gloire à gagner dans l'opération ?

– J'en doute.

– Si, si, il doit y en avoir. C'est le genre d'histoires à propos desquelles on écrit des complaintes et des chansons à boire.

Et grâce à lui, la flotte anglaise
n'a pas péri dans la fournaise !

Ses cheveux et ses favoris brillants au soleil, il me regardait avec un drôle de sourire aux lèvres. Et je crus comprendre que, pour une fois, il ne pensait pas qu'à lui seul. C'était pour moi aussi qu'il avait peur.

– Allons-y, reprit-il, résolu.

Nous marchâmes côte à côte le long de la plage. Les pans de sa redingote lui battaient les mollets et nos deux ombres n'en faisaient qu'une sur le sable. Enfin, nous atteignîmes la pointe rocheuse qui nous séparait du port et grimpâmes dans les buissons où nous nous accroupîmes, au-dessus du campement.

Les boucaniers s'affairaient encore à transporter leur trésor. Les allées et venues des canots de la côte au bateau se succédaient. Certains allaient chercher de la poudre sur le brick, les autres charger le butin sur la goélette. Le cadavre crucifié n'avait pas bougé de la barre, mais ceux de la vergue et du cabestan n'étaient plus là. Paresseusement, les requins évoluaient autour des bateaux amarrés. Le brick, transformé en bombe flottante, s'était enfoncé dans l'eau d'un bon pied. Selon les fluctuations de la marée, l'aussière mollissait et se tendait tour à tour. Et je compris que jamais je ne pourrais rejoindre le bord.

L'Apôtre était mouillé derrière le brick, affourché sur deux ancres. Nous ne pouvions pas voir sa coque noire et l'ensemble des vergues et des mâts aurait pu faire croire à la présence d'un énorme vaisseau.

Dans quatre heures ou un peu plus, la marée serait haute. Et Grace, avec ses bateaux, mettrait le cap sur Kingston. Je ne voyais aucun moyen de l'en empêcher, à moins d'enchaîner le brick au rivage. Et soudain, je me mis à rire, car la solution du problème venait de m'apparaître, si simple que je ne comprenais pas comment je ne l'avais pas découverte plus tôt.

– On ne peut pas immobiliser le brick, dis-je. C'est impossible.

– Je te l'ai assez dit et répété, fit le Luron.

– Oui, mais on peut le libérer.

Il me regarda comme si j'avais perdu l'esprit.

– John, il est à l'ancre. Il n'ira pas bien loin.

– Plus loin que tu ne crois, rétorquai-je, et le Luron fronça les sourcils avant de se mettre à rire.

– Mais oui, bien sûr, dit-il. Ils vont se crocher l'un l'autre… pire que des matous en bataille…

Et soudain, il devint tout feu tout flamme. Le premier, il s'avança pour décrire un large cercle derrière le camp de pirates et revenir vers la mer. Grisé, il se voyait déjà en héros, sauveur de la flotte royale.

– Un jeu d'enfant ! s'exclama-t-il. Un plan rêvé ! On va devenir célèbres, John. On sera anoblis. Sir Tommy Dasher ! Sir *Thomas* Dasher. Réfléchis, John, on écrira peut-être des bouquins sur nous.

– J'essaye de réfléchir, dis-je, mais une fois l'aussière coupée, qu'est-ce qui va se passer ?

– Eh ben, on ira à Buckingham Palace et on s'agenouillera devant le roi, déclara le Luron. Il me touchera avec son épée et dira : « Lève-toi, sir Thomas ». Il me demandera comment j'ai fait fortune. À vrai dire, je lui répondrai : je l'ai volée. Je suis un *forban* chevalier, votre majesté. Et… oh, alors, c'est les dames qui me tomberont dans les bras…

Il était trop perdu dans ses rêves pour songer aux moyens de les réaliser. Je le suivais dans la jungle et sa redingote rouge, en voltigeant devant moi, semblait m'ouvrir la route. Je décidai qu'après avoir coupé l'aussière, nous regagnerions les plages de l'ouest pour y attendre le *Dragon.* Mais mon inquiétude se réveilla. Le *Dragon* flottait-il encore ? Et si la moitié de l'équipage avait succombé aux fièvres ? Et si les autres, trop affaiblis pour mener le bateau, l'avaient ensablé ? Enfin, une fois l'aussière du brick coupée, notre sort serait fixé. Au mieux, nous pourrions gagner douze heures, jusqu'au retour de la marée nocturne, et Bartholomew Grace mettrait à la voile pour Kingston.

Le Luron et moi trouvâmes, en haut de la plage, l'aussière tournée deux fois autour d'un cocotier et saisie avec un nœud de vache. Il nous suffisait de trancher ce filin pour libérer le brick et le laisser partir au gré du courant.

Le Luron sortit son couteau.

– Attends ! dis-je.

Le dernier des canots venait à peine de quitter le rivage. Deux sur trois étaient menés par des rameurs en guenilles qui ressemblaient plus à des singes qu'à des hommes. Le soleil faisait briller les coutelas et les boucles d'oreilles ainsi que les longs canons des mousquets. Mais à bord du troisième, avec ses rameurs en uniforme bleu souquant comme une équipe de course, Grace se tenait debout à l'arrière, une main sur la barre du gouvernail, l'autre dans le dos.

Sous l'éclat du soleil réverbéré par la surface de l'eau et le fond de sable doré, il donnait l'impression de marcher sur la mer. Autour de l'embarcation, les requins poursuivaient une sorte de ballet circulaire.

Il allait passer très près de nous. Je tournai la tête vers le Luron et mon sang ne fit qu'un tour. Avec son habit rouge et le soleil filtrant à travers les arbres, il était aussi visible qu'un feu ardent. Il suffisait que Bartholomew Grace tournât légèrement la tête pour que nous soyons découverts.

– Silence, murmurai-je. Pas un bruit...

Les canots se rapprochaient. Nous entendions les battements des avirons, le clapotis causé par les étraves et même le léger friselis des rubans aux canotiers des rameurs.

Soudain, avec un cri effrayant suivi de jurons, Davy Jones, le perroquet, surgit à grands battements d'ailes de la jungle.

MARINS FANTÔMES

– Trois brasses de fond ! cria le perroquet. Trois brasses de plus !

Bigarré de jaune et de rouge, il voleta d'un arbre à l'autre, puis vint se poser sur le bras du Luron

Surpris, le Luron grogna « Fous le camp ! » en secouant énergiquement le bras. Le perroquet sauta sur son épaule.

Au même instant, les canots obliquèrent dans notre direction. Les longs mousquets se dressèrent, les coutelas lancèrent des éclairs, telles des dents de requin affûtées comme des rasoirs. Encore quelques minutes, et ils seraient sur nous.

– Sauvons-nous ! criai-je.

Mais le Luron me jeta au sol. Il me lança un bref coup d'œil et se dressa, très droit dans son habit rouge vif. Le perroquet lui picorait l'oreille.

– Tu prendras ce que tu voudras dans mon tonneau, murmura-t-il. Bonne chance, John.

Puis il laissa tomber son couteau à mes pieds et se dirigea vers la mer. Je voulais lui courir après, mais je ne pouvais pas. Si le Luron se livrait, c'était pour me permettre de rester caché. Et, à ma grande honte, je restai immobile.

– Ce n'est que moi ! cria-t-il en direction des canots. Tommy Dasher le Luron ! (Il gagna le rivage sans cesser de parler.) J'ai cavalé derrière ce lascar qui venait du brick. Il m'a donné du mal, les gars, mais pour finir, je l'ai eu et je lui ai fait la peau. D'une oreille à l'autre, je lui ai coupé la gorge !

Les rameurs aux canotiers enrubannés échouèrent leur embarcation sur le sable. Bartholomew Grace s'avança jusqu'à l'avant du canot.

– Oh, capitaine Grace, reprit Dasher. Il courait drôlement vite, ce gaillard. On a presque traversé toute l'île, mais je l'ai rattrapé au puits du trésor. Donc me voilà, et si vous croyez que je voulais me défiler, vous n'avez qu'à me mettre à l'épreuve. Au travail, je ne crains personne, capitaine.

Grace le considéra un long moment sans rien dire. Puis Davy Jones sauta sur la tête du Luron et se mit à lui tirer les cheveux.

– Et voyez donc. J'ai retrouvé mon perroquet ! reprit le Luron avec un rire étranglé qui me serra le cœur. Oh, les gars, c'est pas un miracle ?

Ils le firent monter dans la barque. Je vis son habit rouge s'élever au flanc du brick, puis il disparut dans une marée humaine. Plus tard seulement, j'apprendrais quelle tâche Grace avait confiée au Luron. Si je l'avais connue plus tôt, jamais je ne l'aurais laissé partir.

Son couteau était tombé dans un fourré. Je me mis à le chercher à tâtons sous les fougères. et finis par le retrouver, planté dans le sol. Ma main s'était refermée sur la lame et je constatai avec dépit que la pointe était émoussée. Ses pistolets, je le savais, n'étaient jamais chargés à balles. Il y tassait assez de poudre pour produire un bruit terrible accompagné d'un jet de flammes, mais ils n'étaient pas plus dangereux que des pétards.

En veillant à rester hors de vue, je saisis le filin de l'aussière et y appliquai la lame du couteau. Puis je m'arrêtai pour observer le port à travers le rideau de fougères. Qu'arriverait-il au Luron si je rompais l'amarre ? Il venait à peine de sortir de la jungle. À coup sûr, si le brick quittait son mouillage maintenant, les pirates l'en rendraient responsable.

Avec un soupir, je résolus d'attendre puis, réflexion faite, je songeai que j'avais tout intérêt à attendre. Si les navires s'accrochaient à marée haute, les boucaniers risquaient d'être immobilisés jusqu'au retournement de la marée suivante. Le Luron avait raison. J'avais agi trop vite et ma précipitation l'avait mis en danger.

Tapi dans les fougères, je regardai les pirates préparer le brick pour son dernier voyage. Ils déployèrent les vergues, d'abord les basses voiles puis les huniers qu'ils laissèrent librement flotter. Derrière la toile blanchie par le soleil qui battait mollement au gré des bouffées du vent, leurs ombres agrandies et mouvantes m'apparaissaient comme un équipage de marins fantômes. Puis, dans le claquement amorti des voiles, ils se mirent à chanter et à danser et toutes mes histoires de cannibales que j'avais entendu raconter me revinrent en mémoire. J'étais comme Robinson Crusoë, seul sur mon île, frappé de terreur à la vue de ces silhouettes gesticulantes. Entre la jungle redoutée et ces cruels pirates, je me demandais d'où pouvait venir le plus grand danger. Jamais je ne m'étais senti aussi isolé, aussi enclin à m'apitoyer sur moi-même. À peine avais-je passé une journée sur cette île que déjà je rêvais de la quitter.

Comme pour ajouter à mon anxiété, une brume éparse venant de la mer envahit l'île. Humide et froide, elle emperlait de gouttelettes les feuilles et les fougères et je me sentis bientôt trempé et transi. Les vaisseaux étaient devenus presque invisibles. Les voix des pirates semblaient venir de l'île et non pas des bateaux. Et, dans la jungle fantomatique, des formes mystérieuses se mouvaient et me donnaient l'impression que j'étais environné de farouches sauvages. Tel plumet de fougère m'apparaissait comme une coiffure de cannibale, tel nœud de bois chargé de sève devenait un œil fixé sur moi. N'en pouvant plus, armé du couteau du Luron, j'entrepris de cisailler l'amarre. Il me fallut des efforts prolongés pour rompre tous les torons, puis je vis le brick qui commençait à virer lentement tandis que l'aussière se détachait du tronc de cocotier comme un long serpent blanc. Je la vis se faufiler parmi les fougères et glisser vers la mer. Puis une bouffée de brise ou un remous dans les courants atteignit le brick et l'aussière disparut dans les derniers buissons.

J'entendis un cri, des jurons, puis un concert de rugissements. Le brick pivota dans la brume avec ses voiles étendues comme des ailes, ses vergues chargées d'hommes. Il y eut des grincements de bois, un appel aigu, la vibration d'un cordage rompu. Une verguc céda, projetant en l'air une grappe d'hommes comme un vol d'oiseaux effarouchés. J'entendis plusieurs d'entre eux tomber dans l'eau, puis leurs cris brefs alors qu'ils étaient attaqués par les requins. Puis le brick s'arrêta, avec ses voiles qui faseyaient.

Je n'avais pas réfléchi à ce qui pouvait arriver à présent. En entendant le bruit d'avirons qui se rapprochaient dans la brume, je fus pris d'un frisson. Une voix cria, tout près : « Attention ! » et le fond d'une embarcation racla le sable. Je n'osai pas bouger. Sur ma gauche, mon ami squelettique et barbu apparut, marchant sur la plage, penché en avant, halant un filin qui lui passait sur l'épaule. Derrière lui venait un autre homme tirant le même filin, s'arc-boutant des talons dans le sable. Dans la brume, le cordage disparaissait par instants et j'avais l'impression que les haleurs remorquaient le brouillard lui-même.

Était-ce ou non l'aussière que j'avais coupée, j'aurais été incapable de le dire. Mais j'étais certain que les hommes allaient l'amarrer à l'arbre le plus solide qu'ils pourraient trouver, en sorte qu'un accrochage pût être évité entre le brick et *L'Apôtre.*

Immobile, silencieux, je regardai les deux hommes progresser, puis, après un instant, je descendis vers la plage, suivant leurs traces dans le sable. Je vis le canot qui flottait en lisière du ressac. Les avirons, soigneusement rangés, semblaient m'attendre. Je me mis à courir. Aucune ancre, aucun bout ne le reliait à la terre. Je poussai la coque légère qui glissa dans la mer sans effort puis, pataugeant jusqu'à mi-cuisses, je me préparais à sauter dedans quand j'entendis du bruit parmi les arbres. Surpris, je tournai la tête et vis le plus grand des deux hommes ; il me tournait le dos et un filet liquide dessinait une rivière miniature entre ses jambes. Puis, paresseusement, il se retourna et se mit à reboutonner son pantalon. Je sentis mes pieds comme rivés au sol quand il commença à courir vers moi. Il ne criait pas, il grondait. C'était un son inarticulé, rauque et chargé de rage. Pétrifié, je le regardai s'approcher. Puis, brusquement arraché à ma paralysie, je bondis dans le canot et m'emparai d'un aviron.

L'homme se rua dans la mer tandis qu'utilisant l'aviron comme une gaffe, je poussais le canot vers le large. Je me trouvais déjà en eau plus profonde quand l'homme se jeta en avant et empoigna l'avant du canot. Il redressa la tête et, au large pansement sanglant qui lui barrait le visage, je reconnus le marin dont Grace avait sabré les joues. Ces grondements étaient les seuls bruits qu'il était capable d'émettre. Il passa un bras par-dessus le platbord et s'y cramponna de son coude replié. Ses épaules se soulevèrent et il commença à se hisser à bord.

SOUS LE FEU DES CANONS

L'homme était grand et vigoureux. Ses bras étaient aussi gros que mes jambes. Comme il se hissait hors de l'eau, il me lança un regard meurtrier. Je plongeai l'aviron pour prendre appui sur le fond et m'éloigner, mais constatai, horrifié, que je ne rencontrai que le vide. Puis, soudain, l'aviron pivota au creux de mes mains avec une telle force que je faillis être soulevé. Au-dessus de la proue, les yeux du pirate reflétèrent la terreur ; son bandage ensanglanté se dénoua. Et il disparut derrière le plat-bord, sans un cri, comme avalé par la mer, dans un bouillonnement d'eau vermeille. La nageoire d'un requin se dressa dans la brume, puis replongea, et seul le pansement déchiré flotta à la surface.

Sanglotant de peur, je me mis à ramer, sans trop m'éloigner du rivage. J'avais peine à maîtriser la chaloupe, construite pour être menée par quatre hommes robustes. Mais, en dépit de la douleur qui envahissait mes bras et me mettait les reins en feu, je m'efforçai de souquer de toute mon énergie. Les formes sombres des navires crochés l'un dans l'autre défilèrent sur ma gauche. Puis je trouvai un courant favorable non loin du rivage et me laissai entraîner en reposant les avirons. À l'entrée du port, je me heurtai à la barre et attendis le renversement de la marée.

Sur la plage, un concert de cris furieux mêlés de blasphèmes retentit, ainsi que le nom d'un homme qu'on appelait à plusieurs reprises. Pour les pirates, c'était un mystère. L'un des membres de la bande, ainsi qu'un de leurs canots, avaient simplement disparu. À l'idée de leur confusion et de la crainte que j'avais pu faire naître parmi eux, un sourire me vint aux lèvres. Comme la plupart des marins, c'étaient des hommes superstitieux. Ils allaient se creuser la tête en vain, s'interroger sur les méfaits de la brume, les dangers que recelait l'île, les cadavres qu'ils avaient laissés derrière eux.

Quand la marée tourna enfin en ma faveur, les deux navires étaient encore enchevêtrés et les hommes désorientés s'apostrophaient à grand renfort de jurons. À la sortie du port, je me laissai entraîner par le courant qui me fit franchir la barre, puis repris les avirons et mis cap à l'Ouest.

Dans la houle, le canot roulait bord sur bord. La marée m'entraînait vers l'Est et le grand large et je devais lutter pour ne pas perdre de vue la terre que je risquais de ne jamais revoir ; sans trêve, presque machinalement, je ramais au rythme grinçant des avirons dans leurs tolets. Au bout d'une heure, je n'avais guère franchi plus de deux cents mètres, mais au moins avais-je doublé la pointe sud de l'île. Les grandes plages de sable où j'avais marché avec Dasher s'étendaient, toutes proches, puis elles disparurent dans les volutes de brume. Au jugé, je pris la direction de Luis Pena Cay et je poursuivis ma progression, tantôt en me guidant sur le soleil, tantôt à l'aveuglette, jusqu'au moment où, recru de fatigue et les membres douloureux, je dus m'arrêter un moment. Un moment seulement, me disais-je. Puis je me réveillai sans même me rendre compte que je m'étais endormi. Le canot, pris dans la brume, tanguait avec violence. Je ne savais plus où était le soleil ni dans quelle direction j'avais pu dériver.

Avec un grognement, je repris les avirons et me remis à souquer comme si j'avais ramé toute ma vie. De petits tourbillons se formaient dans mon sillage, puis la brume se déchira, laissant apparaître une voile. Une coque émergea à la suite, imposante et noire. L'étrave s'ornait d'une figure de proue : un dragon.

Ce fut Horn qui me hissa à bord. Horn qui descendait à la martingale du beaupré en criant : « A tribord ! À tribord ! » au barreur pour mener le bateau vers moi. Il m'avait saisi par le col et me déposa sur le pont, sans se soucier du canot. Les avirons glissèrent hors des tolets, le canot vint heurter le flanc de la goélette, chavira à demi et se remplit d'eau.

– On avait abandonné l'idée de vous revoir, dit Horn. Tous autant qu'on est.

Il m'aida à me redresser, car je tenais à peine debout, puis il m'entraîna vers la poupe et le capitaine vint en courant à notre rencontre.

– John ! s'écria-t-il en me prenant aux épaules. Béni soit le ciel !

Abbey arriva derrière lui et le petit canonnier me donna une tape dans le dos. Les trois hommes étaient dévorés par les moustiques, bras et cou constellés de piqûres. Ils m'aidèrent à descendre dans la cabine et me servirent un plein bol de soupe chaude tout en me pressant de leur raconter mes aventures. Mais d'abord, je m'enquis du *Dragon.*

– Vous avez été entraînés par les courants ? demandai-je. Qu'est-ce qui s'est passé ? Ils vous ont donné la chasse ? La cargaison est-elle perdue ? Et Mudge, va-t-il mieux ?

– Non, non et oui, répondit l'Oncle Stanley avec un sourire. *L'Apôtre* est entré droit dans le port, alors nous n'avons pas dépassé la crique. Nous avons caréné le bateau et Abbey a trouvé un bordage abîmé juste en dessous de la ligne de flottaison.

– Juste là où tu m'avais dit de regarder, précisa le canonnier. Tu vois, j'aurais dû t'écouter, John.

– Et les fièvres ? demandai-je.

– Elles ont suivi leurs cours, dit Butterfield. À Luis Pena Cay, nous avons eu la chance de trouver de l'eau fraîche.

– Mais les moustiques ! s'exclama Abbey. Ils sont gros comme des moineaux, par là. (Il se gratta le cou et retira ses doigts souillés de sang.) Jamais j'en ai vu de pareils. De vrais monstres !

– Au diable les moustiques, intervint Horn. Moi, c'est l'histoire du garçon qui m'intéresse.

L'Oncle Stanley remplit à nouveau mon bol et je leur racontai, entre deux cuillerées, tout ce que j'avais fait ou appris. À peine avais-je prononcé le dernier mot que Butterfield déclara :

– Nous allons faire voile pour Kingston. (Il frappa du poing sur la table.) Par saint Georges, voilà ce que nous allons faire !

Je baissai les yeux sur ma soupe et le bol me parut sans fond. Il était aussi vide qu'avant qu'on le remplisse.

– Qu'en penses-tu, John ? demanda Butterfield. Nous allons donner l'alerte et la marine se chargera de ces coquins.

– Et si Grace prend la direction opposée ? dis-je. Est-ce que la flotte ne serait pas rassemblée aussi bien à Port Anglais ?

Butterfield regarda Horn qui hocha lentement la tête.

– Sûr que c'est vrai, déclara Horn. Mais pourquoi Grace irait-il au sud ? Il ne sait pas que le *Dragon* est ici.

– Leur amarre a été coupée, fis-je remarquer. Leur bateau a disparu.

– Il faudrait qu'ils soient sorciers pour en déduire la vérité, souligna Horn.

Je sentis mon cœur se serrer. Dasher, lui, savait où était le *Dragon* et je me demandais s'il garderait le secret si les choses tournaient mal pour lui. Et je m'en voulais de l'avoir laissé se livrer à Bartholomew Grace.

– Qu'est-ce qu'on peut faire d'autre ? demanda Butterfield

Je considérai ma soupe qui oscillait dans mon bol tandis que le *Dragon* s'éloignait un peu plus à chaque instant de Culebra.

– Ils sont coincés ici, dis-je. Le brick est rempli de poudre et si nous tirions dessus, est-ce qu'ils ne se rendraient pas tout de suite ? Est-ce qu'ils n'y seraient pas obligés ?

Personne ne dit mot.

– Sacrédié, ça fait plaisir à entendre, s'exclama enfin Abbey en toussant. On peut les réduire en miettes. Flanquer par terre tout leur gréement. Et une fois démâtés, ils seront faits comme des rats !

– Et sans qu'ils puissent riposter au canon ? demanda Butterfield.

– Absolument, dis-je.

Il mit une bonne minute à réfléchir.

– Il y a la cargaison, reprit-il enfin. Il ne faut pas l'oublier. C'est notre devoir de la ramener au pays. Avec un équipage sain et sauf.

– Si on tentait notre chance ? suggéra Horn. Si Grace prend le large, seul le diable pourra l'arrêter.

Butterfield se lécha les lèvres et effleura des doigts sa chevelure clairsemée.

– Bon, très bien, dit-il. J'espère que c'est la *bonne* solution.

Nous virâmes de bord et larguâmes les écoutes. Le *Dragon* se mit à rouler dans la houle comme si le bateau avait lui-même envie de retourner à Culebra. À l'avant du bateau, je faisais la vigie.

Comme nous nous rapprochions de l'île, la brume

s'épaissit. Elle s'étalait en nappes crémeuses dans les vallons et descendait vers la plage. Craignant d'aller trop vite, Butterfield fit serrer le hunier et à peine les hommes furent-ils perchés dans la mâture que je vis apparaître l'île. Les longs cocotiers émergeaient de la brume comme des doigts qui se détachaient sur le fond sombre de la jungle. Et je fus saisi de crainte à l'idée d'avoir de nouveau à l'affronter.

Avec Horn à la barre, nous doublâmes à petite allure la pointe au-delà de laquelle s'ouvrait le port et, sans voir les bateaux noyés dans la brume, nous entendîmes les jurons et les cris des pirates, des bribes de leurs chants et les claquements des cabestans. L'ancre de poupe coula à pic dans le grincement de son amarre, puis nous mouillâmes l'ancre de bossoir et le *Dragon* prit sa place entre les deux à travers l'entrée du port.

Abbey s'affairait déjà avec ses canons. Il semblait leur montrer la sollicitude que peuvent vous inspirer de vieux amis retrouvés. Suivant ses instructions, nous orientâmes les deux tubes de tribord vers l'intérieur du pot en les manœuvrant avec des anspects.

– Allez, venez, venez, leur disait Abbey, venez, mes petits mangeurs d'hommes.

Son allégresse me glaça, ainsi que le bruit des affûts sur leurs roues et les grincements des filins. Les sons portés par la brume n'allaient pas manquer d'alerter les pirates qui sauraient exactement à quoi s'en tenir. D'ailleurs, chaque fois que nous marquions un temps d'arrêt, j'entendais les mêmes bruits qui nous parvenaient du port.

La brume commença à se lever alors que nous transportions la poudre et les boulets pour les mettre en place. Au-delà des rochers de la pointe bordés de leur frange d'écume, je distinguai les formes sombres du brick et de la goélette.

Puis j'entendis le clac-clac d'un cabestan, régulier comme une horloge, et entrevis les hommes qui le manœuvraient. Ils firent dévier le brick de côté sur un réseau de filins amarrés au rivage. Et, lentement, l'écart entre les deux navires s'accrut.

À bord de *L'Apôtre*, plusieurs membres de l'équipage déplaçaient l'un des longs canons vers l'avant. Armés de lourds anspects, ils faisaient avancer la bouche à feu en exerçant des poussées sur les roues de l'affût. À travers les lambeaux de brume, on apercevait sur le pont du brick les hommes qui s'affairaient à réparer les dégâts que j'avais causés dans le gréement et les espars.

Prêt à l'action auprès de mon canon, je tenais à la main le cordon de mise à feu. Butterfield allait et venait, surveillant les préparatifs. Abbey vérifiait les angles de pointage, la joue collée contre les tubes, visant de son œil valide le pavillon rouge au grand mât de *L'Apôtre*, signal de la consigne : « Pas de quartier ». Puis il recula de deux pas et, sur son ordre, je tirai le cordon. Le canon fit un bond en retrait dans un frémissement de la coque comme un boxeur reculant sous la force d'un coup violent. Un panache de fumée s'éleva de la bouche des canons et se dissipa dans la brise en répandant l'âcre odeur de la poudre. Je vis la salve s'éparpiller dans la jungle, au-delà de *L'Apôtre*, tels quatre oiseaux effarouchés. Abbey avait raté son tir des quatre canons.

– Allons, allons, fit-il en lançant un coup de pied à l'affût le plus proche comme pour le morigéner. Tâchez de faire mieux la prochaine fois.

Horn se précipita pour passer l'écouvillon dans mon canon. Puis après avoir rechargé, nous tirâmes une deuxième salve. Les détonations me firent l'effet d'un choc en pleine poitrine et résonnèrent dans ma tête. Abbey, un grand sourire aux lèvres, déclara :

– Voilà le souffle du *Dragon*. (Il brandit le poing vers le port.) Respirez-en donc une bouffée, forbans !

Un trou était apparu, comme par magie, dans le grand hunier. Mais sur le pont, les hommes continuaient à pousser leur canon vers l'avant. Déjà, Horn écouvillonnait le tube. Il me lança un coup d'œil où se lisait une peur que jamais je n'avais lue jusque-là dans son regard.

– C'est une pièce de 18 qu'ils amènent, dit-il. Un seul coup pourrait nous transformer en écumoire.

Abbey avait surpris sa réflexion.

– Ferme ton bec ! aboya-t-il. Tu ne connais rien aux canons.

– Mais j'ai vu les ravages qu'ils peuvent faire, riposta Horn. (Il actionnait l'écouvillon dans le tube.) Et Dieu nous protège, ajouta-t-il, s'ils chargent leur grosse pièce à la chaîne.

– Occupe-toi de ton instrument, dit Abbey. Les canons, c'est moi que ça regarde.

La réflexion de Horn avait pourtant dû l'impressionner car, avec ses outils, il s'employa à soulever la culasse pour amener le tube à l'horizontale.

– On va tirer droit sur le pont, dit-il Et on verra comment ces coquins vont s'en tirer quand ils verront voltiger seize livres de ferraille autour deux.

Debout derrière moi, il regardait par-dessus mon épaule, tandis que le *Dragon* se balançait dans le courant et que le vent forcissait. Lentement, le canon décrivit un arc de cercle et se trouva pointé vers *L'Apôtre.* Puis il s'abaissa pour prendre l'alignement du pont.

– Feu ! cria Abbey.

Je tirai le cordon d'un coup sec. Le canon fit un bond en arrière dans une explosion de fumée et de flammes. La poudre rabattue sur mon visage me piqua les yeux. Je vis une gerbe d'eau jaillir près du flanc de *L'Apôtre,* puis trois autres à la suite, tandis que les canons tonnaient près de moi. Deux boulets avaient été tirés trop court, un autre, avec une charge défectueuse, avait été dévié.

Abbey lança un coup de pied au canon.

– Qu'est-ce qui te prend ? lui cria-t-il, et il asséna un coup de marteau sur l'affût. Sacrée mazette de petit canon ! conclut-il.

Nous avions tiré douze boulets et pour seul résultat fait un trou unique dans une voile. Le capitaine Butterfield cessa d'aller et venir.

– Tu tires sur les requins ou quoi ? demanda-t-il.

Abbey se tourna vers moi.

– T'as tiré trop tôt, fit-il observer.

– C'est vous qui m'avez dit de tirer.

– Mais tu n'as pas attendu. (Son œil valide cligna nerveusement.) Enfin, ça ne fait rien, reprit-il. Maintenant, on a la bonne portée, capitaine. Maintenant, on va les mettre en charpie.

Butterfield fronça les sourcils. Il attendit que Abbey se fût éloigné pour se pencher vers moi et me dire à l'oreille :

– Le pauvre diable est myope comme une taupe. Il ne serait pas fichu de trouver l'écouvillon même s'il était resté dans le tube… mais enfin, il fait de son mieux.

Là-dessus, il me quitta pour suivre Abbey vers l'alignement de nos canons.

Même moi, j'avais été capable de voir qu'Abbey avait poussé trop loin le coin de mire et que le canon était pointé trop bas. Je m'efforçai de le dégager en tirant dessus, mais le poids de l'affût rivait au pont le bloc de bois et je n'avais pas la force de le déplacer tout seul. Horn posa son écouvillon et vint à mon aide en soulevant légèrement le tube du canon de toute la puissance de ses muscles. Le coin de mire, soudain libéré, fut comme projeté en arrière. Je le récupérai vivement, l'engageai sous l'affût en m'efforçant de calculer les angles de tir tandis que sous l'effort, les veines de Horn saillaient le long de son cou. À bout de forces, il laissa retomber le tube de bronze.

– Il faudrait le repousser encore un peu, dis-je.

Mais Horn, soufflant comme un phoque, répliqua :

– Ça ira comme ça.

Nous chargeâmes le canon et le mîmes en place au-dessus de la lisse. Accroupi derrière l'affût, je regardai le fronteau de mire s'abaisser vers la surface de l'eau. Sur *L'Apôtre*, les pirates s'escrimaient pour haler leur gros canon avec des filins. Sans attendre, je tirai le cordon. Le marteau s'abattit et la brève étincelle fit jaillir un geyser de flammes. Les palans me filèrent le long des jambes tandis que le canon reculait. La fumée se dissipa. Les boucaniers s'étaient dispersés en tous sens.

Des acclamations s'élevèrent de notre équipage.

– Voilà enfin un tir bien ajusté, approuva Butterfield.

– Merci, capitaine, dit Abbey avec un petit signe de tête. Cette fois, on tient la bonne ligne de mire.

Horn, avec un bref ricanement, écouvillonna le tube, environné d'un léger nuage de fumée. À côté de moi, un canon tonna, puis un autre, et si les projectiles manquèrent leur cible, ils n'en tinrent pas moins les pirates en respect. Le grand canon de *L'Apôtre* restait abandonné sur le pont, mais sur le brick, une douzaine d'hommes piétinaient autour du cabestan et l'écart ne cessait de croître entre les deux bateaux.

Horn refoula un boulet dans le canon.

– Servez-leur la même fricassée, dit-il.

Je vérifiai la mire, le cordon à la main. Un instant, je restai étourdi. Au bout du cran de visée, un groupe d'hommes s'affairait sur le pont de *L'Apôtre* à mettre le canon en place, mais je ne tirai pas le cordon.

– Feu ! cria Horn.

– Je ne peux pas, dis-je.

– Ne pensez pas à ce que vous visez, rétorqua Horn. S'ils vous voyaient, vous, au bout de *leur* tube, ils n'hésiteraient pas.

– Mais… c'est Dasher, dis-je.

Dans l'alignement du canon se trouvait, juste au-dessus du viseur, Tommy Dasher le Luron. Deux pirates le maintenaient, tel un bouclier rouge sang, devant la bouche du canon. Il s'efforçait de se faire aussi petit que possible, mais à mes yeux, il apparaissait comme un géant.

– Feu ! hurla Horn.

UNE FAUTE QUI SE PAIE

Le *Dragon* roulait dans la houle. Au sommet de la vague, nos canons visaient les mâts de *L'Apôtre* puis, quand le navire redescendait, l'habit rouge du Luron réapparaissait dans la ligne de mire. Quand je tirai le cordon, je ne voyais plus devant mon canon que la mer. Et le boulet fit jaillir l'eau si loin de *L'Apôtre* qu'un concert de cris méprisants s'éleva dans tout le port.

C'était un boulet perdu et Horn me lança un coup d'œil furieux en déclarant :

– Une faute pareille se paie !

– Le Luron m'a sauvé la vie, répliquai-je en soutenant son regard.

– Et alors ? fit Horn. Vous vous figurez peut-être que là où il est, il vous demanderait de ne pas tirer ?

– Oui, m'écriai-je.

Horn roula des yeux blancs.

– Je suis sur un bateau de fous, dit-il. Maintenant, on ne pourra plus arrêter leur gros canon.

Il n'avait que partiellement raison. Comme j'allais lui répondre, le brick commença à se dégager de *L'Apôtre*. Un instant, les deux navires s'inclinèrent l'un vers l'autre.

Puis ils se redressèrent, tandis que les longues vergues du brick se décrochaient des haubans de la goélette. Aussitôt, les aussières furent coupées ainsi que le filin de l'ancre ; ses basses voiles et ses huniers bordés, le brick commença à s'éloigner du port. Tous les marins à bord se précipitèrent pour sauter sur le pont de *L'Apôtre* ou descendre dans les canots que le brick traînait en remorque. Sur le pont ne restait plus que le mort, les bras cloués en croix, comme pour guider le navire vers sa fin.

Un filet de fumée s'éleva du panneau de cale, monta dans le gréement, s'enroula autour des mâts par bouffées grises.

– Ils ont mis le feu, dit Horn qui me tournait le dos ; puis il pivota brusquement : Visez haut ! Visez les mâts !

Les coins de mire de nos quatre canons furent dégagés. Les tubes se dressèrent, braqués vers les huniers qui nous dominaient. Au fond du port, *L'Apôtre* hissait les voiles.

Abbey, penché sur ses petits canons, vérifiait leurs lignes de mire et leur prodiguait des paroles d'encouragement :

– Allez, mes petits démons, visez juste surtout et mettez-les en miettes !

Nous n'avions que le temps de tirer une bordée et la quadruple détonation se répercuta dans un énorme nuage de fumée. Le brick était si près, si grand, qu'il semblait impossible de le manquer.

Mais ce fut pourtant le cas. Deux boulets passèrent par-dessus le pont, un troisième tomba devant la coque et le quatrième se contenta de déchirer le hunier tandis que le bateau voguait droit vers nous, enveloppé de tourbillons de fumée. Nous entendîmes le crépitement des flammes et les craquements du bois, sentîmes l'odeur de la poudre, de la peinture et du goudron brûlés. Le pont s'éventra en son milieu et les flammes jaillirent furieusement de la cale.

– Larguez les ancres ! hurla Butterfield. Abbey, tranche les aussières !

Il lança un coup d'œil au brick qui grandissait à vue d'œil.

– Hissez le grand foc ! John, prends la barre !

Notre petit équipage se dispersa sur le pont. Seul Horn resta posté aux canons et je le vis qui se penchait sur son écouvillon, le dos bosselé de muscles. La fumée qui s'élevait du brick nous atteignit. Je courus au gouvernail et, tandis que l'ancre avant était larguée, sentis la proue du *Dragon* pivoter puis, l'ancre arrière une fois libérée, le bateau se mit à dériver dans le courant. Cramponné à la roue, je le sentais comme mort sous mes mains. Le brick était à tel point noyé dans les volutes de fumée qu'on ne distinguait plus que les têtes des mâts. Les basses voiles s'enflammèrent dans une explosion de flammes jaunes. Nous fûmes pris dans une pluie de cendres.

Enfin, je sentis sous mes doigts le *Dragon* frémir. Gonflé par la brise, le foc lui rendait vie et mouvement. Le bateau commençait à virer et je le manœuvrai pour le mettre dans le lit du vent.

Le brick avançait toujours, transformé en brasier Le cadavre cloué au gouvernail, dont les flammes léchaient les haillons, parut un instant redresser la tête, puis il disparut derrière un rideau incandescent. Telles d'énormes chandelles, les mâts brûlaient sur toute leur hauteur ; la grand vergue s'affaissa, se brisa et s'écrasa sur le pont. Le feu faisait rage avec des rugissements effrayants, évoquant le fracas d'une tempête déchaînée, le grondement de milles voitures roulant sur mille chaussées de bois et le peuple entier de Londres hurlant en même temps.

Le *Dragon,* sous son grand foc, accrut son allure, talonné par les rafales brûlantes émanant du brick, et je le sentis trembler dans sa mâture et son gouvernail comme s'il avait peur. Cependant, le brick nous doubla sur bâbord, si près que j'aurais presque pu, en sautant, m'accrocher à son beaupré. À demi aveuglé par la fumée, étourdi par les ronflements des flammes, je crus entendre une voix qui me criait :

– Veille à la mâture !

Peut-être avais-je simplement rêvé cet avertissement, mais je levai la tête et vis la grand vergue transformée en torche, qui menaçait de taillader les galhaubans. Précipitamment, je tournai la route et virai sur tribord. Le *Dragon* prit soudain de la gîte et se redressa tandis que les vergues du brick frôlaient nos haubans et nos étais. Le bout de la grand vergue se brisa et le moignon enflammé se détacha et tomba à la mer. Puis le brûlot se trouva derrière nous et, sortant de la fumée, nous émergeâmes au grand soleil. Droit devant nous naviguait *L'Apôtre.*

La goélette courait au largue sous sa voile de flèche gonflée de vent, avec ses canots en remorque. Sur la grand vergue, les hommes brandissaient des coutelas qui luisaient au soleil. À la barre se tenait Bartholomew Grace. Et au-dessus de l'étrave avait été amené le grand canon du bord dont la bouche noire était braquée sur nous.

Sur le passavant du *Dragon*, Horn s'affairait avec la petite pièce de quatre. Écouvillon, charge de poudre, refouloir, il s'activait en silence tandis que les autres envoyaient la flèche.

Sur le clapot des hauts fonds de la barre, l'étrave de *L'Apôtre* fendait la mer écumeuse. Au-dessus des vergues se dressaient les boucaniers avec leurs anneaux d'or aux oreilles. Le drapeau rouge claquait au gré du vent. Sur le pont, les canonniers rectifiaient la position du canon.

Horn jeta son refouloir et, passant les deux palans sur les épaules, traîna le petit canon vers l'avant.

Des clameurs s'élevèrent des vergues de *L'Apôtre*. Dans les grondements du feu qui faisait toujours rage sur le brick, on eût dit les aboiements d'une meute de chiens courants. La voile de flèche se gonfla au vent et l'allure du *Dragon* augmenta. D'instinct, je fus tenté de virer de bord, mais Horn, d'un geste bref, me fit signe de garder le même cap.

Une fois les voiles établies, l'équipage s'activa à manœuvrer les canons et un marin vint me remplacer à la barre.

– Le capitaine veut que vous contrôliez les tirs, me dit-il.

Je courus au passavant. Horn lâcha les palans et se pencha pour régler la ligne de tir, mais Abbey, de l'épaule, le poussa de côté.

– Les canons sont à moi, cria-t-il. Toi, tu ne les connais pas !

Horn le toisa, serrant ses énormes poings.

– J'ai été servant dans l'artillerie de marine, dit-il.

Sans relever la tête, Abbey répliqua :

– Cause toujours !

– Le diable t'emporte, gronda Horn. Pendant trois ans, j'ai été canonnier pour ce démon de Bartholomew Grace. Maintenant, laisse-moi la place, fichue bourrique.

Abbey se redressa, comme prêt à s'écarter de son canon, mais je vis sa main se tendre vers le cordon. Je me jetai sur lui. Nous nous écroulâmes contre le bastingage tandis que Horn se campait derrière le canon.

– Dépêchons-nous, dis-je.

Horn eut un mince sourire.

– On a tout le temps, M. Spencer.

Le *Dragon* vibra sur la crête d'une vague, puis s'enfonça dans le creux tandis que la mer balayait le pont. Une main dans le dos, l'autre tenant le cordon, Horn vérifia l'angle de visée du canon.

Par-dessus son épaule, je vis *L'Apôtre*. À cent mètres à peine de nous, son beaupré montait et descendait dans la houle et son étrave se frangeait d'une écume bouillonnante. Un nuage de fumée s'éleva de leur grand canon et au même instant, Horn tira le cordon. La détonation m'assourdit, puis je sentis sous mes pieds le pont vibrer avec le recul de l'affût sur ses palans.

Soudain, je vis du sang sur mon bras et un homme se mit à crier.

– Chargé à la chaîne, dit Horn. Ils nous attaquent à la chaîne.

En un instant, notre équipage avait perdu deux marins. L'homme de barre gisait sur le pont. Quant au petit Roland Abbey, il s'affaissa contre moi, une plaie au cou d'où jaillissait le sang. Je l'aidai à s'asseoir sur le pont.

– On les a touchés ? demanda-t-il.

Horn écouvillonnait déjà le tube. La fumée se dissipa et je vis un long segment du bastingage de *L'Apôtre* arraché et le grand canon renversé. La goélette était en train de virer de bord pour s'éloigner.

– Oui, répondis-je. En plein dans le mille.

Butterfield s'agenouilla près de nous et plaqua une main sur la blessure d'Abbey, mais le sang coulait entre ses doigts.

– Je suis bon pour les verts pâturages, murmura Abbey.

– Taisez-vous.

Je rajustai son habit, car il commençait à grelotter. Il avait reçu le projectile qui m'était destiné. Je l'avais tenu devant moi comme une offrande au canon des pirates. Pourtant il me sourit faiblement alors que ses yeux devenaient vitreux.

– Les verts pâturages, répéta-t-il. Oui. Ça y est. Je les vois.

Il eut un long frémissement et rendit l'âme.

Butterfield, les doigts rouges de sang, lui ferma doucement les yeux.

– John, me dit-il. Il faudra que tu prennes la barre.

Je me détournai, mais Horn me rappela.

– M. Spencer, dit-il, maintenez-les à bâbord. Et quoi qu'ils fassent, que nos canons soient toujours prêts à tirer.

FEU D'ARTIFICE

Je dus enjamber le barreur qui gisait au sol pour prendre sa place à la roue. La vue de ce malheureux, le visage ensanglanté, m'inspira une grande pitié ; une pitié que j'étendais à nous tous et particulièrement à moi. Nous ne possédions que quatre petits canons, tous sur le même bord, et pas assez d'hommes pour les servir. *L'Apôtre* pouvait décrire des cercles autour de nous. Avec une seule bordée, il était capable d'abattre nos mâts et de nous transformer en épave. Qu'arriverait-il alors ?

Je me voyais cloué à la roue, mon cadavre barrant à travers l'océan un bateau mort et lentement rongé de mois en mois par les tarets. Puis j'entendis, venant du passavant, les paroles de notre chanson. C'était Horn qui l'avait entonnée, imité par ses compagnons et par Butterfield lui-même. Et en entendant le refrain de « Cœur de Chêne », je sentis mon apitoiement décroître et je serrai les poings sur les montants de la roue.

L'Apôtre venait de virer dans notre direction avec son chapelet de canots à la traîne. À la barre, Grace était bien visible avec la plume rouge de son chapeau. Tentant de me mettre à sa place, je me dis que j'épargnerais ma poudre et ma mitraille et tenterais de pousser le *Dragon* vers les récifs qui se chargeraient de l'anéantir pour moi. Puis je vis sa flèche qui faseyait et en conclus que j'avais raisonné juste. Je jetai un coup d'œil au brick en feu, puis fis tourner la roue jusqu'à ce que le safran se bloquât contre les butées. Le *Dragon* se mit à donner de la gîte, les voiles pleines, et à tourner comme un toton. Cette manœuvre prit Grace par surprise. Nous étions comme un petit chien qu'il s'efforçait d'acculer et qui, soudain, se mettait à lui courir dans les jambes. Nos canons ne furent qu'un instant dans le meilleur angle de tir, mais Horn, aux aguets, ne manqua pas son coup.

Le grand mât de *L'Apôtre* fut brisé par le milieu, s'inclina, oscilla, puis, avec un terrible craquement, s'abattit sur le pont avec tous les hommes perchés sur les vergues. Les marins tombaient comme des fruits mûrs et tout le haut de la mâture bascula dans la mer. Le foc déchiré suivit le mouvement et *L'Apôtre* se mit à dériver dans un enchevêtrement d'espars rompus et de toile déchiquetée.

Mais les focs gonflés du *Dragon* l'entraînaient vers les récifs. Vivement, Je tournai la roue tandis que nos hommes abandonnaient les canons pour la voilure. Seul, Horn, resté en place, continuait à écouvillonner les tubes et à recharger les canons.

Les boucaniers s'activaient à scier le mât tronqué. Nous larguâmes les écoutes et virâmes vent devant pour franchir le nuage de fumée venant du brick. Au-delà, nous aperçûmes *L'Apôtre* devant nous. Il tira une bordée hasardeuse et les boulets passèrent en sifflant loin de nous. À nouveau, je fis virer le bateau et Horn se pencha sur son canon. Je ne pus observer le résultat du tir. Le brick était emporté par le courant et je dus virer lof pour lof afin de l'éviter. Mais j'entendis les hommes qui poussaient des acclamations et, quand je relevai la tête, je vis que *L'Apôtre* avait viré face au vent dans un grand ballottement de toutes ses voiles. Et je pensai que Horn avait touché le safran ou coupé les palans du gouvernail. À coup sûr, il avait frappé un coup mortel, car le drapeau rouge avait disparu pour être remplacé par un grand pavillon blanc taché de rouille. Bartholomew Grace se rendait.

Je joignis mes hourras à ceux des autres, mais déjà Horn et le capitaine semblaient discuter âprement. Brusquement, Butterfield pivota pour venir vers moi, Horn sur les talons.

– Paré à amener la flèche ! cria Butterfield en montant sur la dunette.

Il avait à peine jeté un coup d'œil au cadavre qui gisait sur le pont.

– Nous allons les accoster, John, dit-il.

– Capitaine, s'il vous plaît, protesta Horn, penché sur lui. Le drapeau blanc ne signifie rien pour lui.

– Pour moi, c'est une question d'honneur, rétorqua Butterfield.

– Mais pas pour Bartholomew Grace, insista Horn, les traits crispés d'angoisse. Il va nous aborder, capitaine, nous envoyer une cinquantaine d'hommes qui sauteront sur le pont, où nous sommes six en tout ! Ce drapeau blanc n'est qu'un piège, voilà tout. Je l'ai déjà vu faire ça dix fois.

Planté devant Butterfield, il l'affrontait de toute la largeur de son torse puissant, des énormes muscles contractés de ses bras. Mais Butterfield, sans détourner ni baisser les yeux, dit simplement comme si Horn n'était pas là :

– John, paré à accoster.

– Non, ne faites pas ça, intervint Horn.

Je regardai *L'Apôtre* avec son drapeau blanc qui flottait. Entre nous, le brick dérivait lentement vers le bateau des pirates, telle une queue de comète auréolée de flammes et d'étincelles. Je compris alors pourquoi Grace voulait se rendre. Les courants et le vent, et peut-être quelque mystérieuse force d'attraction, entraînaient les deux bateaux l'un vers l'autre.

– Ils vont brûler ! s'exclama Butterfield.

– Eh bien, qu'ils brûlent ! cria Horn.

La sueur coulait de son front en sillons piquetés de poudre.

– Capitaine, je vous en supplie ! reprit-il.

– Assez, coupa Butterfield. Nous sommes des Anglais, pas des sauvages.

Horn serra férocement les poings. Tremblant de la tête aux pieds, il vint vers moi. Je craignis un instant qu'il ne me renversât et ne prit la barre de force. Mais il se contenta de passer devant nous et de descendre dans la cabine.

– Et s'il avait raison ? avançai-je. Si c'était une ruse ?

– John, c'est le drapeau blanc ! objecta Butterfield, mais je le vis se passer la langue sur les lèvres, l'air peu convaincu.

Nous défilâmes sous le vent du brick enveloppé d'un souffle brûlant. Puis, la voilure réduite au foc, nous nous rapprochâmes lentement de *L'Apôtre.* Bartholomew Grace se tenait à la rambarde de la dunette, les broderies d'or de sa redingote rouge brillant au soleil et dans les reflets du feu. Je sentis mon cœur se serrer en voyant le Luron debout près de lui.

Horn surgit d'un bond sur le pont. Il portait une longue-vue et le porte-voix du capitaine qu'il mit de force entre les mains de Butterfield.

– Dites-lui de prendre les canots, déclara-t-il. Capitaine, faites au moins ça. Nous pourrons les faire monter à bord s'il le faut.

Butterfield considéra le porte-voix. Lentement, il acquiesça.

– Très bien, dit-il. D'accord, c'est acceptable.

– Et, pardonnez-moi, ajouta Horn, mais peut-être devrions-nous rester hors de portée de leurs canons.

– Pour un peu, tu prendrais le commandement ! remarqua Butterfield.

Puis, avec un signe de tête, il me dit :

– Passe sur l'arrière, John, mon garçon.

Horn se pencha sur le pont et prit entre ses bras le cadavre du barreur qu'il porta comme on porte un enfant contre la rambarde. Puis il se planta à côté de moi tandis que je gouvernais sur la poupe de *L'Apôtre.* Grace était maintenant nettement visible, ainsi que le Luron, son vieux perroquet perché sur l'épaule. Ils avaient l'air d'une paire de fieffés coquins. Mais le Luron leva une main et l'agita faiblement, avec un petit geste mélancolique. Le bras raide, remuant les doigts, il donnait l'effet d'un enfant faisant ses adieux à sa mère.

Horn ajusta sa longue vue pour les observer.

– Ils sont enchaînés l'un à l'autre, observa-t-il.

– Le Luron et Grace ?

– Eh oui… par les poignets. Il a l'air bien effrayé, votre ami.

Il me tendit la longue-vue, mais je secouai la tête. Je ne souhaitais pas en voir plus que ce que j'apercevais déjà à l'œil nu.

Le capitaine Butterfield s'essuya la bouche du revers de la main et, son porte-voix aux lèvres, cria d'une voix forte :

– Alors, vous amenez le pavillon ?

Bartholomew Grace saisit un galhauban et se dressa sur la rambarde. Derrière lui, la main du Luron s'éleva pour accompagner son geste.

– Oui ! répondit Grace. Manœuvrez pour accoster, capitaine.

– Prenez vos canots, dit Butterfield. On vous recueillera quand vous serez dedans.

Horn émit un grognement.

– Pas content, le pirate, remarqua-t-il. Il vous a jeté un regard à congeler un thé bouillant.

– Vous m'entendez ? hurla Butterfield.

Grace se détourna pour s'adresser à son équipage. La main du Luron accompagnait tous ses mouvements, comme celle d'une marionnette. À hauteur de la poupe de *L'Apôtre*, je lofai, laissant les voiles faseyer.

Quelqu'un tendit un porte-voix à Grace.

– Capitaine, cria-t-il, laissez porter pour accoster !

– Le diable te patafiole ! répliqua Butterfield, et il se tourna vers moi : Cap au large, John, ajouta-t-il.

Je tournai la roue. Le *Dragon* fit un écart et s'éloigna.

– Virez de bord ! hurla Grace. Vous n'allez pas me lâcher comme ça ! (Sa voix se fit stridente.) Virez de bord, par le diable !

Nous poursuivîmes notre route vers l'Est. Une nouvelle gerbe d'étincelles jaillit du brick dont le mât de misaine venait de s'abattre. Horn pivota et, à la longue-vue, observa *L'Apôtre* sur notre arrière.

– Attention ! s'écria-t-il. John, laissez porter !

J'orientai le *Dragon* dans le lit du vent. Horn ferma la longue-vue, se précipita vers le pont et courut aux canons, appelant Butterfield à l'aide. Je vis alors que *L'Apôtre* était en train de virer, bordant ce qui lui restait de voiles et manœuvrant le gouvernail que j'avais cru hors service. Puis il largua ses canots et un concert de vociférations effrayantes s'éleva de tout l'équipage tandis que le bateau faisait route vers nous.

Je vis plusieurs canons, les servants à demi nus accroupis derrière les affûts. Je maintenais le *Dragon* au vent portant. Dans la brise qui forcissait, le bateau gîtait légèrement. Si nous avions attendu quelques instants de plus, nous nous serions trouvés sous le feu de tout le reste de leur armement. Mais il leur restait deux canons dont les boulets, avec de terribles sifflements, fracassèrent la chaloupe amarrée au-dessus de la cabine. Horn, de son côté, tira son dernier boulet droit sur la poupe de *L'Apôtre*. Abbey lui-même n'aurait pas manqué la cible. Et je vis le tableau et les œuvres vives du gouvernail voler en morceaux.

Le vent de travers gonflant les focs, nous franchîmes un étroit passage entre le brick et *L'Apôtre.* Nous avions parcouru moins d'un quart de mille quand le navire en feu explosa.

EN ROUTE POUR L'ANGLETERRE

Un rideau d'air brûlant nous atteignit par le flanc. Des fragments de planches et d'espars s'éparpillèrent en tous sens, et les grenades s'enflammèrent dans un long roulement de tonnerre. Une boule de feu jaillit des entrailles du brick, accompagnée d'un chapelet d'explosions, et le bateau embrasé disparut. Il ne resta plus que *L'Apôtre,* dématé, sa coque fumante déjà engloutie jusqu'au niveau du pont.

Aussitôt les requins arrivèrent et la mer parut bouillonner tout autour de l'épave. La houle passant par-dessus le bastingage noyait les canons et refluait par les panneaux de cale. Puis la poupe de *L'Apôtre* se dressa, et le bateau et s'enfonça avec une rapidité effrayante, comme s'il était aspiré depuis le fond de la mer. Le temps que nous virions de bord, seuls restaient visibles en surface d'innombrables débris de bois de toutes sortes.

De puissants tourbillons montèrent du fond de la mer, des spirales liquides qui s'ouvraient en entonnoirs. Le *Dragon* oscillait, ballotté par les courants contraires et les requins poursuivaient autour de nous une ronde incessante. Plus un être humain n'était en vue.

– La succion, remarqua Horn. Elle va les maintenir au fond. La mer n'en rendra pas un seul.

Il se trompait. Quelques instants plus tard, une tête émergea, puis une masse rouge. Et le Luron apparut, flottant près de nous avec ses outres gonflées d'air. À côté de lui surnageait Bartholomew Grace, le visage toujours caché par les bords de son chapeau. Ils étaient encore enchaînés par les poignets et nous les hissâmes ensemble sur le pont.

Une voix familière, si joviale que j'en pleurai presque, s'écria :

– Hardi, les gars ! Ohé, loups de mer ! C'est Tommy le Luron que vous avez recueilli et il va faire de vous tous des hommes riches !

De sa main libre, il décrocha les outres à vin dont il était harnaché et les laissa tomber sur le pont où elles émirent un long gémissement. Trempé comme un rat, il resta un instant immobile, puis il s'agenouilla pour embrasser le pont.

Il voulait faire un geste théâtral mais, avec son bras enchaîné qui le gênait, il dut se contenter de s'affaler le nez contre les planches.

– Oh, le *Dragon*, dit-il. Le *Dragon* béni des dieux qui a fait toute cette route pour me retrouver !

Personne ne lui prêta la moindre attention. Entraîné par son élan, Bartholomew Grace était tombé à son tour, son élégant uniforme froissé, sali et déchiré et son chapeau à plumes à demi écrasé. D'une main atroce à voir, réduite par le feu à une sorte de serre rougeâtre, il tenta de prendre appui sur le pont pour se relever.

– Celui-là, on peut le rejeter à la mer, gronda Butterfield. Il est attendu depuis longtemps par Davy Jones.

Le ton hargneux de mon oncle Stanley m'étonna, mais l'attitude de Horn me surprit plus encore, car il fut bien le seul à nous implorer de garder le pirate à bord.

– C'est ma seule chance, déclara-t-il. Il faut qu'il passe en jugement.

Grace se laissa basculer sur le côté et, pour la première fois, je vis son visage de près. Il était constellé de taches d'un blanc livide et de plaques rosâtres, comme la peau d'un poulet écorché. Rongé par le feu, son nez se réduisait à un bourrelet horrible percé de deux trous sombres et deux espèces de vers noirâtres lui tenaient lieu de lèvres.

– Il y a encore une fortune sur cette île, dit le Luron. Un trésor enfoui. Qu'est-ce que vous en dites, mes lascars ? Si on retournait à terre pour le récolter ?

Il avait parlé dans le vide. Tous les regards étaient rivés sur Bartholomew Grace et son masque hideux. Il avait un œil plus haut que l'autre, mais tous deux semblaient s'affaisser dans ses joues Tourné vers Horn, il lança d'une voix haineuse :

– Toi, j'aurais dû te tuer tout de suite. J'aurais dû t'arracher le cœur et le jeter aux poissons. (Il se mit sur son séant, grondant comme un chien.) Tu as perdu le trésor et coulé le bateau. Et maintenant ? Quel malheur vas-tu nous apporter ?

– Pour toi, le bourreau, répondit Horn.

Puis il se pencha et saisit la chaîne qui reliait les deux pirates.

– Et pour toi ? Un déserteur ? répliqua Grace qui fit la grimace tandis que Horn tirait sur les maillons de la chaîne. Avec de la chance, ils se contenteront de te fouetter devant toute la flotte. Mille coups de garcette jusqu'à ce qu'on ne voie plus que tes os mis à nu.

À nouveau, Horn tira avec violence sur la chaîne. Deux maillons se tordirent et s'entrouvrirent. Avec un effort qui faisait saillir les veines à ses tempes, Horn tendit entre ses poings serrés la chaîne qui finit par céder.

– Il y a une autre solution, reprit Grace. Courir l'aventure… tous.

Son regard effrayant alla de Horn à Butterfield, puis vint se poser sur moi.

– Alors, garçon, ça ne te plairait pas ? Être libre comme l'air, chez toi partout en mer ? Ni maître ni esclave ! Mener une vie riche de promesses ; être un aventurier de la mer, avec sabre et canons comme outils. Devenir boucanier, mon gars, ça ne te fait par rêver ?

– Je rêve de vous voir pendu, répliquai-je, bien que son petit discours m'eût remué jusqu'au tréfonds des entrailles.

Et, en entendant les raclements de pieds des autres, je compris qu'il les avait troublés.

– Ça serait la belle vie, reprit-il comme si je n'avais rien dit.

Puis, se tournant vers Butterfield, il ajouta :

– Plus besoin de s'échiner pour un armateur. Vous devenez votre propre maître !

Enfin, il s'adressa au Luron :

– Si tu en as le cœur. Si tu es assez hardi pour devenir un seigneur de la mer !

Ces paroles alléchantes auraient pu présenter des dangers pour des marins irrésolus mais, à bord du *Dragon* et venant d'un forban d'une aussi sinistre réputation, elles firent long feu. D'une voix sèche, Butterfield déclara :

– Tu diras tout ça au jury. Peut-être que ça les intéressera, mais moi, je m'en fiche comme d'une guigne.

Il recula d'un pas et fit signe à deux de ses marins, George Betts et Harry Freeman.

– Descendez ce coquin dans la cale. Et enchaînez-le.

Bartholomew Grace n'opposa aucune résistance mais, comme les marins l'entraînaient, il cria à Horn :

– Tu seras pendu avec moi ! J'y veillerai. On se balancera côte à côte au bout de la corde ! Les déserteurs, Horn, ils ne les oublient pas ! Et vous autres, acheva-t-il, vous ne reverrez jamais vos maisons, j'en fais serment…

Ses dernières imprécations se perdirent dans les profondeurs du bateau. Il y eut un long silence, puis le Luron frappa dans ses mains.

– Bon, très bien, dit-il. Alors, qui commande à bord ?

Butterfield parut surpris. Les menaces et les blasphèmes de Bartholomew Grace résonnaient sans doute encore à ses oreilles.

– Parlez, reprit le Luron. Qui est le capitaine Hackum, hein ? Qui est cet heureux gaillard ?

L'oncle Stanley fronça les sourcils.

– Je suis le capitaine Butterfield, dit-il.

– Le Seigneur vous bénisse, croassa le Luron, un large sourire aux lèvres. Vous remercierez votre bonne étoile pour le jour où vous m'avez sorti de la mer.

Le front de l'oncle Stanley se creusa de rides.

– Et qui diable es-tu ?

Le Luron me regarda et son sourire s'effaça.

– Tu ne leur as pas dit, John ?

– Si, si, répondis-je. Capitaine, voilà le Luron.

Butterfield, souriant, serra la main du Luron.

– Monsieur, je suis votre obligé, dit-il.

– Non, pas monsieur ! s'écria le Luron. Pas encore. Maintenant, ramenez-moi à l'île et je vous remplirai les poches de tellement d'argent qu'il vous faudra des câbles pour tenir vos pantalons.

– L'île ? dit Butterfield.

Le Luron acquiesça.

– Je fais un saut à terre et je reviens avec le trésor.

– La marée descend, fit remarquer Butterfield.

– Elle remontera.

– Oui, et elle redescendra. Nous risquons de rester coincés ici pendant un jour entier.

– En canot, insista le Luron, je vais à terre en trois coups d'aviron, et le tour est joué.

– Avec ça ? demanda Butterfield en montrant la chaloupe éventrée. C'était la seule que nous avions. Allez, paré à hisser toute la toile, cria-t-il en tournant le dos au Luron, et cap sur l'Angleterre !

– Capitaine ! s'exclama le Luron. John, parle-lui de mon trésor !

Je descendis les marches sur les talons de Butterfield.

– Capitaine, murmurai-je, c'est vrai. Il a là-bas un tonneau rempli d'or et d'argent.

Butterfield pénétra dans sa cabine, se pencha sur sa table à cartes, s'arma d'un crayon et de règle à calcul.

– On ne pourrait pas prendre le temps d'aller le chercher ? insistai-je. Nous ne sommes pas si pressés.

– Je regrette, John.

Il se mit à étudier sa route parmi les récifs, puis orienta sa règle sur la rose du compas.

– Mais, capitaine, repris-je, c'est si important pour le Luron !

– Et c'est bien pourquoi nous allons laisser ce trésor-là où il est. (Il traça sa route au crayon et referma sa règle.) Tu sais ce que le Livre dit sur l'argent.

– Que c'est la racine de tous les maux.

Il secoua la tête.

– Non, John. *L'amour* de l'argent est la racine de tous les maux et on n'a jamais rien dit de plus vrai.

Il me regarda, la mine soucieuse.

– Songe à tous les malheurs attachés à ce trésor, à tous les crimes commis pour l'acquérir. Je crois vraiment qu'il faut le laisser là où il est. (Il esquissa un sourire mélancolique.) Tu n'es pas d'accord ? Eh bien, je regrette mais, encore une fois, nous allons le laisser là où il est, ce trésor.

Je remontai sur le pont et retrouvai le Luron penché sur la lisse. Il contemplait l'île de Culebra devant laquelle nous défilions. Je lui expliquai que nous ne nous arrêterions pas.

– Je m'en doutais, dit-il. Je le sentais dans mes os.

La chaîne qui pendait encore à son poignet lui battait

le mollet. Nos canons furent tirés jusqu'aux lisses et saisis avec de solides filins. Horn et un autre marin jetèrent à la mer les débris de la chaloupe.

– Bon. Jamais je ne serai riche, murmura le Luron. Le guignon m'a toujours rattrapé.

– Et qu'est-ce que tu vas faire maintenant ?

– Oh, soupira-t-il, quelques petits larcins me permettront peut-être de sortir de l'ornière. Je pourrais m'acheter un ours dressé et le promener à travers le pays. Ou alors, je pourrais essayer la scène. Tu crois pas que je ferais un bon acteur ?

– Si, sûrement.

– Enfin, j'ai eu ma grande aventure.

– Il te reste la gloire, lui dis-je.

– Ça, c'est bon pour votre capitaine Hackum maintenant. Son petit vaisseau et ses petits canons ont débarrassé la mer des pirates... Elle est pour toi, la gloire. Moi, je l'ai perdue.

– Et ton perroquet, ajoutai-je, c'est dommage.

– Le petit gobe-mouches ? Pas fâché d'en être débarrassé.

Le Luron tourna le dos à Culebra, partit à la recherche d'un marteau et d'un ciseau et nous poursuivîmes notre route au sud de l'île, puis en laissant au nord Luis Pena Cay. Les moustiques y grouillaient à tel point qu'on les apercevait à un demi-mille, sous la forme d'une nuée grisâtre au-dessus des plages. Toute trace de terre disparut derrière nous et nous mîmes le cap sur le grand large pour y immerger nos morts au cours d'une triste petite cérémonie.

Le capitaine Butterfield lut la Bible. Le barreur mort et Roland Abbey étaient étendus sur le pont sous leurs linceuls de toile blanche chauffés par le soleil. Je serrai l'épaule du vieux canonnier en espérant qu'il se trouvait déjà parmi les verts pâturages avec ses tavernes et ses arbres. Puis je m'écartai pour ne pas le voir balancé par-dessus bord et me couvris les oreilles pour ne pas entendre le floc sinistre du dernier plongeon dans la mer. Et, pour la première fois, je versai une larme sur le pauvre M. Abbey.

Nous naviguions vers l'Angleterre au grand largue, dans les alizés qui soufflaient si régulièrement que les réglages de voiles en devenaient inutiles. Le *Dragon* paraissait lancé sur des rails et un grand courant, un fleuve au milieu de l'océan, nous escortait. Nous prenions nos quarts avec régularité et menions à bord une vie paisible et sereine. J'avais la charge de m'occuper de Bartholomew Grace à qui j'apportais à manger, comme à un animal, deux fois par jour. Je le trouvais parfois maussade, parfois furieux, mais il me remerciait toujours de ce que je lui apportais et s'enquérait de la progression du voyage. Je veillais à me tenir à distance et me contentais de pousser son écuelle vers lui du bout du pied.

Au bout de six jours, nous nous trouvions au large des Bermudes, obliquant légèrement à l'Ouest pour profiter des vents portants. Le Luron participait à la manœuvre comme s'il avait toujours fait partie de l'équipage. Il récurait les ponts et prenait ses quarts à la barre, mais jamais il ne se risquait dans la mâture, ni ne laissait se vider d'air ses vessies, qui lui donnaient en permanence l'air d'un tonneau.

Le septième matin, Butterfield, campé sur la dunette, visait avec son sextant le soleil qui s'élevait au bout du beaupré. Le registre à la main, je notais les angles sous sa dictée, quand soudain il murmura :

– Oh, mon Dieu !

– Qu'est-ce qui vous arrive ? demandai-je.

Il abaissa son sextant, posa une main sur son front et vacilla sur ses jambes.

– John, je me sens mal, dit-il.

L'instant d'après, il s'écroulait sur le pont.

UN NABAB

– Oncle Stanley ! m'écriai-je, affolé de le voir ainsi frappé d'un mal mystérieux.

Redevenu un enfant, sentant les larmes me monter aux yeux, je le pris aux épaules. À mon contact, il se mit à trembler, à tel point que j'eus l'impression que toute son ossature se disloquait. Il avait la peau moite et brûlante.

– Au secours ! criai-je.

Horn arriva en courant. Le Luron était plus proche, mais il s'arrêta tout net à un mètre de nous.

– Seigneur ! s'exclama-t-il. Il est mort. Le voilà trépassé !

Horn le repoussa, s'agenouilla près de moi, passa les mains sur la poitrine du capitaine, lui tâta le cou, les joues, le front. Puis il lui souleva les paupières et, voyant ses yeux blancs révulsés, je réprimai un cri.

– Du calme, John, me dit Horn. Il a les fièvres, c'est tout.

– Les fièvres ! fit le Luron. (Il se couvrit la bouche de la main et se pinça les narines.) Comment a-t-il pu les attraper ici ?

– Ça ne date pas de maintenant, ça remonte à Luis Pena Cay, rectifia Horn.

– On pourrait tous y passer, reprit le Luron entre ses doigts.

Horn secoua la tête.

– Pas toi, ni le jeune John, mais les autres, oui. Ceux qui sont allés à terre à Luis Pena Cay.

– Vous êtes allé à terre ? lui demandai-je.

– Oui, répondit-il.

Les mots qu'il prononça ensuite me confondirent.

– Maintenant, c'est vous le maître à bord, M. Spencer.

Le soir même, deux autres marins se retrouvaient dans leurs hamacs, grelottants de fièvre. Le Luron mis à part, seuls Horn, Mudge, solide comme un roc, et moi étions en mesure de manœuvrer le bateau.

– Faut-il prendre des ris ? demandai-je.

– C'est vous le capitaine, répondit Horn.

– Mais répondez-moi ! dis-je.

C'était un jeu dans mon enfance, mais joué cette fois avec sérieux. Horn m'agaçait avec son silence.

– Dites-moi, enfin !

Il considéra les voiles, les sourcils froncés.

– Qui peut savoir, M. Spencer ? Si vous prenez des ris, vous ralentissez le bateau ; si vous n'en prenez pas, vous jouez avec le vent. C'est une décision que doit prendre le maître à bord, pas un de ses marins.

– Alors nous allons ferler la grand-voile, décidai-je, et garder le cap.

– Bien, capitaine, dit Horn.

Puis il ajouta en souriant :

– C'est exactement ce que j'aurais fait.

Le Luron prit la barre tandis que nous nous escrimions avec les voiles. Avec Horn d'un côté de la bôme et Mudge et moi de l'autre, nous larguâmes les drisses pour amener et serrer la toile. Et le *Dragon,* privé de sa voile la plus grande, poursuivit sa route vent arrière, du crépuscule à la nuit.

J'envoyai Mudge dans la cabine et confiai le quart à Horn.

– Je vais aller voir le capitaine, dis-je.

Une veilleuse brûlait au-dessus de la table à cartes de mon oncle. Elle se balançait en grinçant et jetait des ombres mouvantes sur les cloisons. Le capitaine était étendu derrière la planche de roulis qu'on avait mise en place pour le maintenir sur sa couchette. Une main crispée sur le rebord, il posa les yeux sur moi, le visage blafard.

– Qui êtes-vous ? demanda-t-il d'une voix faible et apeurée.

– C'est moi, dis-je. John.

– John ? Approche-toi, mon garçon. Viens plus près.

Je m'accroupis près de la couchette. Sa main s'éleva au-dessus de la planche, comme pour tâter l'air. Chaque mouvement lui était affreusement pénible, c'était évident, et il ferma les yeux tandis qu'à tâtons il cherchait mon épaule. Je lui pris la main ; elle était brûlante.

– J'ai froid, dit-il. Tellement froid.

Je remontai les couvertures sous son menton sans lui lâcher la main. Les cheveux collés par la sueur, ses traits accusaient un grand épuisement.

– As-tu pris des ris ? demanda-t-il.

– Oui, répondis-je. Ne vous inquiétez pas. (Je serrai sa main entre mes doigts et ajoutai :) Ne vous inquiétez pas. Le *Dragon* porte bien sa toile.

– Je m'en doute, murmura-t-il. C'est un bon bateau. Garde toujours le même cap.

– Comptez sur moi.

– Et puis écoute... écoute, mon garçon. Va donc voir ce que fabrique M. Abbey sur le pont.

– Sur le pont ? demandai-je.

– Aux fenêtres, mon garçon. Il tape aux fenêtres.

– Mais non, dis-je. Il…
– Vite !
Je lui obéis et me dirigeai vers les grandes fenêtres, à l'arrière de la cabine, où les ombres de la lampe oscillaient sur les rideaux. J'entendis le bruit de la mer qui battait le safran, le grincement des drosses du gouvernail, les sifflements du vent dans le gréement. Les rideaux se balançaient selon les mouvements du bateau et leurs ourlets lestés de plomb heurtaient les panneaux vitrés.
– Oh, fais-le rentrer, dit le capitaine.
Je commençai à écarter les rideaux, pris soudain d'une angoisse absurde. Et si je *voyais* Abbey derrière les carreaux, le visage boursouflé, grimaçant un sourire ?
– Dépêche-toi, dit mon oncle.
J'ouvris le rideau en grand. Seule la mer était visible, énorme masse sombre où se devinaient les remous bouillonnant du sillage. Je poussai le loquet et ouvris la fenêtre. Le vent s'engouffra dans la cabine, fit voltiger les rideaux et vaciller la flamme de la lampe. Je sentis l'air salé sur mes lèvres et une bouffée des odeurs de la terre.
Puis Butterfield déclara :
– Ah, voilà qui est mieux. Dites-moi, M. Abbey, où étiez-vous ?
Je fermai la fenêtre et me retournai. Butterfield, qui s'était redressé sur un coude, scrutait la cabine plongée dans l'ombre.
– Vous êtes trempé, M. Abbey, dit-il, et comme vous êtes pâle !
En entendant le capitaine parler à un mort, je sentis un frisson me parcourir l'échine. Je tentai de le calmer mais il me congédia de la main.
– Allons, laisse-nous, mon garçon, dit-il.
J'allai droit à ma cabine, mais ne pus trouver le sommeil. Les mouvements du *Dragon* croissaient en amplitude et ma couchette me faisait l'effet d'une balançoire. Pendant un bref instant où les rumeurs de la mer

s'étaient atténuées me parvint le cliquetis des chaînes du pirate au fond de la cale. Puis j'entendis Butterfield qui parlait, entre deux longs silences, émettait un rire bref et disait : « C'est ma foi vrai, M. Abbey ! » Pour finir, je me rhabillai et remontai sur le pont.

Horn et le Luron étaient tous les deux au gouvernail, surveillant tour à tour le ciel et la mer et le gréement du *Dragon* qui tanguait sur la houle. Le pont était tantôt une côte rude à grimper, tantôt, l'instant d'après, une pente abrupte où j'avais peine à garder l'équilibre. Accroché à l'habitacle, je consultai le compas. Nous faisions route au Sud-Est.

– Ça ne me plaît pas, déclara le Luron. Ça ne me plaît pas du tout.

– Le bateau s'en tire très bien, dit Horn avec un sourire. C'est un grain, rien de plus.

– Et nous n'avons qu'un petit lac à traverser, ajouta le Luron, ironique. Dieu tout-puissant, je préférerais de beaucoup être enfermé dans un asile de fous. Entre nous, c'est bien là qu'on devrait me mettre.

– Et les vagues ? dit Horn. Et le vent… et le pont du bateau sous tes pieds, les mers inconnues, ça ne te manquerait pas, camarade ?

– Ce qui me manquerait, rétorqua le Luron, ça serait plutôt les filles.

Le *Dragon* se mit à vibrer tandis que la proue s'enfonçait dans une lame déferlante. Je levai les yeux vers la voile de flèche, tendue à craquer.

– J'ai bien envie de prendre des ris, dis-je.

– Mais comment ? demanda Horn. Avec Mudge en bas et seulement vous, moi et un terrien sur le pont ?

– Le terrien, c'est qui ? demanda le Luron,

Mais il se mit à rire. Il se vexait d'autant moins d'être traité de terrien qu'il n'avait jamais quitté sa tenue, avec ses bottes et sa redingote, sans parler des outres qu'il portait en sautoir sur la poitrine.

– Il y a bien Grace, dis-je. On pourrait le faire monter sur le pont.

– Ah non ! s'écria Horn et pendant un instant, ses yeux lancèrent des éclairs. Surtout pas, M. Spencer. C'est un sorcier, ce démon-là. Si jamais on le libère de ses chaînes, si ses pieds touchent le pont, il trouvera le moyen de nous anéantir.

– S'il n'est pas déjà noyé, ajouta le Luron.

Le gaillard d'avant ruisselait d'eau. Les lames venaient se briser contre le cabestan, bouillonnaient dans l'écubier. Je n'étais pas descendu de la journée dans la cale.

– Laissez courir sous le vent, dit Horn. Cette bourrasque passera avant la fin du jour.

– Très bien.

Si Horn n'était pas inquiet, il n'y avait aucune raison de nous inquiéter nous-mêmes. Je me rendis dans la cambuse et remplis un seau de pain, de fromage et de restes de viande. J'y ajoutai une gourde d'eau, décrochai une lanterne et descendis jusqu'à la porte au fond de la cale.

– Capitaine Grace ! criai-je en frappant au panneau en bois.

J'entendis cliqueter ses chaînes, posai mon seau et tirai le verrou. La porte s'entrebâilla en grinçant.

C'était le moment que je craignais le plus. Je ne pouvais ouvrir cette porte sans penser que Grace allait se ruer sur moi, libéré de ses chaînes. Prêt à refermer la porte à la moindre alerte, je tendis ma lanterne devant moi et franchis le seuil.

La cale empestait la sueur et l'eau croupie. Tous les bruits de la mer, les craquements des membrures, les grondements de tonnerre venant de la figure de proue y faisaient écho. C'était la prison la plus horrible qu'on pouvait imaginer, avec ses odeurs fétides, les mouvements continuels du bateau dans une obscurité totale. Bartholomew Grace était assis, le dos au vaigrage, les pieds contre une membrure. Son visage était d'une blancheur cadavérique. Une semaine s'était écoulée sans qu'il voie la lumière du jour.

Il tourna vers moi son visage inhumain, avec ses yeux décalés, ses lèvres brûlées, son nez réduit à un trou noir. J'étais toujours aussi horrifié de le voir, mais pour une fois, en dépit de la haine et de la crainte qu'il m'inspirait, je me sentis pris de pitié.

– Je vous ai apporté à manger, lui dis-je.

Il ne jeta qu'un bref coup d'œil à mon seau et fit observer :

– Nous avons mis le cap au Sud. (Qu'il pût le savoir me stupéfia.) Et vous portez trop de toile, ajouta-t-il. Vous devez donc être à court de marins.

Il parut attendre une réponse, mais je me gardai de lui dire qu'il avait raison. Et je poussai le seau vers lui.

Grace tendit sa main griffue pour le saisir tandis que je reculais d'un pas.

– Est-ce que c'est la fièvre ? demanda-t-il. Et toi, tu ne l'as pas attrapée ?

Je secouai la tête. Son atroce regard m'étudia un instant, puis il lâcha le seau. Il saisit la gourde d'eau et en but la moitié. Puis il se mit à manger et je vis le pain qu'il mâchait se réduire en grumeaux entre ses dents.

– Le capitaine l'a attrapée ? s'enquit-il.

– Donnez-moi le seau, dis-je.

Il le repoussa de quelques centimètres. Pour l'atteindre, il me fallait me courber en deux dans l'étroit passage.

– Je l'ai entendu qui parlait tout seul, reprit Grace. Il n'a plus sa tête, pas vrai ? (Il comprit que je refuserais de répondre.) Alors qui va mener le bateau ? Qui va trouver la route ? (Il prit le fromage et en mangea un morceau.) Pas toi, conclut-il. Ça, je te le garantis.

Le *Dragon* piqua violemment du nez dans un creux. Le seau vide bascula tandis que de sourds craquements résonnaient dans la charpente Grace tourna la tête et vivement, je plongeai en avant pour ramasser le seau. Le boucanier me lança un coup d'œil furieux.

– Tu vas tourner en rond dans l'océan, mon garçon, dit-il. Tu seras chassé par un vent, puis par un autre, et tu n'oseras rien faire d'autre que de courir devant. Ensuite, tu rencontreras une tempête, l'homme de barre se fera prendre en travers et tu perdras ton mât… à moins que tu ne coules à pic.

– Nous tenterons notre chance, répliquai-je.

– Écoute, garçon. Débarrasse-moi de ces fers et je ferai de toi un homme riche, un vrai nabab.

– Je n'ai aucune envie de devenir un écumeur des mers.

Hors de lui, il se mit à jurer.

– Va-t-en au diable, petit morveux ! Tu vas mener ton bateau au désastre et ensuite tu viendras me chercher. Tu me supplieras de te sauver la peau !

Je reculai d'un pas pour m'écarter de lui.

– Je vous salue, capitaine Grace, dis-je.

Il tira violemment sur ses chaînes, avec une telle rage que je crus qu'il allait arracher les anneaux scellés dans la coque.

Comme je refermais la porte, avec ma lanterne et mon seau, je l'entendis crier : « Allez, file ! » en faisant tinter ses chaînes, puis il se mit à rire bruyamment. Derrière le panneau de bois, sa voix me poursuivit tandis que je m'éloignais.

– Je ne resterai pas toujours enchaîné, mon garçon, dit-il. Et ma vengeance sera terrible !

UNE VISITE SPECTRALE

Durant l'heure qui précédait l'aube, le fantôme de notre canonnier s'en alla par-dessus bord. Le fantôme du pauvre Abbey, si jamais il s'était montré aux fenêtres, avait, la lumière du jour venue, disparu, alors que le *Dragon* poursuivait sa route. La bourrasque était passée sans se transformer en tempête, comme je l'avais craint. Et nous voguions vers l'Angleterre sur une mer qui évoquait un immense champ de pierres tant elle était bosselée et chaotique.

Horn descendit dans le poste avant et tira Mudge de son hamac, puis il le poussa le long de l'échelle et l'expédia d'un coup de pied sur le pont. Le gros marin, sautillant comme un crapaud, se réveilla en se grattant puis agrippa de ses mains maladroites les poignées du gouvernail.

Nous lui laissâmes le soin de barrer et descendîmes faire un somme. Mais je m'arrêtai à la cabine du capitaine où je trouvai Butterfield bien réveillé, allongé sur le dos dans sa couchette.

– John, dit-il gaiement. Entre !

– Vous êtes tout seul ? demandai-je.

Il fronça les sourcils.

– Quelle question absurde. Avec qui veux-tu que je sois, John ?

Je constatai avec soulagement qu'il avait repris ses esprits. Il n'avait aucun souvenir de la nuit, s'imaginait qu'il avait dormi d'une traite et j'évitai de lui rappeler que le fantôme d'Abbey lui avait rendu visite.

– Je suis fatigué, dit-il. Et j'ai mal partout. Mais je mangerais bien un morceau.

Je levai les yeux vers la claire-voie.

– C'est Mudge qui barre, dis-je.

– Malheur ! fit-il. (Il exhala un long soupir.) Il vaut mieux que j'attende un peu.

Je gagnai ma cabine et sombrai instantanément dans le sommeil, bercé par le *Dragon* qui progressait de vague en vague. À midi, je dormais encore quand Butterfield s'arma de son sextant et calcula que nous étions à vingt milles marins au sud de notre route. Je dormis jusqu'au milieu de l'après-midi et quand j'émergeai enfin sur le pont, Horn était à nouveau à la barre, chantonnant son air favori. D'un signe de tête, il me désigna la claire-voie et je vis dans la cabine Butterfield qui mangeait avec appétit du fromage et du pain tartiné de confiture. À côté de lui, le Luron s'empiffrait comme un affamé. Et j'éprouvai un pincement de jalousie à la pensée que je ne me trouvais pas en leur compagnie.

– Le capitaine paraît bien mieux, dis-je.

– Pour l'instant, corrigea Horn.

Sa réponse m'intrigua.

– C'est comme ça qu'agit la fièvre, reprit-il. Dans un jour ou dans une semaine, il risque de se retrouver sur le flanc.

Au cours des journées qui suivirent, je compris qu'il avait raison. Les marins qui étaient allés à terre à Luis Pena Cay ne se remettaient de leur prostration que pour y retomber de plus belle. Puis Mudge alla s'allonger dans son hamac en disant qu'il grelottait de froid. Le Luron le soupçonnait de mensonge.

– C'est un simulateur, dit-il. Un tricheur. (Il secoua la tête et fit voltiger ses longs cheveux sur ses épaules.) Il veut nous embobiner. J'aurais dû m'en douter.

Le Luron, quant à lui, ne se dérobait jamais à ses devoirs. Il gouvernait et manœuvrait les voiles, toujours avec sa redingote et ses flotteurs. On ne pouvait pas traverser l'océan assez vite pour lui et il ne manquait jamais de s'enquérir des progrès de notre navigation, du nombre de milles parcourus.

– Cent cinquante milles, disait-il avec un large sourire. On a fait la distance entre Ramsgate et Portsmouth. Peut-être plus.

Et il ajoutait :

– Vous vous rendez compte. J'ai jamais vu Portsmouth !

Pendant les périodes de calme, il se désespérait, et il tremblait dans les coups de vent. Il ne supportait pas de voir le *Dragon* dévier de sa route, mais nous courions toujours sous le vent, car Horn s'inquiétait de l'état du gréement.

– Vous voyez comme le mât de misaine tremble ? me dit-il durant une bourrasque.

Et, en effet, quand le vent forcissait, le mât tremblait plus que le Luron lui-même. On le voyait vibrer avec une sorte de murmure sourd qui s'enflait à chaque rafale.

– Il risque de casser ? demandai-je.

– Pas si nous nous maintenons vent arrière, dit Horn.

Nous continuâmes donc à nous laisser chasser par le vent, comme l'avait prévu Grace. Sur la carte du capitaine, nous suivions une route en zigzag ; un jour, nous décrivîmes même une boucle quand le vent tourna à l'Est mais, peu à peu, nous nous rapprochions de l'Angleterre. Et il ne restait que trois cents milles à franchir, « de Douvres au Devon », déclara le Luron, rayonnant, quand l'état de santé de Butterfield s'aggrava. Je venais de donner à Grace son repas du soir et je remettais le verrou en place quand j'entendis le capitaine derrière moi.

– Qui gardes-tu enfermé là-dedans ? demanda-t-il.

– Vous ne vous rappelez pas, mon oncle ? C'est Bartholomew Grace.

Il répéta ce nom comme s'il ne l'avait jamais entendu.

– Et pourquoi est-il aux fers dans la cale ?

Je le pris par le bras.

– C'est vous qui m'avez dit de l'y mettre. Il venait de *L'Apôtre,* vous vous souvenez ?

– Eh oui, bien sûr, dit-il, bien qu'il ait manifestement oublié. Que je suis bête, ajouta-t-il, puis il se toucha le front. Je crois bien que je suis un peu patraque aujourd'hui.

Je le ramenai à sa cabine et l'aidai à se recoucher. Le matin suivant, à mon grand soulagement, il m'accueillit avec chaleur.

– John, me dit-il comme je franchissais le seuil, entre, entre, mon jeune ami. J'ai des nouvelles pour toi.

Je m'assis au pied de la couchette. Il semblait fatigué mais dans son état normal.

– Écoute, John, reprit-il. Ton père est venu me voir la nuit dernière.

Mon cœur se serra et sans doute lut-il l'anxiété sur mon visage.

– Non, non, dit-il en riant, ce ne sont pas des mauvaises nouvelles. Il ne pouvait rester qu'un moment et espère te voir bientôt.

L'idée me vint subitement, malgré moi, que mon père était mort et que son fantôme, comme celui d'Abbey, était venu à bord du *Dragon*.

– Vous l'avez fait entrer par une fenêtre ? demandai-je.

– Non, bien sûr, répliqua Butterfield. En voilà des sottises ! Il est entré par la claire-voie, John !

Je quittai sa cabine, soucieux et plein d'appréhension, mais le Luron m'accueillit sur le pont avec un rire jovial.

– Oh, oh ! fit-il. Pourquoi fais-tu cette mine ? Tu vas marcher sur ton menton si tu ne relèves pas la tête.

– C'est le capitaine…

– Qu'est-ce qu'il a, le capitaine ?

– Va voir toi-même.

Le Luron descendit donc dans les profondeurs et en revint, désemparé.

– Ton capitaine Hackum a perdu la boule, dit-il. Tommy le Luron quoi ? enchaîna-t-il en imitant la voix de Butterfield. Il m'a estomaqué. À croire, saperlotte, qu'il n'avait jamais entendu parler de moi.

Pour la première fois de notre voyage de retour, midi vint et passa sans que le capitaine fît une visée avec son sextant. Le Luron mourait d'envie de savoir où nous en étions et me demanda :

– Tu sais pas t'en servir toi-même ?

– Non, dis-je. Je n'ai jamais appris.

– Alors, demande à Horn de le faire.

C'était sa réponse à tout et elle m'échauffa les oreilles. Cependant, j'appelai Horn et lui exposai le problème.

– Pouvez-vous faire le point ? demandai-je.

– C'est vous le maître à bord, M. Spencer, répondit-il. Je veux bien faire tout ce que vous voulez, mais le sextant, je ne sais pas m'en servir. (Il baissa la tête.) Comprenez, M. Spencer, je ne suis qu'un simple marin, rien de plus.

– Vous avez dit…

– Des histoires, M. Spencer, coupa-t-il J'étais trop ignorant pour faire un officier.

– Mais vous savez parfaitement naviguer, dis-je. Vous meniez votre canot vers l'Afrique !

– Je tenais le bon cap ? demanda-t-il.

– Je ne sais pas, répondis-je avec un haussement d'épaules.

– Moi non plus. (Il me donna l'impression de se recroqueviller.) Je… je ne sais pas lire, M. Spencer. Je ne sais même pas écrire mon nom.

Je me souvins de l'oiseau qu'il avait dessiné sur le livre de bord, l'albatros qui me semblait maintenant assez réel pour être suspendu à mon cou.

– Vous savez, je serais pas plus capable de trouver la route vers l'Angleterre, reprit Horn, que de danser le quadrille au château de Windsor.

Le Luron se mit à rire, d'un rire aigu, étranglé, qui ne lui venait que dans les moments périlleux.

– Eh bien, nous voilà dans de beaux draps, dit-il, dans une belle mélasse !

– Tais-toi ! lui criai-je.

J'avais l'impression que toutes nos aventures, l'arrivée de Horn à bord, Abbey et ses canons, le bateau négrier à la Jamaïque, le brick et ses cadavres, *L'Apôtre* dans la tempête, se réduisaient à un chapelet de dominos dressés sur une table et qui s'écroulaient tous les uns sur les autres, réduisant nos espérances à néant.

– Qui va mener le bateau ? demanda le Luron, faisant écho à la réflexion de Bartholomew Grace : *Qui va mener le bateau ? Qui va trouver la route ? Pas toi, ça, je te le garantis !*

– Alors ? continua-t-il. Bartholomew Grace ? (Sa question resta en suspens.) Faut lui mettre le sextant dans les mains, qu'il vise le soleil, voilà ce que je dis, moi ! On n'a pas d'autre choix.

Horn secoua lentement la tête. Les traits crispés d'appréhension, il semblait s'accuser de tous nos malheurs. Il voulut citer une phrase de la Bible, peut-être la seule qu'il connaissait.

– « Le loup… vivra à côté de l'agneau. »

J'achevai pour lui :

– « Et un petit enfant les conduira. »

Je n'étais plus un enfant, tout en n'ayant pas même atteint la moitié de l'âge de Horn ou du Luron, mais il fallait que j'y parvienne, il fallait que j'apprenne, que je comble mes lacunes.

Je descendis donc chercher le sextant et le chronomètre, les tables et les manuels. Sur le pont, j'étalai la carte de l'Atlantique nord en posant aux angles les manuels pour la maintenir à plat. Puis je sortis le sextant de son coffret, le tenant comme un talisman. Il fallait à tout prix qu'il nous dise où nous étions. L'opération semblait si facile pour Butterfield ! En quelques secondes, il trouvait le soleil dans le petit télescope du sextant, déplaçant son image dans le miroir jusqu'à ce qu'elle s'aligne avec l'horizon. Mais je piétinai là pendant une heure, les images que je voyais filaient ou zigzaguaient dans tous les sens. À peine avais-je amené le soleil sur l'horizon qu'il s'esquivait et je devais tout recommencer.

Chaque mouvement du navire paraissait doublé par le sextant, puis renversé par le miroir et j'étais au bord des larmes quand soudain je compris le processus et parvins à lire l'angle d'après l'échelle. Je répétai ensuite l'opération à deux reprises, comme l'aurait fait Butterfield, et je fis la moyenne des trois.

Toute ma vie, mon père m'avait formé à la gestion de ses affaires. J'avais travaillé sur les chiffres et je les haïssais. J'avais lutté contre lui, bien décidé à vivre sur mer et à échapper à la prison de ses bureaux. Maintenant, je le bénissais de m'avoir imposé cet enseignement et de m'avoir appris à évoluer parmi les éphémérides nautiques et les logarithmes. Finalement, je déclarai :

– L'un dans l'autre, voilà à peu près où nous sommes.

Et je montrai un point sur la carte.

Le Luron considéra mon doigt, puis regarda la mer en plissant les yeux.

– Je suis allé en France, dit-il, et ça ne ressemble pas du tout à ça.

Je situais notre position au centre de l'Europe !

– Je n'y arriverai pas, marmonnai-je.

– Il n'y a qu'à continuer jusqu'à ce qu'on se cogne à la

terre, suggéra le Luron. Qu'est-ce qu'on risque si on met le cap sur Ushant ?

– Mais nous ne savons pas où nous sommes ! protestai-je. C'est ça, le problème ! Comment veux-tu qu'on mette le cap sur quoi que ce soit si on ne connaît pas la direction ?

– On ne peut rater l'Europe entière, objecta le Luron. Il faut bien qu'on finisse par toucher terre.

– Oui, m'écriai-je. Comme l'amiral Shovell !

– Qui ?

– Sir Clowdisley. Il ramenait une escadre vers l'Angleterre il y a environ un siècle. Un marin l'avait prévenu qu'il s'était trompé de route et que tous les bateaux étaient en danger. L'amiral fit pendre ce marin pour sa peine et conserva le même cap, droit sur les îles Scilly. Quatre navires furent perdus, conclus-je. Et tous les hommes périrent, sauf deux.

Le Luron tirailla ses flotteurs et les tâta pour vérifier s'ils étaient bien gonflés d'air.

– Alors, tu ferais bien d'appendre tes leçons, dit-il.

Je fis une douzaine de visées et opérai avec soin les calculs avec la table de réductions. Le *Dragon* taillait sa route à sept milles à l'heure, sept cents pieds par minute. J'écoutai l'eau qui filait le long de la coque et bouillonnait sous le tableau arrière et songeai que je n'avais droit à aucune erreur si je voulais que nous arrivions à bon port.

VOILES DE CAPE

– Écartez-vous de la porte, ordonnai-je ce soir-là, planté à l'entrée du cachot à fond de cale, avec mon seau et ma lanterne. Capitaine Grace ! (Je lançai un coup de pied dans la porte.) Répondez-moi !

Le silence resta total. Le *Dragon* penchait légèrement à tribord, naviguant vers l'Est avec une brise nord-nord-est. Ma lampe projetait des ombres sur les traverses obliques et faillit se renverser quand je la posai sur une varangue.

L'oreille à la porte, j'écoutais. J'entendis une respiration lente et régulière, comme si Grace avait l'oreille collée de l'autre côté du panneau. Mon cœur se mit à battre plus fort à l'idée qu'il attendait à quelques centimètres de moi.

– Capitaine Grace ! criai-je à nouveau.

Je tirai le loquet très lentement et entrouvris la porte. Grace était assis là où je l'avais laissé. À la limite du halo de la lanterne, il m'observait. Son nez n'était qu'un trou noir dans l'ombre, mais ses yeux brillaient comme du feu.

– Pourquoi ne répondez-vous pas ?

– Parce que je n'ai rien à dire.

Assis sur ses chaînes, les anneaux scellés dans le bois cachés par sa redingote, il me donna soudain l'impression qu'il n'était plus enchaîné du tout.

– Je vous ai apporté une douceur, annonçai-je. Une orange, précisai-je en la sortant du seau.

Il grimaça un sourire sans joie.

– Tu es trop bon pour moi, dit-il.

– Reculez, repris-je. Je veux voir vos chaînes.

Il remua à peine les hanches.

– Plus loin !

Il émit un rugissement étouffé et haineux, mais s'exécuta et je sentis les relents humides de ses vêtements, l'air salé qui rongeait le tissu dans son dos. Je fis rouler l'orange dans sa direction et il s'en saisit comme une bête. Le tenant dans sa main brûlée, il se mit à la peler à coups de dents.

– Qui mène le bateau ? demanda-t-il.

– Moi.

– Où sommes-nous ?

– Je ne peux pas vous le dire.

– Tu ne sais pas, oui ! Et tu as apporté une orange en espérant que je t'expliquerais comment faire une visée. (Il cracha un bout de pelure.) Petit misérable. Tu gouvernes le plus au Nord possible, hein ? Tu as peur de rater la Manche.

Il n'était pas loin de la vérité. Nous maintenions le cap au Nord pour être sûrs de découvrir à l'horizon l'Angleterre et non la France.

– On se débrouillera.

– J'en doute. (Il planta les dents dans le reste de son orange.) Le temps change, petit. Passé une journée, tu ne verras plus le soleil derrière les nuages. Les vents du Nord te pousseront vers le Golfe de Gascogne, sur une côte inconnue. Comment te sortiras-tu de ce guêpier ? (Il écrasa l'orange entre ses doigts et la jeta entre deux traverses.) Tu vas droit au naufrage petit. Tu vas nous tuer, tous.

Le *Dragon* fit une embardée et gîta un peu plus fort. Déjà le vent se levait.

– Vous serez le premier noyé, dis-je.

Grace se mit à rire.

– Le premier ou le dernier, quelle différence ? Nous le serons tous si tu ne réussis pas une visée demain matin.

Nous nous dévisageâmes sans un mot et la lueur de la lampe fit briller les broderies dorées de son habit.

– Alors, dites-moi, repris-je. Qu'est-ce que je fais de travers, qu'est-ce que j'oublie ?

– Celui qui nous a amenés ici, toi et moi. Voilà ce que tu oublies.

– Horn ? demandai-je.

– Donne-le-moi, dit-il avec un rictus haineux. Donne-moi Horn, un coutelas et une minute pour régler mes comptes. Ensuite, je t'aiderai. Et tu rentreras chez toi.

– Allez au diable, dis-je.

– Trop tard, petit. (Il partit d'un grand rire sec.) J'y suis déjà. Je n'ai rien à perdre.

Je vidai à mes pieds la nourriture contenue dans le seau. En étirant les chaînes jusqu'au dernier maillon, il parviendrait à l'atteindre. Puis je le laissai dans l'obscurité et remontai sur le pont.

Horn était au gouvernail. Il maintenait le cap nord-nord-est, laissant abattre sous les rafales, revenant au vent quand elles étaient passées. C'était une tâche qui aurait épuisé la plupart des barreurs, mais Horn l'exécutait comme machinalement, à croire que le vent et le bateau ne faisaient qu'un pour lui.

– Vous tracassez pas, M. Spencer, dit-il. Vous avez une tête solide sur vos épaules et vous réussirez à faire marcher le sextant.

– Mais le temps change, dis-je.

– En effet. (Il modifia son cap et le vent fit virevolter sa queue de rat.) On a encore pas mal de route à faire avant d'arriver chez nous. (Il me sourit avec une désarmante chaleur.) C'est une bonne chose que vous viviez cette aventure. Vous ferez un fier navigateur, M. Spencer. Le genre de capitaine qui n'est jamais à court d'équipage.

– Merci, dis-je, embarrassé, mais c'est Grace qui m'a dit que le temps changeait.

– Il peut dire ça du fond de son trou, le démon ?

J'acquiesçai.

– Qu'est-ce qu'il a dit d'autre ?

Je faillis lui parler du marché que m'avait proposé le pirate : la vie de mon ami en échange de la sauvegarde du bateau, mais Horn me parut si solide, si fort, avec un cœur si bien trempé que je préférai m'abstenir.

– Il pense que nous allons tous finir noyés, dis-je. Il croit qu'on va manquer la Manche.

Il fronça les sourcils.

– Et vous, qu'est-ce que *vous* en pensez, M. Spencer ?

– Je crois que ce que vous m'avez dit, il y a déjà longtemps, est très vrai.

– Et qu'est-ce que j'ai dit ?

– Qu'il n'y avait pas de navire plus sûr que celui à bord duquel se trouvait le vieux Horn.

– Merci, merci, capitaine.

Je fus très surpris de le voir rougir. Puis il toussa, détourna la tête et porta fugitivement une main à sa joue.

Je restai avec lui jusqu'au coucher du soleil. Nous parlâmes de l'Angleterre, en fait, surtout de Londres. Tout ce que Horn avait vu de la grande ville se limitait aux rives de la Tamise et aux toits des bâtiments qui bordaient le fleuve. Il me posa des questions sur les rues, les avenues, les palais et les parcs et, à force de les lui décrire, je fus pris du mal du pays. Il voulait tout voir, tout découvrir dès qu'il serait innocenté et libre de circuler sans craindre les recruteurs ou la potence qui attendait les déserteurs. Il irait d'est en ouest par Readind et Malborough, puis gagnerait la côte et son pays, près de Bristol.

– Il y a des années que je ne suis pas allé chez moi, dit-il Je me demande si les choses ont changé.

Le ciel était presque noir et piqueté de quelques étoiles. Je levai les yeux vers la Grande Ourse, puis contemplai les larges ailes de Cassiopée, là-haut. Dans ces petites lumières, il y avait tout ce qu'il me fallait apprendre pour savoir où nous étions et où nous devions aller. Une fois de plus, je sortis le sextant de son coffret et le pointai sur l'étoile Polaire. Si je n'étais pas capable de faire une visée du soleil, j'avais bien peu d'espoir de réussir avec les étoiles. Mais je visai l'étoile Polaire sept fois avant que l'horizon disparût et que le noir profond de la mer et celui du ciel ne fassent plus qu'un, créant une immense sphère autour de nous. Je descendis ensuite dans ma cabine, m'allongeai sur ma couchette et ruminai longtemps avant de m'endormir et de rêver de Londres.

Une fois de plus, je marchais dans la cité, allant du bureau de mon père à ses entrepôts sur la Tamise. Mais tous les bâtiments étaient faits de nombres, de fractions empilés, de vastes façades couvertes de chiffres romains. Et tous ces signes vibraient, s'entrechoquaient, se culbutaient autour de moi, jusqu'au moment où je me réveillai : le capitaine Butterfield me secouait par l'épaule.

Ma lampe brûlait toujours, ma couchette était jonchée de livres et de manuels. Butterfield me lâcha pour s'asseoir à côté de moi. Il portait son costume du dimanche, un vêtement de couleur sombre qui sentait la naphtaline.

– Viens-tu à terre ? me demanda-t-il.

J'étais encore tout engourdi de sommeil.

– Nous sommes arrivés, dit-il. Et amarrés à quai.

Je dus m'extirper de l'amas de ruines de mes nombres pour me retrouver sur une goélette, à des milles et des milles de l'Angleterre.

– Oncle Stanley ! Nous sommes au large, en pleine mer.

– Sottises ! répliqua-t-il. Tâte les membrures, sens le bateau sous tes pieds, garçon.

Et il frappa lourdement le sol de sa semelle.

Je me redressai d'un coup de reins. Ma lanterne pendue à son crochet ne bougeait pas d'un millimètre. Le niveau de ma bouteille d'encre était parfaitement horizontal. Il n'y avait pas un bruit de vent ou d'eau. Butterfield semblait si calme et si sûr de son fait que je me demandai s'il n'avait pas raison et si j'avais par hasard dormi tout le reste du voyage.

– Allons, viens, dit-il.

Je gravis l'échelle sur ses talons. Au-dessus de nous semblait se diffuser une faible lumière orangée. Une fois sur le pont, je vis que l'aube était toute proche. Le *Dragon* flottait sur une mer totalement plate. Pas une ride n'altérait la surface de l'eau. Pas un souffle de vent n'effleurait les voiles. Jamais je n'avais vu un étang aussi calme. Et cette immobilité, ce silence m'effrayèrent.

À la barre, il n'y avait personne. Horn et le Luron, au pied du mât de misaine, contemplaient le ciel. Deux hommes fumaient la pipe près du cabestan et je reconnus Betts et Freeman.

Le pauvre oncle Stanley regarda autour de lui et son visage se décomposa. Sans doute avait-il perçu les signes de la folie dont les fièvres étaient responsables. Il restait planté là dans son beau costume de laine et ses souliers fins pour aller à terre, aussi incongru qu'un mendiant dans un palais.

Il me regarda en clignant des yeux.

– Je les avais entendues, pourtant, les voitures… et la foule. J'avais senti la boue, les chevaux. (Il se prit la tête à deux mains.) Qu'est-ce qui m'arrive ? demanda-t-il.

S'il *savait* qu'il était fou, alors c'est qu'il ne l'était pas vraiment, pensai-je.

– Capitaine, lui dis-je, le sextant est faussé.

– Vraiment ? dit-il. Et qui l'a faussé ?

– Mudge, répondis-je. Vous vous souvenez, il est tombé de votre coffre !

– Oui, fit-il avec un air douloureux. En effet, je me souviens. Il est décalé de trois degrés.

– Dans quel sens ? (Je le secouai.) Mon oncle, je vous en prie, dans quel sens ?

Il n'eut pas l'occasion de me répondre ; Horn surgit brusquement d'une coursive.

– J'aimerais établir la toile de tempête, dit-il. Si vous permettez… (Visiblement indécis, il ne savait pas trop de qui solliciter des ordres.) Il faudrait hisser des voiles de cap à l'avant et à l'arrière.

Butterfield se frictionna les tempes.

– Il fait calme, dit-il, la mer est plate comme un champ de luzerne.

– Pas pour longtemps, reprit Horn. Il tendit la main vers le sud-ouest et je vis un amas de nuages qui fermaient l'horizon. Ils étaient noirs et fuligineux avec de lents remous sur les franges.

– Capitaine, s'il vous plaît.

– Très bien, dit Butterfield en fermant les yeux. Fais ce que tu veux.

Comme il s'éloignait, je le rattrapais par la manche.

– Le sextant, dis-je.

Il parut stupéfait.

– Qu'est-ce que je fais de l'erreur ?

– Ajoute-la, dit-il. Ajoute l'erreur.

À pas lents, il s'en alla vers sa cabine.

Je me tournai vers Horn.

– Je vais vous aider pour abattre le hunier.

– Non, dit-il. Je crois que… mes excuses, M. Spencer, mais je crois que vous feriez mieux de faire vos visées avec le sextant.

– Ce serait plus facile à midi.

– À midi, vous ne verrez pas le soleil. (Il jeta de nouveau un coup d'œil vers le Sud-Ouest.) Vous ne le reverrez pas d'ici belle lurette.

C'était exactement ce que m'avait dit Grace. Grace

qui, dans son trou, avait pressenti le changement de temps. Je suivis des yeux Horn qui gagnait l'avant du bateau rassemblant ce qu'il pouvait d'hommes d'équipage. Ensuite, en dépit de l'aversion qu'il m'inspirait, j'en revins au sextant. Penché sur le bordage, face à l'horizon qui rougeoyait, j'attendis le lever du soleil. Le *Dragon* plongé dans le silence n'avait pas bougé, le pont était aussi immobile que le sol d'une jetée.

Je visai le soleil dès qu'il surgit à l'horizon puis, à mesure qu'il émergeait de la ligne plate et rectiligne de la mer. Sa lumière aveuglante enflamma l'océan. Je fis encore deux ou trois visées, puis me détournai pour redescendre dans la cabine. Et je vis les nuages qui s'amoncelaient en tours noirâtres et semblaient s'étirer vers nous ; Horn se tenait au-dessus de moi, très haut dans le gréement, perché sur un pied de vergue que je voyais à peine, comme s'il se balançait parmi les nuages.

LABOURER LA MER

Je me relevai de ma couchette et examinai la carte. Les marques que j'y avais faites, les petits cercles autour de mes croix, étaient groupées comme les grains de raisins d'une grappe. Un sourire me vint aux lèvres.

– Et voilà, dis-je à mi-voix. Voilà où nous sommes !

La carte sous le bras, je montai sur le pont. Le *Dragon,* sous sa voilure réduite de lourde toile, peinait devant un vent chaud et capricieux. Des heures s'étaient écoulées depuis l'aube et la mer que Butterfield avait trouvée plate comme un champ de luzerne évoquait maintenant un paysage de collines aux faîtes arrondis. Le bateau les gravissait l'une après l'autre et plongeait rudement dans les creux. Le soleil s'était mué en une tache pâle dans un ciel tout blanc, cerné d'un énorme halo de lumière, comme si Dieu l'y avait dessiné ainsi que j'avais marqué nos positions sur la carte.

À la barre se tenait Mudge, le fils de cultivateur, le seul homme sur le pont. Il considérait d'un œil furieux la boussole qui oscillait sur les cardans et il tournait la roue, tantôt à bâbord tantôt à tribord, selon les variations du compas sur la rose des vents.

– Ne regardez pas ça, lui dis-je.

– Qu'est-ce qu'il y a d'autre à voir ? geignit-il.

– Alors, contentez-vous de mener le bateau d'après les sautes de vent et les mouvements de la mer. Si vous donnez son cap au bateau, il s'en tirera bien mieux par lui-même.

– J'aimerais bien voir la terre, dit-il.

Je secouai la tête.

– Où est Horn ? demandai-je. Où est le Luron ?

Il leva un instant les yeux.

– Là-haut, dit-il.

Je me détournai et regardai dans la mâture. Horn était assis au sommet du mât, bien au-dessus de la petite voile de flèche. Le Luron, beaucoup plus bas, à six mètres au plus du pont, se cramponnait aux enfléchures de haubans comme si sa vie en dépendait, les bras étirés au-dessus de ses flotteurs gonflés. Il m'adressa un bref salut de la main avant de s'agripper de nouveau au gréement.

– Hello, John, cria-t-il. Tu vois comme j'ai grimpé…

– Qu'est-ce que tu fabriques ? lui demandai-je.

– On inspecte les agrès.

Je ne pus m'empêcher de sourire

Horn avait dû faire cette réflexion, « On va inspecter les agrès », et le Luron était monté aussi haut qu'il en était capable. Je ne voyais d'ailleurs pas en quoi il pouvait se rendre utile.

– On voit le monde entier d'ici, déclara-t-il d'une voix de crécelle. Oh, c'est fantastique de naviguer sur un grand bateau quand on a le ciel pour seule compagnie. (Il esquissa un vague geste vers le haut du mât ; sa main tremblait visiblement.) S'il y avait une tempête, poursuivit-il, je serais plus haut que les vagues, pas vrai, John ?

– En effet.

– Pensez donc ! Je ne tiens qu'à un bout de ficelle et on est à des milles et des milles de la terre.

– Cent quatre-vingt, précisai-je.

– Tu te rends compte, camarade !

Et il avait dû en effet se rendre compte, car il se laissa glisser le long des haubans comme une araignée au bout de son fil. Hors d'haleine, il avait le visage aussi rouge que son habit.

Horn gagna l'extrémité de la vergue et dévala le long du bord de la voile à la seule force de ses mains puissantes, une glissade qui me donna le frisson en dépit de mon absence de vertige. Le Luron lui-même avait dû comprendre que ses exploits pâlissaient à côté de ceux de Horn. Mais celui-ci lui administra une tape vigoureuse sur l'épaule.

– Bravo, l'ami, lui dit-il, tu seras bientôt un vieux loup de mer.

Envahi d'un sentiment de culpabilité, je songeai que Horn n'aurait pas rabroué Mudge comme je l'avais fait : il lui aurait appris à barrer.

La main de Horn était posée sur l'épaule du Luron, comme un gros animal à la peau brune. Il me regarda, puis baissa les yeux sur la carte que je tenais à la main.

– Alors, vous y êtes arrivé ? me demanda-t-il.

Pris d'une grande envie de l'entendre me complimenter, je m'agenouillai et déployai la carte sur le pont. Je lui montrai l'amas de petites croix que j'avais tracées.

– Ça y est, tu as réussi ? s'enquit le Luron.

– Oui, nous sommes ici, répondis-je. Ou du moins nous y étions au lever du soleil. Je vais mouiller le loch et voir la distance que nous avons parcourue.

Je levai les yeux vers Horn. Après avoir contemplé la carte, il regarda la mer, comme s'il connaissait assez bien l'océan pour juger si j'avais raison.

– Alors, nous sommes montés trop au Nord, dit-il. Il va falloir raidir la toile.

Sans un mot de plus, il partit régler les voiles en faisant signe au Luron de le suivre. Je me retrouvai seul, un doigt toujours posé sur la carte et une boule dans la gorge. Il avait félicité le Luron de s'être hissé à six mètres dans le gréement, mais il ne m'avait même pas remercié d'avoir trouvé notre position. Je roulai la carte et me dirigeai vers l'arrière, puis la rangeai dans son étui près de la boussole. Je sortis le loch et le sablier de leur tiroir et jetai un coup d'œil à Mudge qui continuait à barrer et nous faisait osciller par saccades sur les lames, transpirant à force de s'évertuer en efforts inutiles.

– Mettez le cap au Sud-Ouest, lui dis-je.

Il tourna brusquement la roue.

– Pas comme ça ! m'écriai-je. Un peu de calme, matelot !

Il me considéra d'un œil stupide comme un chien qui reçoit un ordre auquel il n'a rien compris.

– Attendez.

Je le repoussai de côté et pris la barre. Les poignées étaient poisseuses de sueur.

– Écoutez-moi. Vous comprenez, il faut le sentir, votre bateau. Il veut remonter au vent. Si vous le laissez aller, il remontera toujours au vent. Alors redressez-le doucement chaque fois qu'il dévie de son cap.

– Pour qu'il se rappelle, quoi, dit Mudge.

Je haussai les épaules.

– Comme si on menait un cheval de labour ?

Ne m'étant jamais trouvé derrière une charrue, je restai sans réponse.

– Faut qu'on pense avant lui, c'est ça ?

– Voilà, dis-je. Quelque chose comme ça.

Je lui rendis la barre et gagnai l'arrière avec le loch. Par-dessus le bordage, je fis descendre le triangle de bois dans un sillage dont les remous ne cessaient de zigzaguer depuis que Mudge avait pris la barre. Et je retournai le sablier dont le sable commença à s'écouler tandis que je laissais filer à la ligne du loch.

Les crêtes des vagues s'élevaient au-dessus de moi et, quand le bateau plongeait dans les creux, la ligne du loch se tendait en arc de cercle sous la poussée du vent. Je surveillais tour à tour le sable qui filtrait lentement et la ligne qui se déroulait sur son dévidoir. Une fois l'entonnoir supérieur du sablier vide, je remontai la ligne en comptant les nœuds pour estimer notre allure. Puis je me retournai pour observer le sillage. Il suivait maintenant un tracé presque rectiligne.

Tout en regagnant la barre, j'opérai mes calculs et constatai que nous avions franchi environ trente milles depuis l'aube. Mudge, un large sourire aux lèvres, manœuvrait la barre d'une seule main.

– Ça y est, me dit-il avec fierté, j'ai compris. Cette fois, je sais labourer la mer, M. Spencer.

– Eh bien, tant mieux, lui dis-je en m'efforçant de prendre le ton de Horn. Mes compliments, M. Mudge.

– On a encore beaucoup de chemin à faire ?

– Cent cinquante milles, dis-je. Demain, au quart de l'aube, on devrait apercevoir l'Angleterre.

Ma prédiction se répandit dans tout le bateau parmi les marins de notre modeste équipage. Lorsque j'allai lui annoncer la nouvelle dans sa cabine, Butterfield lui-même comprit.

– Dans la matinée ? dit-il. C'est splendide. (Il était assis dans son fauteuil, toujours vêtu de son costume du dimanche.) Mets une vigie à l'avant, dit-il. Je donnerai une guinée au premier qui verra la terre.

Puis il réfléchit un instant et glissa un doigt sous son col.

– Et, dis-moi, John, reprit-il, pensif, si nous touchons terre en pleine nuit ?

Je vis avec plaisir qu'il recouvrait ses esprits et songeai que le lendemain matin, il serait sans doute redevenu lui-même. Nous répartîmes les quarts par équipes de deux et je pris le premier, avec le Luron en vigie à l'avant.

Le vent continuait à forcir et nous fîmes route à l'Est pour nous écarter du coup de chien qui se préparait. À la tension de la voile de flèche et aux sifflements dans les haubans, on ne pouvait se tromper. La tempête nous poussait vers l'Angleterre.

À la fin de mon quart, le vent soufflait à trente nœuds en direction du Sud. Le Luron et moi étions trempés jusqu'aux os quand Mudge vint prendre ma place et que Freeman envoya le Luron se coucher.

Mudge, solidement campé sur ses jambes écartées, cracha dans ses mains et saisit la barre.

– Ça ira ? lui demandai-je.

– Oui, oui, capitaine, répondit-il. Je crois.

Il pesa avec énergie sur les poignées de la roue du côté sous le vent et se mit à crier, comme s'il exhortait un cheval :

– Allez, hue… hue dia !

Puis, laissant remonter la roue, il ajouta :

– Oh… là, oh… là, oh ! en inversant son geste.

S'il n'était pas un marin aguerri, il était robuste et je vis qu'entre ses mains, nous ne courions aucun danger. Je levai les yeux vers les mâts qui fléchissaient et se redressaient, les canons qui tiraient sur leurs aussières. Avec la voilure de tempête réduite établie par Horn, j'étais certain que le *Dragon* tiendrait tête aux éléments, même s'ils se déchaînaient. Rassuré, je fis un signe de tête à Mudge et descendis dans la cabine.

Après avoir mis des vêtements secs, je m'assis pour manger du poisson froid et du pain détrempé. Les casseroles se balançaient à leurs crochets, la bouilloire brimbalait et la lampe tanguait sur son cardan. Butterfield apparut, émergeant de l'ombre. Selon les mouvements du bateau, il oscillait sous le même angle que la lampe, comme si quelque pouvoir étrange le maintenait penché de côté sur le pont. Mon espoir de le retrouver guéri de sa fièvre s'évanouit dès que je le vis de plus près. La mine défaite, les traits tirés, il passa devant moi sans un mot, puis toucha le hublot, se détourna et s'éloigna. Je lui parlai, mais il ne répondit pas. Tout le temps que je restai attablé, il erra dans le navire comme une âme en peine, entrant dans sa cabine, en ressortant, montant sur le pont, descendant dans le carré avec son costume du dimanche ruisselant d'eau de mer. Ce spectacle me fit penser au jour où ma mère était morte et où il était arrivé à la maison, venant droit de la mer, portant ces mêmes vêtements. Il était allé de pièce en pièce, aussi silencieux qu'aujourd'hui et, aux mouvements de ses lèvres, on devinait qu'il revivait les conversations qu'il avait eues, il y avait des années déjà, avec une femme qui avait cessé de vivre. À son troisième passage dans la cuisine, je me levai, le pris par le coude et l'entraînai vers sa cabine. Et même s'il était conscient de ma présence, il ne savait pas que c'était moi. Soudain, il se mit à parler du temps où il travaillait dans le bureau de mon père. Mais quand je l'eus aidé à s'allonger sur sa couchette, il sombra aussitôt dans le sommeil.

– Nous sommes presque arrivés, dis-je. Vous vous sentirez mieux quand nous serons chez nous.

J'apportai un morceau de pain au capitaine Grace et le lui lançai par la porte comme un gardien de zoo. Il dut ramper au bout de ses chaînes pour le ramasser.

– C'est tout ce que tu m'apportes ? demanda-t-il.

Je n'éprouvais aucune pitié à son égard. Tout, à mes yeux, était de sa faute. L'état pitoyable de mon oncle, la mort d'Abbey et même la tempête devant laquelle nous étions en fuite.

– J'ai besoin d'eau, dit-il.

Déjà je refermais la porte.

– Demain, à cette heure-ci, nous serons dans la Manche, lui criai-je. Et bientôt, vous aurez toute l'eau et le pain que vous voulez quand vous serez bouclé dans la prison de Chatham.

Rentré dans ma cabine, je m'assoupis enfin. Les bruits du bateau et de la mer se fondirent en une rumeur monotone. Le claquement du verrou à la porte du capitaine et l'écho des pas de l'oncle Stanley allant et venant avec ses souliers du dimanche furent les derniers sons qui me parvinrent aux oreilles.

Je dormis durant des heures, tout le long du quart de Mudge et d'une bonne partie de celui de Horn. Mais lorsque je m'arrachai à ma couchette, je sus que c'était lui qui gouvernait, car le *Dragon* taillait sa route sans heurts ni embardées. Seul Horn était capable de manœuvrer avec cette habileté dans une mer aussi agitée.

J'avais à peine touché la porte qu'elle s'ouvrit à la volée. Titubant, je m'avançai dans la coursive et entendis l'écho des coups de poings assénés contre la porte du cachot, mais n'en tins aucun compte. Péniblement, je me hissai sur le pont et une douche glacée m'inonda les épaules. Puis je grimpai sur l'hiloire et scrutai l'obscurité en direction de Horn.

Assis sur le pont, il était adossé à l'habitacle. Au-dessus de lui, le dominant de toute sa hauteur, se tenait Bartholomew Grace.

UN COMBAT MORTEL

– Reste où tu es ! cria Grace. Ne t'approche pas, tu as compris ?

Il tenait la barre et, derrière lui, la mer était déchaînée. À ses pieds, Horn, le dos rigide, était lié à l'habitacle par le cordonnet de sa clef enroulé autour de son cou. S'il tentait de s'écarter, s'il glissait sur le pont, il ne manquerait pas de s'étrangler.

Je cherchai en vain des yeux l'autre homme de quart. La nuit était trop sombre. Et je me demandai si je pourrais affronter Grace tout seul. Comme il l'avait déjà fait, il parut deviner mes pensées. Plongeant la main dans les revers de son habit, il en tira un pistolet et le braqua sur Horn.

– Si tu fais un pas, dit-il, je l'envoie à son créateur.

Je reconnus le pistolet à double canon provenant de la cabine de Butterfield et qui était accroché maintenant par une lanière au cou du pirate.

– Qu'est-ce que vous avez fait au capitaine ? lui criai-je dans le vent.

– Mais rien, dit-il. La bonté appelle la bonté.

Dans sa bouche, cette réflexion m'horrifia.

– Où est-il, alors ? demandai-je.

– Dans cette jolie petite cabine que vous m'aviez réservée. Tout le confort dont je profitais, il l'a hérité.

C'était donc Butterfield qui avait cogné si fort à la porte dans la cale.

– Et l'homme de vigie ? demandai-je.

– Ah, fit Grace. Il n'a pas été aussi accommodant.

– Il l'a tué, intervint Horn.

Grace esquissa un sourire, si tant est qu'on put appeler sourire la grimace hideuse qui déforma un peu plus son visage rongé par le feu.

– La bonté appelle la bonté, mon fils, répéta-t-il.

Une lame déferla sur l'arrière du bateau et je baissai la tête. Le *Dragon* piqua du nez et Horn fut arraché à l'habitacle. Il empoigna son cordonnet qui l'étranglait et s'y cramponna pour se remettre d'aplomb.

– Qu'est-ce que vous voulez ? demandai-je à Grace.

Son horrible visage penché en avant, le pirate observait Horn à demi étouffé.

– Eh bien, répondit-il, je veux que tu rassembles l'équipage et que tu fasses virer le bateau lof pour lof.

– Par ce temps ? On est sûr de démâter.

– Et je veux que tu obéisses sans discuter.

– Mais le mât ? Vous ne voyez pas qu'il tremble ?

Il fit un pas de côté, faucha d'un coup de pied les jambes de Horn et le laissa suspendu par le cou au cordonnet de sa clef. Puis il saisit le cordonnet et, de son poing, lui imprima une torsion. Horn gémit, la gorge sciée.

– Arrêtez ! criai-je. Je ferai ce que vous voulez… tout ce que vous voulez.

– Tout le monde au gaillard d'avant, dit Grace. Toi d'abord et tous les autres.

Le *Dragon* courait sous le vent à vive allure. Je grimpai sur le gaillard d'avant et redescendis dans le poste d'équipage où, à la faible lueur de la lanterne, je vis une rangée de chaussettes déchirées qui séchaient en se balançant. Je montai la mèche pour donner de la lumière, réveillai le Luron, Mudge, Freeman et Betts et leur annonçai que Grace s'était emparé du navire. Le Luron sauta à bas de son hamac. Il avait dormi avec son habit et ses flotteurs, mais sans ses bottes.

– Comment ça ? demanda-t-il. Qu'est-ce qu'il veut faire ?

– Je ne sais pas.

– Je parie qu'il veut retourner à Culebra.

Il enjamba le coffre de Horn. Ses bottes bourrées de papier étaient rangées derrière. Il en prit une et y glissa un pied. Sa chaussette n'était plus qu'un panachage de reprises superposées.

– Il en a après mon tonneau, le gredin, dit-il.

– Il a attaché Horn à l'habitacle, dis-je.

Le Luron releva la tête.

– Il a eu le dessus avec Horn ?

– Oui.

– Le ciel nous protège. (Il était blanc comme neige.) Avec Horn, il a eu le dessus, répéta-t-il.

– Et il a un pistolet, ajoutai-je. Le seul du bateau.

– Peut-être pas tout à fait le seul, dit le Luron.

Il prit son autre botte et la retourna. Un objet sinistre tomba sur le sol, un minuscule pistolet combiné avec un court poignard. Le Luron me le tendit. La lame était émoussée et rouillée, la pointe brisée. Je compris pourquoi les chaussettes du Luron étaient dans ce triste état.

– Tu l'as gardé tout ce temps dans ta botte ? lui demandai-je.

Il acquiesça. Le chien de son arme était également rouillé ; je tentai de le relever et le Luron fit la grimace.

– Il est chargé ? demandai-je.

– Oh non, Seigneur ! dit le Luron.

Jamais aucun de ses pistolets n'avait été chargé.

– J'ai simplement peur que tu casses le chien, c'est tout.

Des écailles de rouille me restèrent au creux de la main. Ce pistolet n'avait peut-être jamais été armé. Mais Grace ne pouvait pas le savoir. Je le glissai dans ma ceinture, sous les pans de ma chemise, et secouai Mudge, recroquevillé dans son hamac. Freeman et Betts étaient déjà levés, mais encore tellement abattus par la fièvre qu'ils ne tenaient debout qu'appuyés l'un contre l'autre.

– Vous pouvez monter sur le pont ? leur demandai-je.

Ils firent un signe affirmatif, en claquant des dents. Je voulais que Grace les voie, qu'il se rende compte qu'il n'avait pas assez d'hommes pour mener le bateau.

– Suivez-moi, dis-je.

Nous nous dirigeâmes vers l'avant, courbés sous les rafales chargées d'embruns, nous cramponnant comme nous pouvions aux prises qui nous venaient sous les mains. Le *Dragon* filait beaucoup plus vite qu'au moment où j'avais calculé son allure et le nombre d'heures que j'avais jugées nécessaires pour atteindre la terre devait être sérieusement réduit. Le bateau plongea dans un trou et je m'élançai le long du passavant, le Luron pendu à mon bras. Mudge vacillait derrière nous ; Freeman et Betts se débattaient dans les déferlantes qui les noyaient jusqu'à la taille. Enfin, nous montâmes sur le gaillard d'arrière, pitoyable équipage s'il en fut, pour nous présenter à Grace.

– Dans la mâture, commanda-t-il. Je veux voir la flèche ferlée.

– Impossible, répliquai-je. Vous voyez bien !

Il se contenta de tendre la main vers le cordonnet serré au cou de Horn et j'eus la conviction qu'il était prêt à l'étrangler.

– Attendez ! criai-je. On va l'abattre sur la vergue.

– Vous, vous montez. Toi, toi, et toi, dit-il en nous désignant tour à tour, moi, le Luron et Mudge.

– Le Luron ? fis-je.

– C'est une vigie, non ?

Je réprimai un grognement. C'était du Luron tout pur de se vanter de ses mérites. À côté de moi, il tremblait, les yeux rivés sur le grand mât qui se détachait sur un ciel noir strié de bandes gris pâle. Dans notre désert liquide, le jour n'était pas loin.

– Allez, dit Grace. (Il pointa son pistolet sur Freeman, puis sur Betts.) Vous deux, larguez la toile.

Notre petit groupe s'avança du côté du vent. Les affûts des canons aux roues grinçantes tiraient sur leurs aussières. Mudge se mit à grimper sur les enfléchures avec une sorte d'indifférence que je lui enviai. Le mât se balançait avec une telle force que je n'osai pas monter jusqu'à la première vergue qui ballottait dans toutes les directions. Mais si j'avais peur, le Luron, lui, au-dessus de moi, était terrifié. Il se hissa sur le bastingage, ses bottes glissant sur le bois trempé. Seul le vent l'empêchait de tomber en le plaquant contre les haubans. Avec ses flotteurs gonflés, il avait peine à bouger les bras.

– Je ne peux pas monter là-haut, gémit-il

– Tu l'as déjà fait, lui dis-je.

Lors de la première traversée du *Dragon,* le Luron était monté en tête du mât pour observer un bateau noyé dans la brume.

– Mais pas par un temps pareil, protesta-t-il, le visage convulsé de frayeur. Pas avec le mât près de casser ! Et pas avec ces flotteurs. Je ne peux pas bouger avec ces machins-là.

– Enlève-les.

– Pas question ! s'écria-t-il.

– Alors, grimpe.

Il tendit un bras, puis une jambe et se hissa mollement ; il ressemblait à une énorme chauve-souris rouge. Un pas, puis un autre. Le *Dragon* retomba de la crête d'une vague et les basques de son habit volèrent par-dessus ses épaules.

– John, dit-il. John, je ne peux pas..

Mudge, perché sur la barre de hune, tournoyait avec les mouvements circulaires du mât. Il baissa les yeux vers moi. Entre nous se tenait le Luron, figé de terreur, cramponné aux haubans.

Une forte détonation me fit sursauter tandis qu'une brève lueur trouait la nuit.

– Il nous tire dessus ! m'écriai-je. Luron, tu ne peux pas bouger ?

– Non, haleta-t-il.

La tête contre les enfléchures, les bras écartés, il sanglotait et ses ridicules flotteurs palpitaient comme des poumons.

– Aide-moi, John, aide-moi !

– Reste où tu es.

Je tendis la main pour administrer une tape rassurante sur sa botte, puis redescendis sur le pont et me dirigeai vers la barre en sortant de ma ceinture le petit pistolet du Luron.

– Dans la mâture ! hurla Grace.

Il pointa son pistolet sur moi, puis sur Horn. Il avait déjà tiré une fois. Il ne lui restait donc qu'une balle.

– Si tu n'obéis pas, je lui brûle la cervelle !

Une vague s'abattit sur l'arrière dans un grand jaillissement d'écume et le *Dragon* s'inclina sur tribord. Horn tomba de l'habitacle, les deux mains crispées sur le cordonnet à son cou. Le *Dragon* continua à gîter au point que je perdis l'équilibre et fus projeté vers la barre et Bartholomew Grace.

Un genou plié, un bras passé autour d'une des poignées de la roue, il s'efforçait de redresser le bateau. À ses pieds, Horn se débattait, tentant désespérément de se relever, tandis que la mer bouillonnait contre la lisse. Grace lui jeta un bref coup d'œil et je me relevai d'un bond pour foncer sur lui en hurlant de toute la force de mes poumons. Il détourna la tête et releva son pistolet. Je le percutai violemment tandis que le *Dragon* roulait bord sur bord. Son pistolet tonna et il bascula en arrière, emporté par un paquet d'eau de mer qui déferlait sur le pont.

Je m'accrochai à l'habitacle. Horn s'agitait frénétiquement, les deux mains cramponnées au cordonnet qui l'étranglait. Avec la lame de mon petit pistolet, je tranchai le lien mortel, et le marin glissa sur le pont, disparaissant dans la même vague qui avait submergé Bartholomew Grace.

Le *Dragon* fit une embardée au vent. Une nouvelle vague le coiffait et la voile de flèche claqua avec un bruit de tonnerre qui se répercuta dans les membrures. Le bateau répondait à peine à la barre, pesant et comme noyé lui-même par la mer démontée. Lentement, il se redressa et la mer reflua du pont par les dalots.

Et soudain, Bartholomew Grace surgit des remous. Encore immergé jusqu'à la taille, il fit un pas vers moi. Il tenait toujours à la main son pistolet, la lanière passée à son cou. Il avança d'un autre pas, puis se mit soudain à tituber, à battre des bras. Puis la masse liquide reflua et derrière le pirate, je vis Horn qui le tenait par la queue de son habit.

Ils s'écroulèrent, puis se relevèrent, comme soudés l'un à l'autre dans une étreinte mortelle. Grace avait empoigné Horn par le col de sa chemise et Horn tenta d'agripper le pistolet, puis sa lanière, et il se redressa d'un coup de reins pour prendre le pirate à la gorge. Déséquilibrés, chancelants, ils luttaient férocement sur le pont mouvant du *Dragon,* périodiquement inondé par des paquets de mer. Horn était plus grand et plus fort que Grace. De ses bras puissants, il étreignait le pirate en le soulevant au-dessus du pont. Mais Grace ne lâchait pas le col de sa chemise et les deux hommes, en tournoyant, furent projetés contre le bastingage. Poitrine contre poitrine, ils cherchaient à s'étrangler. Un instant, le regard de Horn se posa sur moi, puis il poussa un grand cri. Ses bras se raidirent comme des rondins. De toutes ses forces, il souleva Grace et le bascula par-dessus bord ; puis, comme soudé à son ennemi, il franchit la lisse et les deux hommes tombèrent ensemble dans la mer.

– Horn ! hurlai-je. Horn !

Mais il avait disparu et l'on ne pouvait plus espérer le retrouver. Le *Dragon*, emporté de vague en vague, submergé d'embruns, roulait, tanguait et sa voile de flèche claquait frénétiquement. Je levai les yeux et vis Mudge, haut dans la mâture, qui grimpait vers les dernières vergues pour ferler la flèche. Le Luron était toujours cramponné au gréement et je me rendis compte qu'il s'était écoulé bien peu de temps depuis que je m'étais rendu à l'arrière pour tenter de mettre fin à une situation dramatique. Maintenant, Grace avait disparu et Horn avec lui. J'imaginai les deux hommes coulant peu à peu vers le fond, brasse après brasse, enlacés pour l'éternité.

Debout à la barre, je vis une éraflure sur le pont, un trou hérissé d'échardes arrachées par la balle du pistolet de Grace, mais je ne pouvais pas m'attarder sur cet incident et déplorer trop longtemps la mort de Horn. Puis j'entendis une voix aiguë et lointaine, portée par le vent. Mudge, la main tendue, criait :

– Terre !

Le *Dragon* s'éleva sur la crête d'une vague et je vis, audelà des ondulations sans fin d'une houle coiffée d'innombrables moutons, une ligne de falaises encore sombres dans le petit jour, droit devant nous. Quand le bateau plongeait dans les creux, cette ligne d'horizon immobile disparaissait, pour ressurgir au sommet de la vague suivante. D'ici une heure, nous serions près de toucher terre. Et nous ne pouvions pas virer de bord avec la seule voile de tempête.

Je criai au Luron de prendre la barre. J'avais hurlé à pleins poumons, mais s'il avait entendu, il n'avait pas compris, car il se mit à grimper dans le gréement jusqu'à la barre de hune. Les basques de son habit rouge voltigeant autour de lui, il se faufila par le trou du chat et rejoignit Mudge qui l'aida à gagner la vergue. Loin au-dessus du pont et de la mer, ils suivirent la vergue du côté sous le vent. Betts largua la toile, Freeman libéra le point d'écoute et la moitié de la voile se déploya.

Mon cœur était là-haut avec le Luron. Je savais à quel point il pouvait être terrifiant de se balancer au bout d'un cordage et de saisir le bord d'une voile qui faisait de son mieux pour vous arracher à votre point d'appui. Jamais je n'étais monté dans le gréement par un temps aussi mauvais, vers le haut d'un mât animé de telles oscillations. Mais Mudge, si lourd et lent quand il travaillait sur le pont, se transformait dans les agrès en acrobate aussi adroit qu'agile. Il ramena la toile vers la vergue et le Luron la serra dans ses rabans.

Les falaises devenaient peu à peu plus hautes, plus sombres, plus proches. Leurs pieds étaient frangés d'écume et leur sommet bordé d'une lisière verdoyante. Une fois la flèche ferlée, je manœuvrai la roue du gouvernail. Le *Dragon* amorça un virement difficile et poursuivit sa route parallèlement à la côte. Puis nous vîmes soudain une langue de terre venir à notre rencontre. Elle se dressait devant nous comme un mur, un obstacle infranchissable. Je reconnus sans hésiter le cap North Ground.

Au cours des deux années précédentes, j'avais été témoin dans ces parages d'un naufrage et d'un raid de contrebandiers. Et voilà que je me retrouvais exactement à mon point de départ, dans la baie de Saint Elme et devant les récifs des Tombes.

L'ÉPAVE

Nous virâmes lof pour lof et mîmes cap à l'Ouest. La voilure de tempête tambourinait dans le gréement tandis que le *Dragon* luttait contre le vent. Je regardai défiler la terre et tous ces lieux que je connaissais, la Baie du Sucre et l'Anse du Tabac. Chaque point de la côte avait un nom rappelant un naufrage et la cargaison échouée sur la grève. Je reconnus les falaises où les naufrageurs avaient allumé des feux trompeurs et la fureur du ressac où la mer se brisait contre les récifs des Tombes. Là gisait l'*Ile-de-Skye,* le plus beau navire de mon père, dont l'ossature reposait par le fond parmi celles de tant d'autres navires. Ensuite, sur l'avant, apparut la montagne abrupte du cap des Rides. Et, à nouveau, nous virâmes pour naviguer à l'Est, pris en tenaille entre les caps.

Butterfield avait été si malmené dans sa sombre prison qu'il était couvert de meurtrissures.

– Il est bleu et noir de la tête aux pieds, déclara Mudge qui l'avait trouvé évanoui dans le cachot et l'avait transporté au gaillard d'arrière. Il ne va pas bien du tout, je crois.

Betts et Freeman avaient regagné leurs hamacs, plus fiévreux que jamais. Seuls le Luron, Mudge et moi étions en état de manœuvrer le bateau et nous fîmes des allées et retours à travers la Baie de Saint Elme, dans les rafales sifflantes de vent du sud. La houle qui avait si longtemps entraîné le *Dragon* à travers l'océan l'assaillait maintenant par le flanc. Les paquets de mer faisaient sourdement résonner les membrures et balayaient le pont d'une lisse à l'autre. Nous roulions bord sur bord dans une eau chargée de sable et le mât de misaine tremblait de plus en plus, accompagné de craquements terribles dans le gréement. Je maintenais le bateau bâbord amures vers le cap des Rides ; si nous parvenions à le doubler, nous serions sauvés. Le port de Pendennis se trouvait juste au-delà. Mais pour le contourner, il fallait traverser les Tombes. Mudge en avait entendu parler. Freeman et Betts de même. Il n'y avait pas en Angleterre un seul marin qui ne redoutât les Tombes. Mais le Luron, lui, ne les connaissait pas et il regardait avec effarement les énormes jaillissements d'écume qui assaillaient les récifs. Il était maintenant plein de lui-même après ses exploits dans le gréement.

– Parole de vigie, déclara-t-il, écoute-moi bien, John. Moi qui suis monté en haut du mât, je te dis qu'il ne vaut mieux pas aventurer un bateau là-dedans.

Je ne lui répondis pas que je l'avais déjà fait, que c'était moi qui avais repéré les feux des naufrageurs, crié les ordres au barreur et guidé le fier *Ile-de-Skye* vers son destin fatal.

– Mais de l'autre côté, la mer est plate, reprit le Luron. J'ai vu ça de là-haut, John. Nous qui travaillons au milieu des oiseaux, nous en voyons des choses au loin.

Sur quoi il leva les yeux vers la voile de flèche et son courage parut l'abandonner.

– Seigneur Dieu, fit-il, ce machin-là est en train de lâcher !

Il n'avait raison qu'à moitié. La vergue balançait d'un côté sur l'autre en dépit de la tension des haubans. C'était le mât de hune même qui était près de se rompre.

– Quand tu as inspecté le gréement, lui demandai-je, qu'est-ce que tu as trouvé ?

Le Luron fronça les sourcils.

– Le manchon… ? Non, ce n'est pas ça, le collier… Je suis pas monté à la tête du mât, remarque, mais Horn m'a dit que le collier était fissuré.

C'était la pièce qui tenait encore le mât dressé. Les haubans étaient manillés à cet anneau de métal. Si le collier cédait, le mât tomberait aussitôt.

Porté par le courant qui nous entraînait vers le nord, je gouvernais sur le cap des Rides. Les vagues s'y brisaient dans un martèlement funèbre et je savais que nous ne parviendrions pas à le franchir.

Je regardai les récifs des Tombes s'approcher et au-delà, les falaises où j'avais autrefois grimpé pour échapper aux naufrageurs. Sur leur faîte, on apercevait des silhouettes sombres qui ne s'y trouvaient pas quelques instants auparavant. Des femmes, des enfants et des hommes rassemblés au bord du vide comme des corbeaux le long d'un toit.

Le Luron se mit à faire de grands gestes.

– Ils sont venus nous voir passer, dit-il.

Je secouai la tête.

– Nous voir sombrer, rectifiai-je.

Ils étaient venus de Pendennis à travers la lande pour monter au sommet des falaises. Ils étaient venus comme ils l'avaient fait pendant des décennies pour regarder un vaisseau minuscule lutter contre une mer énorme, pour le voir à la fin perdu corps et biens. Ils devaient se demander ce que pouvait transporter un bateau aussi petit et quels trésors seraient rejetés sur la grève quand les vents et la mer auraient achevé de le disloquer.

– Paré à virer, dis-je.

Le Luron et Mudge gagnèrent l'avant pour changer le petit foc d'écoutes. Je fis tourner la roue et le *Dragon* vira vers le Sud. Les voiles battirent, faseyèrent puis gonflèrent à nouveau et nous mîmes le cap à l'Est sous les regards des gens de Pendennis attroupés sur la falaise. Nous faisions route pour doubler le cap Northground mais les vagues nous repoussaient inexorablement. Nous approchions du rivage quand je criai à nouveau :

– Paré à virer !

Le *Dragon* prit de la gîte et, pendant un moment, je crus qu'il manquerait à virer. Les voiles flottantes, l'étrave coiffée de lames, il avait cessé d'avancer et les habitants massés sur la falaise se penchaient un peu plus dans le vide. D'un instant à l'autre, le bateau allait se mettre à culer, et l'instant d'après il serait pris dans le ressac. Mais une déferlante vint donner à l'étrave le coup de boutoir qui lui était nécessaire et nous repartîmes vers l'Ouest.

Nous ne portions pas assez de toile, mais n'étions pas assez nombreux pour établir les voiles. Notre seul espoir était de voir le vent tourner avant que le mât de hune s'abattît, qu'il mollisse un peu pour nous permettre de contourner la pointe. Il nous fallait seulement un peu de chance. Mais il semblait qu'elle nous eût déserté depuis que Horn était passé par-dessus bord.

Nous voguions toujours à l'Ouest et le cap de Rides se rapprochait. La houle allait se fracasser contre les récifs des Tombes et des gerbes d'écume montaient presque au sommet de la falaise où le village était en attente.

– Canot en vue ! cria le Luron.

Il me secoua le bras ; je vis à mon tour l'embarcation minuscule qui coiffait la crête d'une vague. Aux avirons, venant de l'Est, un homme et un jeune garçon ramaient vers nous. Le garçon, coiffé d'un suroît noir, souquait de toutes ses forces, puis il s'arrêta un moment pour écoper. L'homme, grand et fort, manœuvrait avec dextérité son canot dans les vagues et les courants.

– Dieu les bénisse, dit le Luron. Ils viennent nous aider.

– Nous aider à couler, oui ! répliqua Mudge. Ils nous trancheront la gorge et jetteront le bateau à terre et qui sera là pour en parler ? Sûrement pas les vautours perchés là-haut.

– Mais non, protestai-je. Ils ne sont plus comme ça ! C'est fini... Du moins ici.

Mais Mudge n'en démordait pas. Il redoutait les naufrageurs plus que les récifs des Tombes et il me supplia de virer de bord.

– Ils vont nous tuer, dit-il.

Mais je gardai mon cap. Toute ma vie, j'avais voulu être marin et, depuis l'enfance j'avais rêvé de commander un navire, de le mener au loin et de le ramener intact. Voilà que *j'étais* capitaine, un mât fut-il près de se rompre et l'équipage réduit à deux hommes, avec une côte battue par la tempête, si proche que j'aurais presque pu cracher dessus. Mais j'étais résolu et me refusais à changer de direction.

Le *Dragon* escaladait d'énormes vagues et les vibrations de son mât fissuré se répercutaient dans la coque. Le petit canot surgit au sommet de la vague suivante et je reconnus l'homme aux avirons.

– C'est Simon Mawgan ! m'exclamai-je.

– Mawgan ! hurla Mudge. Les Mawgan sont les pires de tous.

– Plus maintenant, dis-je. Si je suis encore en vie, c'est dû pour une bonne part à Simon Mawgan.

C'était un puissant rameur. Il obliqua pour approcher son petit bateau du *Dragon*, mais le canot embarquait beaucoup et le jeune garçon s'arrêta une fois de plus de ramer pour écoper.

– Qui donc a besoin d'être sauvé ici ? remarqua le Luron.

– Prends le bout quand ils accosteront, dis-je. Mudge, tu largueras les voiles quand je loferai.

– Lofer ? dit-il. Pas ici !

– Va !

Le canot vira sur notre avant. Pendant que j'amenais le *Dragon* au vent, la voilure se mit à flotter en claquant. Le canot de Mawgan, tantôt au-dessus de moi, tantôt en dessous, fut projeté vers nous sur la crête d'une vague et le jeune garçon se prépara à lancer un bout au Luron qui se tenait penché en avant, prêt à le saisir. Mais le canot comme englouti par le creux de la vague suivante disparut à nos yeux. Je crus un instant qu'il allait s'écraser contre notre coque. Mais, à nouveau, il surgit à ma hauteur et la vague suivante le souleva par l'arrière et le projeta par-dessus la lisse. Mudge raidit les écoutes et le *Dragon* vira vers l'Est tandis que le canot s'échouait sur le pont, à plat sur la quille.

Jamais je n'aurais imaginé une telle manœuvre. De toute façon, je ne serais jamais parvenu à la réaliser. Mawgan lui-même, stupéfait, restait assis sur son banc de nage, les mains aux avirons. Les yeux écarquillés, il regardait autour de lui comme s'il venait de tomber des étoiles. Puis il me vit à la barre.

– Par tous les saints ! s'écria-t-il. John Spencer !

Le jeune garçon tourna la tête et ôta son suroît. Ce n'était pas un garçon, mais la nièce de Simon, Mary. Elle sauta hors du canot et s'élança vers moi. Nous nous étreignîmes tandis que le *Dragon* courait vers le large. Le Luron se mit à rire.

– Si j'avais su qu'on pêchait d'aussi belles pièces, j'aurais apporté un filet, dit-il.

Mary était trempée comme une soupe, mais peu m'importait. Elle avait deux ans de plus que lorsque je l'avais vue pour la dernière fois et était encore plus jolie. J'aurais pu rester ainsi et la tenir serrée contre moi indéfiniment, mais Mawgan, sorti de son canot, profita de la gîte du *Dragon* pour vider l'eau de sa petite embarcation. Et je vis au fond un long filin avec la patte d'une ancre qui dépassait.

– Tu venais à Pendennis ? dit Mary.

Son charmant accent du pays de Cornouailles n'avait pas changé.

– Tu venais pour me voir, n'est-ce pas ?

– Bien sûr que non ! tonna Mawgan. Il a perdu sa route. Son mât de hune est près de casser et il ne peut pas doubler la pointe à cause du temps.

Mary me fixa de ses grands yeux.

– C'est vrai, lui avouai-je. Nous avions perdu notre route.

– Où sont tes hommes ? cria Mawgan. Où est le reste de l'équipage ?

– Il n'y a plus que nous, répondis-je. Nous avons passé par les fièvres, les combats, les tempêtes. Notre bateau a été pris et repris. Le capitaine est dans sa cabine et il y a deux hommes dans le gaillard d'avant. C'est tout ce qui reste, le Luron, Mudge et moi.

– Et tu as réussi à le maintenir à flot ? dit Mawgan en souriant. Pour un Londonien, tu t'en es bien tiré. Maintenant, tâchons de rentrer tous au port sains et saufs.

Il écarta Mary de moi. Nous virâmes lof pour lof et mîmes le cap à l'Ouest, taillant notre route dans la houle. Mawgan réunit Mudge et le Luron et leur fit dérouler le filin posé au fond de son canot. Le cordage fut ensuite halé vers l'avant à l'extérieur des haubans et frappé sur le cabestan. Puis l'ancre tirée du canot fut passée par-dessus la lisse et Mawgan revint vers le gouvernail.

– Cap sur les Tombes, dit-il.

Je me demandai s'il n'avait pas perdu l'esprit.

– Les Tombes ? demandai-je.

Il fit un signe affirmatif.

– Tu ne les vois donc pas ? Si, bien sûr. Un aveugle saurait que les récifs sont là.

Il avait raison. Sur les rochers des Tombes, les brisants émettaient sans discontinuer un grondement sourd de tonnerre, le bruit de mille canons tirant salve sur salve. Sans hésiter, j'orientai la marche du bateau vers les écueils. La mer devenait plus grosse et plus heurtée. Et le *Dragon* tanguait fortement dans les lames courtes qui allaient exploser sur les affleurements rocheux.

– Plus près, me dit Mawgan. Approche encore. Avance à les toucher, John.

Tout Pendennis nous observait du haut des falaises, audelà des Tombes. Mener le bateau droit sur les récifs était la manœuvre la plus dure que j'ai jamais exécutée. Je revivais tout le drame de *L'Ile-de-Skye,* quand les grondements de tonnerre des Tombes faisaient vibrer tout l'air autour de nous. Je regardais le beaupré s'élever et retomber, les gerbes d'écume jaillir et les tourbillons se creuser. Puis je vis le Luron, sur le passavant, vérifier les lacets de ses flotteurs et Mudge, les yeux levés vers le mât de hune, avec une expression angoissée. Mary elle-même semblait avoir peur ; elle avait déjà été témoin de bien des naufrages dans sa vie.

Quant à Mawgan, parfaitement détendu, il donnait l'impression de naviguer sur la Tamise. Se tenant d'une main à l'habitacle, il considérait tour à tour la mer et la côte. Sa nonchalance me stupéfia jusqu'au moment où je vis les phalanges de sa main, crispée sur le bois. Elles étaient exsangues.

Puis nous nous retrouvâmes environnés par les brisants. Le *Dragon* gardait le même cap et les jaillissements d'embruns chargés d'écume l'enveloppaient d'une sorte de brouillard épais comme de la laine. Nous traversâmes ce nuage laineux et scintillant dans le tumulte assourdissant de la mer en furie. Une pointe rocheuse surgit devant nous, couronnée d'écume, juste dans l'axe du beaupré.

– Barre à bâbord ! cria Mawgan, et il poussa avec vigueur sur les poignées de la roue.

Le *Dragon* vira entre deux groupes de brisants. Il prit une gîte accentuée. La vergue du hunier toucha la mer et un hauban claqua avec une brève détonation.

– Barre à tribord ! hurla Mawgan.

À nouveau, il actionna la roue avec vigueur. Le hauban rompu tomba en se tortillant comme un serpent, se prit dans la voile de cap et vint heurter les canons. Le mât fléchit comme une branche, puis se redressa tandis que les haubans tribord se raidissaient. Puis Mawgan cria :

– Mouillez l'ancre !

Mudge la fit passer par-dessus bord. Cinquante livres de fer basculèrent dans la mer, suivis par le filin. Comme elle touchait le fond, je ressentis le choc se répercuter. « *Tiens bon !* » me dis-je, mais, traînant l'ancre qui chassait, nous émergeâmes du nuage chargé d'embruns tout en continuant à voguer vers les falaises.

Enfin l'ancre mordit. La roue me fut arrachée des mains et le *Dragon* tourna sur lui-même avec une vitesse incroyable. Toutes les membrures du bateau grincèrent, le câble d'ancre se tendit à craquer ; le *Dragon* se mit bout au vent dans une sorte de lac onduleux sous le vent des Tombes et s'immobilisa dans un amoncellement de goémons sinueux, à deux fois sa longueur à peine de la grève !

La houle continuait à déferler, mais les vagues nous parvenaient affaiblies, comme apprivoisées et amollies par la masse des algues accumulées. Et, parmi le hérissement des récifs des Tombes se dessinèrent les courbures de plusieurs arcs-en-ciel qui brillaient dans les embruns.

Mawpan me donna une tape dans le dos.

– Bien manœuvré, dit-il.

Mary vint nous rejoindre à la barre, ainsi que Mudge et le Luron et nous contemplâmes les arcs-en-ciel fugitifs qui se formaient et s'effaçaient dans l'air chargé de gouttelettes scintillantes. Il semblait impossible que nous ayons pu naviguer dans ces parages.

– Je n'aurais jamais cru que l'ancre mordrait dans le sable.

– Ce n'est pas dans le sable qu'elle a croché, rectifia Mawgan, mais dans une épave.

– Quelle épave ?

– Celle de *L'Ile-de-Skye.*

Un frisson me parcourut l'échine. L'épave qui avait bien failli causer ma mort me sauvait cette fois la vie comme si j'avais achevé le parcours d'un vaste cercle mystérieux. Quand j'avais été projeté hors de ce brick si beau, j'étais encore un terrien, et maintenant j'étais croché à son ossature dans la peau d'un marin, du capitaine d'un autre navire. Quelle longue route parcourue pour revenir à mon point de départ ! Nous allions attendre là, mollement balancés au-dessus des membrures disloquées de *L'Ile-de-Skye,* qu'un vent favorable nous permît de rallier Londres.Mon oncle Stanley se remettrait de ses fièvres, ainsi que Betts et Freeman des leurs. Le Luron rentrerait chez lui, dans le Kent, et un jour, j'en étais certain, se rembarquerait à destination des Antilles pour retrouver son tonneau d'argent. Souvent je songerais à Horn et à son coffre de navires condamnés, car ses bouteilles voyageraient toujours avec moi au long des années, de navire en navire.

Debout près de Mary, je me demandais si elle n'accepterait pas de se joindre à moi, si nous ne pourrions pas naviguer ensemble sur tous les océans du monde. La question était sur mes lèvres quand elle me demanda la première :

– John, Tu ne veux pas venir chez nous en Galilée ?

Je pensai à sa maison au-delà des falaises, à son jardin fleuri qui gardait le souvenir des naufrages anciens et de tous les marins qu'elle avait connus. Je pensais à l'écurie, au poney qu'elle chevauchait si audacieusement dans la lande. Et je vis que si moi j'avais changé, elle était restée la même. Mary valait n'importe quel rameur aux avirons d'un canot, mais elle était enracinée dans le sol de la Cornouaille comme les fleurs qu'elle y cultivait. Elle ne pourrait pas plus quitter la terre ferme que je ne pourrais m'y établir.

Avec un soupir, elle inclina la tête vers moi.

– Tu dois rester sur ton bateau, me dit-elle. N'est-ce pas la vérité ?

– Oui, répondis-je.

Nous devions ferler les voiles et changer les haubans. Nous avions mille tâches à accomplir à bord. Et il en serait toujours ainsi.

– Tu ne peux pas rester, John Spencer ? dit Mary avec un sourire.

– Non, répondis-je. Mais un jour, je reviendrai.

Et j'y étais bien résolu. Résolu de tout mon cœur.

NOTE DE L'AUTEUR

A l'époque où se déroule cette histoire, c'est-à-dire dans les premiers mois de l'année 1803, il y a longtemps que les grands flibustiers ont été chassés des mers. Quand le *Dragon* fait route vers les Indes, Henry Morgan est mort depuis 115 ans, Blackbeard depuis 85 ans. Le capitaine Kidd a été pendu en 1701, jurant jusqu'au dernier moment qu'il n'avait rien fait de mal. « Je suis innocent plus que tous les autres », a-t-il déclaré au juge qui l'a condamné à mort.

Kidd était peut-être un bourreau de la langue anglaise, mais il n'était certainement pas la terreur que la légende avait fait de lui. Né en Écosse, il avait fait fortune à New York, grâce à son mariage et à ses affaires, avant de retourner en Angleterre à la fin des années 1600. Il y rencontra un groupe de politiciens, tous comtes, lords et ducs qui acceptèrent d'armer son navire pour un voyage qui le mènerait jusque dans l'océan Indien, où il attaquerait les navires français et pillerait les bateaux pirates ayant eux-mêmes pillé des navires marchands anglais. Le roi William III avait approuvé personnellement ce plan.

Kidd fit tout d'abord route vers New York, puis vers l'est. Son équipage, décimé par des attaques répétées et la maladie, fut remplacé par des hommes avides à qui on avait promis une part de butin. Mais comme la richesse tardait à venir, ils se rebellèrent. Trompant alors le capitaine d'un navire marchand en hissant pavillon français, Kidd prit possession du *Quedagh Merchant* et abandonna son propre bateau.

En 1699, moins de trois ans après avoir quitté l'Angleterre, Kidd arriva en Inde occidentale, où il apprit que le gouvernement anglais le recherchait pour piraterie. Désespéré, il fit route vers le nord, se rendit à Hispaniola et jeta l'ancre dans une crique déserte. Un pirate lui racheta le *Quedagh Merchant* et ce qui restait de son chargement. Kidd fit l'acquisition d'un sloop, à bord duquel il chargea quelques caisses d'or, et décida de rentrer à New York, dans l'espoir de racheter sa réputation. Au lieu de ça, il fut arrêté et conduit en Angleterre pour être jugé.

Kidd fit allusion à son arrangement avec les politiciens et le roi, mais il ne livra pas le nom de ses employeurs, et ce silence lui valut d'être condamné à la pendaison. Une première fois, la corde céda. Il fut pendu de nouveau et son corps fut ensuite exposé à la foule.

Ce que Kidd avait emporté avec lui à New York fut retrouvé en différents endroits. Cela représentait la somme de 14 000 £, ce qui est peu par rapport aux 400 000 £ qu'il était censé avoir accumulées. Durant les siècles qui suivirent, bien des hommes sont partis à la recherche de ces trésors disparus. Même le président Franklin Roosevelt lança une chasse au trésor, mais rien ne fut jamais retrouvé.

La légende voudrait que l'argent ait été enterré sur la côte est de l'Amérique du Nord. Mais qui nous dit que Kidd n'avait pas caché son trésor avant de quitter New York, avant même de rejoindre Hispaniola ? Peut-être avait-il trouvé une île et un port isolé sur la route le menant aux Caraïbes ? Peut-être s'était-il arrêté à Culebra ?

L'île était directement sur son chemin. Avec ses nombreuses collines et ses côtes déchiquetées, elle ressemble étrangement à l'Île au trésor décrite par Robert Louis Stevenson. Et si le trésor à découvrir se trouvait en fait à Culebra ?

Bartholomew Grace le croyait, mais Grace est un personnage de fiction. Il incarne un personnage de flibustier à l'époque où les flibustiers n'existaient plus. Les Indes occidentales, comme le rapporte le père de John Spencer, étaient infestées de bandits qui attaquaient les navires de passage depuis leurs bases côtières en utilisant de petites embarcations. Le personnage de Grace est en fait inspiré de l'histoire de John Rodney, fils du grand amiral britannique George Rodney. John a pris la mer comme enseigne de vaisseau. En moins d'une semaine il était devenu lieutenant, et il lui a fallu moins de deux mois pour devenir capitaine. Cependant, John Rodney n'est jamais devenu pirate. Il est resté pendant seize ans un médiocre capitaine.

En revanche, le *Livre Noir* que consulte Bartholomew Grace a réellement existé. Il contient les anciennes Lois d'Oleron, introduites en Angleterre par le roi Richard I au XIIe siècle. Pièce de musée vue pour la dernière fois vers 1800, le *Livre Noir* a disparu de la Haute Cour de l'Amirauté pour réapparaître à bord du *Prudence* de Grace.

Il existe de très nombreux livres sur les pirates et les flibustiers. L'un des premiers écrits, datant de 1724 et souvent attribué à Daniel Defoe, est régulièrement réédité sous le titre *A General History of the Pyrates*. Parmi les plus récents, mes favoris sont *Pirates* de David Mitchell et surtout le magnifique *Under the Black Flag*, de David Cordingly, qui révèle une réalité moins reluisante que les habituelles légendes.

REMERCIEMENTS

Ce dernier volet des aventures de John Spencer est né dans les bureaux de la rédaction d'un journal de la petite ville de Prince Rupert, sur la côte est du Canada. Avec Bruce Wishart, rédacteur en chef de cet hebdomadaire, nous avions des discussions sans fin sur les pirates, les goélettes et les canons.

Non loin de là, sur les hauteurs de la ville, se trouve la bibliothèque de Prince Rupert, où cette histoire a pris forme, grâce aux recherches de la conservatrice, Kathleen Larkin. C'est elle qui m'a appris ce qu'était la fièvre tropicale, quel parcours avait suivi le capitaine Kidd dans sa course au trésor et quelles images pouvait évoquer le mot « caraïbes » à un Anglais de 1802.

Mon père s'est autant intéressé à cette dernière aventure qu'à la première, amassant tous les livres sur les pirates et les bateaux qu'il pouvait trouver. Il a lu le premier jet, comme il l'avait fait pour *Les Naufrageurs* et *Les Contrebandiers*, corrigeant mes erreurs et mes plus embarrassantes bévues avec une rigueur qu'il qualifiait de tatillonne, mais qui m'a été d'une aide inestimable.

Jane Jordan Browne, mon agent, m'a suggéré des améliorations qui m'ont ouvert de nouvelles pistes pour développer mon histoire.

Lauri Hornik était l'éditrice chargée du projet chez Random House lorsque j'ai commencé à écrire, c'est elle qui m'a aidé dans les débuts. Lorsqu'elle est partie travailler pour une autre maison, elle a transmis le dossier à Françoise Bui, qui a découvert dans le texte des incohérences que personne n'avait remarquées jusque-là. C'est grâce à elle que Horn apparaît dans son canot de sauvetage à des milliers de miles de la côte. Elle a grandement enrichi l'histoire.

Enfin, tout au long de la rédaction, ma femme, Kristin Miller, a supporté de vivre au milieu de piles de livres, au son d'une musique guerrière, de « Heart of Oak » et même des coups de canon, lorsque je recréais les scènes de bataille sur l'écran de mon ordinateur.

Je voudrais remercier toutes ces personnes et leur témoigner mon affection. J'ai vraiment de la chance de les connaître.

GLOSSAIRE

Amures : Cordage servant à fixer une voile du côté du vent
Anspect : Grand levier utilisé pour manœuvrer de lourdes charges
Aussière : Cordage servant à l'amarrage des navires et aux manœuvres de force
Balancine : Cordage soutenant une vergue depuis le haut du mât
Barrot : Poutrelle transversale soutenant le bordé
Beaupré : Mât qui pointe à l'avant des navires
Bonnette : Voile qu'on ajoute aux autres pour activer la marche
Bossoir : Grosse pièce de bois qui sert à la manœuvre de l'ancre
Bout : Cordage
Brick : Navire à voiles à deux mâts carrés
Cabestan : Treuil autour duquel on enroule un câble pour relever l'ancre
Calfater : Réparer les fentes de la coque d'un navire en bois pour le rendre parfaitement étanche.
Caréner : Nettoyer ou réparer la carène (partie immergée de la coque).
Clapot : Petite vague courte
Compas : Rose des vents équipée d'une aiguille aimantée
Dalot : Orifice aménagé dans la coque pour l'écoulement des eaux
Drisse : Cordage servant à hisser une voile
Drosses : Filins servant à hisser une voile
Dunette : Partie du navire située à l'extrémité arrière et abritant la chambre des officiers et leur carré
Écoute : Cordage servant à border une voile

Écoutille : Ouverture aménagée dans le pont donnant accès à l'intérieur
Écouvillon : Brosse cylindrique servant à nettoyer le canon d'une arme à feu
Écubier : Ouverture aménagée dans la coque d'un navire pour laisser passer les chaînes des ancres
Empanner : Mettre en panne
Enfléchures : Échelons (cordage ou bois) dans les haubans
Étai : Cordage destiné à consolider le mât
Étarquer : Tendre, raidir (une voile)
Faseyer : Battre au vent
Ferler : Replier une voile sur elle-même
Gaffe : Perche munie d'un croc et d'une pointe servant à accoster
Gaillard (d'avant/d'arrière) : Partie supérieure du pont
Galhaubans : Cordage servant à soutenir les mâts supérieurs
Gîter : En parlant d'un bateau, s'incliner sur bord
Haubans : Cordage servant à consolider un mât
Hunier : Voile carrée au-dessus des basses voiles
Largue : Allure entre vent de travers et vent arrière
Loch : Appareil servant à mesurer la vitesse d'un navire
Lofer : Faire venir le navire au plus près du vent
Mât d'artimon : Mât le plus arrière sur un navire à trois mâts et plus
Mât de misaine : Premier mât à l'avant du navire
Nager à culer : Naviguer à reculons
Passavant : Partie du pont supérieur servant de passage entre l'avant et l'arrière du navire
Prélart : Grosse toile servant à protéger les marchandises
Raban : Sangle, tresse destinée à amarrer
Refouloir : Cylindre utiliser pour refouler la charge des canon
Renard : Fente ou trou par où coule l'eau de la coque d'un navire

Ris : Bandes horizontales des voiles qu'on enroule pour diminuer la voilure
Safran : Corps du gouvernail
Sextant : Instrument permettant de mesurer la distance angulaire d'un astre avec l'horizon et servant à faire le point
Sous-barbe : Câble ou chaîne qui maintient le beaupré
Taud : Abri aménagé sur le pont pour se protéger de la pluie
Tolets : Cheville de fer ou de bois qui sert de point d'appui à l'aviron
Tourmentin : Petite voile très résistante qu'on utilise par gros temps
Trinquette : Foc (voile triangulaire) le plus proche du mât
Vaigrage : Ensemble des vaigres (planches qui recouvrent le côté intérieur des membrures d'un navire)
Vergues : Pièce de bois en travers d'un mât portant la voile

IAIN LAWRENCE

L'AUTEUR

Iain Lawrence est né dans l'État de l'Ontario, au Canada. Après avoir exercé le métier de journaliste, il est devenu écrivain à part entière. Passionné de voiles et de bateaux, il est l'auteur de deux livres sur la navigation à la voile. Expert dans l'art de fabriquer des bateaux en bouteille, il passe chaque année plusieurs mois à naviguer avec sa compagne. Il habite sur la côte nord de la Colombie Britannique. Iain Lawrence à déjà publié *Les Naufrageurs* et *Les Contrebandiers*, dans la collection Folio Junior, qui forment une trilogie avec *Les Flibustiers*.

FRANÇOIS PLACE

L'ILLUSTRATEUR

François Place est né en 1957 et vit en région parisienne (Taverny) depuis 1974. Il a commencé par le dessin documentaire et a notamment illustré plusieurs ouvrages de la collection Découvertes Cadet aux Éditions Gallimard Jeunesse avant de proposer d'en écrire aussi. Ainsi naîtront *Le Livre des navigateurs* et *Le livre des marchands*. Alliant le dessin, l'écriture et sa passion pour les contrées imaginaires, il crée *l'Atlas des géographes d'Orbæ* (Casterman/Gallimard Jeunesse). On lui doit aussi la réalisation de nombreuses couvertures dans la collection Folio Junior, ainsi que les superbes illustrations de *L'Île au trésor* et *L'Étrange cas du Dr Jekyll et de M. Hyde* de Stevenson, parus dans la collection Chefs-d'œuvre universels.

Mise en pages : Dominique Guillaumin

Loi n°49-956 du 16 juillet 1949
sur les publications destinées à la jeunesse
ISBN 2-07-055208-X
Numéro d'édition : 09907
Numéro d'impression : 59994
Dépôt légal : juin 2002
Imprimé sur les presses de la Société Nouvelle Firmin-Didot